10|18
12, avenue d'Italie — Paris XIIIe

Du même auteur
dans la collection 10/18

Au jeu de la mort, n° 2482
La mort en habit noir, n° 2483
Le rideau tombe, n° 2507
L'assassin entre en scène, n° 2533
La clinique du crime, n° 2562
Et vous êtes priés d'assister au meurtre de..., n° 2592
Mort en extase, n° 2620
Un vrai crime d'artiste, n° 2636
Un piège pour Miss C., n° 2669
L'assassin aux fleurs, n° 2685
La mort en embuscade, n° 2717

MEURTRE
EN COULISSES

PAR

NGAIO MARSH

Traduit de l'anglais
par Roxane AZIMI

10|18

« Grands Détectives »
dirigé par Jean-Claude Zylberstein

Si vous désirez être régulièrement tenu au courant
de nos publications, écrivez-nous :
Éditions 10/18
12, avenue d'Italie
75627 Paris Cedex 13

Titre original :
Opening Night

ISBN 2-264-02363-5

A la direction et à la troupe de
« The New Zealand Student Players ».
Avec affection et reconnaissance.

LES PROTAGONISTES

du théâtre Vulcain

Martyn Tarne	L'héroïne
Bob Grantley	Imprésario
Fred Badger	Le gardien de nuit
Clem Smith	Le régisseur
Bob Cringle	Habilleur d'Adam Poole
Adam Poole	Directeur du théâtre
Helena Hamilton	L'actrice vedette
Clark Bennington	Comédien sur le déclin
Gay Gainsford	Sa nièce
J.G. Darcey	L'acteur de genre
Parry Percival	Le jeune premier
Jacques Doré	Décorateur et assistant d'Adam Poole
Dr John James Rutherford	Auteur de la pièce

de Scotland Yard

L'inspecteur principal Alleyn	
L'inspecteur Fox	
Le brigadier Gibson	
Le brigadier Bailey	Spécialiste des empreintes digitales
Le brigadier Thompson	Photographe
L'agent Michael Lamprey	
Le Dr Curtis	

1.

Martyn au Vulcain

I

En tournant dans Carpet Street elle songeait à la situation désastreuse où son entêtement l'avait menée. Mais elle continuait d'avancer, refusant de céder à la fatigue, obligeant ses pieds à se lever l'un après l'autre. Elle avait l'impression qu'ils s'étaient transformés en deux masses spongieuses, brûlantes et douloureuses.

Elle s'arrêta devant une bijouterie. Dans la vitrine, une pendule indiquait seize heures trente-sept minutes. D'autres cadrans l'entouraient. Leurs aiguilles figées proclamaient des heures aussi diverses qu'irréelles, comme pour lui rappeler les étapes de cette journée harassante et pleine de déception. Neuf heures : première agence. Neuf heures trente-six : début des auditions à la Licorne. Midi : première déconvenue : « Merci de votre visite, Miss... euh... Merci, ma chère. Laissez-nous vos coordonnées, voulez-vous. » Il n'y avait pas trace du moment où elle avait commencé à courir, fuyant les odeurs de restaurant, mais une pendulette affichait quatorze heures cinquante minutes.

C'était à peu près à cet instant qu'elle avait entrepris d'escalader les trois rampes d'escalier pour sonner aux bureaux de l'agence Garnet Marks. A quinze heures précises, elle se rendait chez Achilles pour constater que les auditions venaient de prendre fin. Puis, une heure durant, elle avait consulté quelques agences de cinéma. « Si vous voulez nous laisser une photo... On vous fera signe... » Au mot près, elle obtenait toujours la même réponse. Les pendules qui garnissaient la vitrine s'éloignèrent en vacillant, puis un voile de fine brume descendit sur leurs cadrans. Sous le bras d'une statuette en bronze qui tenait un balancier, elle découvrit un visage, le sien. Ses doigts plongèrent dans son sac et, bientôt, devant la figure que reflétait la vitre, une main apparut, tenant un tube de rouge à lèvres.

Derrière la paroi de verre, à l'intérieur du magasin, un homme l'observait. Elle eut un mouvement de recul, souleva sa valise et s'éloigna.

Le Vulcain se trouvait au fond de Carpet Street. Elle le sut instinctivement, avant même d'en apercevoir l'enseigne. Durant les deux dernières semaines, elle s'était découvert une sorte de sixième sens, l'avertissant quand elle s'approchait d'une salle de théâtre. La rue descendait en pente raide. Ses genoux tremblaient un peu. Elle se contraignit à marcher d'un pas mesuré, résistant à l'envie de courir.

L'entrée des artistes donnait sur une ruelle. Des flaques d'eau s'étalaient sur son chemin, elle ne réussit pas tout à fait à les éviter. Le mur d'enceinte, à cet endroit-là, était humide et lézardé.

A l'intérieur du théâtre, une voix haut perchée annonça :

— Elle le sait, mais il ne *faut pas* lui en parler.

Un murmure indistinct s'éleva en guise de commentaire. La première voix reprit, corrigeant son intonation :

— Elle le *sait,* mais il ne faut pas lui en *parler.*

Après une nouvelle interruption, elle ajouta tristement :

— Merci beaucoup.

La porte s'ouvrit pour laisser sortir cinq jeunes femmes, puis se referma. Les quatre premières s'éloignèrent sans lui jeter un regard. Elle baissa la tête, s'appuya contre le mur et attendit. Elle ne vit pas la cinquième s'arrêter à sa hauteur.

— Ah, c'est vous !

Elle leva les yeux sur un visage déjà rencontré une première fois ce jour-là. Un visage large, maquillé généreusement, avec des lèvres boudeuses, des paupières lourdement ombrées, des cils dont le rimmel coulait un peu.

— Évidemment, je suis en retard ? interrogea-t-elle.

— Eh oui, ma pauvre chérie. Le tuyau que je vous ai donné quand on s'est vues chez Marks n'était pas bon. Le Vulcain ne cherche pas une comédienne pour la pièce qui sera jouée cette semaine. Les auditions, c'était pour une tournée. « Merci, mesdemoiselles, ce sera tout pour aujourd'hui. Prenez votre temps, rien ne presse. N'oubliez pas votre chapeau. » Voilà, c'est fini.

— Je me suis perdue, expliqua-t-elle dans un murmure.

Le visage large devint flou.

— Vous ne vous sentez pas bien ? demanda-t-il.

Elle secoua la tête, esquissant un pauvre sourire.

— Ce n'est rien. Je suis un peu fatiguée.

— Vous avez une de ces mines ! Attendez un instant. Tenez, essayez...

— Non, non. Ce n'est pas nécessaire. Je vous assure.

— C'est du cognac. Vous verrez, ça vous fera du bien.

Une main lui prit la tête. Le goulot froid du flacon s'insinua entre ses lèvres et trouva ses dents serrées. Elle entrouvrit la bouche, tentant d'expliquer qu'elle était encore à jeun. Mais elle dut avaler le liquide brûlant qui s'écoula dans sa gorge.

— Ça vous remontera, indiqua la voix. Vous pouvez garder le reste.

Le souffle coupé, elle frissonna et repoussa le flacon.

— Non, merci !

— Vous vous sentez mieux ?

— Vous êtes très gentille. Oui, oui, je me sens beaucoup mieux. Merci.

— Sûr, sûr ?

— Tout à fait. Merci infiniment. Nous ne nous sommes même pas présentées.

— Trixie O'Sullivan.

— Je m'appelle Martyn Tarne.

— Un nom qui figurerait bien sur un programme. Si je peux faire quelque chose...

— Non, sincèrement. Vous êtes très aimable.

— Vous avez meilleure mine, déclara Miss O'Sullivan sur un ton dubitatif. Qui sait, nous nous reverrons peut-être un de ces jours ? poursuivit-elle en s'éloignant. J'ai un rendez-vous, je vais être en retard.

— Oui, bien sûr. Merci encore.

— La porte est ouverte. Vous n'avez qu'à entrer, il y a une chaise dans le hall. On ne vous dira rien. Reposez-vous un peu.

Elle fit quelques pas dans la ruelle et se retourna pour ajouter :

— J'espère que vous trouverez quelque chose. Mon Dieu, j'ai l'impression qu'il va encore pleuvoir. Quelle vie !

— Quelle vie, en effet, répéta Martyn sur un ton qui se voulait ironique et enjoué.

— Bonne chance. Au revoir.

— Au revoir et merci.

Dans le silence qui suivit, elle demeura immobile, écoutant sa propre respiration. Ses tempes palpitaient, elle sentait des picotements au bout de ses doigts, mais elle n'avait plus cette impression d'être au bord de l'épuisement. L'alcool irradiait en elle, répandant des ondes de chaleur et de bien-être. Que faire, maintenant ? Il y avait une église, au bord de la Tamise. On pouvait y dormir, lui avait-on dit, et trouver peut-être aussi un bol de soupe. Cela lui permettrait de garder pour le lendemain ses deux shillings et huit pence, tout ce qu'elle possédait. Elle souleva sa valise, qui lui parut plus lourde qu'auparavant, et se dirigea vers le fond de la ruelle. Quelques gouttes de pluie s'abattirent sur une flaque. Des visages se levèrent vers le ciel et des parapluies s'ouvrirent. Comme elle hésitait, indécise, la pluie se fit plus violente et plus épaisse. Elle se tourna vers l'entrée du théâtre qui, au premier abord, lui sembla fermée. Puis elle vit que l'une des deux portes en verre dépoli était entrouverte.

Elle la poussa et entra.

Le Vulcain était un vieux théâtre entièrement rénové. Le hall était tapissé de cuir rouge et d'acier chromé, avec des niches en verre garnies de plantes tropicales. Des portes s'ouvraient de part et d'autre du guichet central et, plus loin, plusieurs fauteuils s'alignaient le long du mur. Elle franchit un espace recouvert d'une épaisse moquette et s'assit.

En face d'elle, posé sur un énorme chevalet, il y avait un coffret de portraits surmonté d'une affiche qui annonçait :

Au Vulcain, jeudi 11 mai
PREMIÈRE
de la nouvelle pièce de
John James Rutherford
RETOUR AUX SOURCES

Elle reconnut deux des six visages. Helena Hamilton et Adam Poole étaient des comédiens de grande renommée. Tous les cinéphiles d'Australie et de Nouvelle-Zélande les connaissaient. Elle-même avait souvent fait la queue pour les voir jouer, ensemble ou séparément. Leurs photographies, plus grandes que les autres, occupaient le centre du coffret. Autour d'eux, il y avait Clark Bennington, l'air romantique avec sa canne et sa pipe ; J.G. Darcey, cheveux en brosse et pince-nez ; Gay Gainsford, presque adolescente ; Parry Percival enfin, jeune, le sourire éclatant.

Pas un bruit ne troublait le silence qui régnait dans le hall. De l'autre côté de la porte d'entrée, la pluie s'abattait en rafales presque horizontales, brouillant les silhouettes des passants qui regagnaient leurs domiciles et celles des voitures qui sillonnaient la rue. Les lumières d'un autobus jaillirent, faisant sortir de l'obscurité des visages indifférents. Les phares, à travers le rideau de pluie, semblaient pâles et lointains. Martyn ferma les yeux, ployant sous une vague de solitude. Pour la première fois depuis le début de son épreuve, un sentiment de panique la submergea. Des phrases défilèrent dans son esprit, ponctuant son désarroi. « C'est la fin, le creux de la vague. C'est toi qui l'as voulu. Tu n'as que ce que tu mérites. Que vas-tu devenir, maintenant ? »

Elle sombrait dans les ténèbres et la désolation d'un océan. Au loin, inaccessibles, des lumières clignotaient sur le rivage. Ses mains rencontraient des débris, flottant au gré du vent. Au plus profond de son désespoir, elle entendit, grotesque et incongru, un crépitement métallique.

Martyn rouvrit les yeux dans un sursaut. Le bruit qu'elle pensait avoir imaginé venait de se répéter derrière une paroi en verre fumé : une sorte de grésillement suivi d'un déclic. Une lampe s'alluma derrière le mur opaque. Elle vit se dresser la silhouette d'un demi-dieu, peinte sur la surface de verre, surmontée d'un néon rouge indiquant : « Balcons et Orchestre ». Par-dessus les battements de son cœur, elle distingua une voix assourdie.

— ... Cela ne sert à rien. Comment ? Oui, je le sais, mon vieux. Mais la question n'est pas là.

Il y eut un silence. L'homme semblait écouter. Martyn se dit qu'elle n'allait pas tarder à se retrouver dans la rue.

— ... Un vrai problème, reprit la voix sur un ton irrité. Elle est à l'hôpital... Non, je n'ai vu personne... Tu la connais bien... pas besoin de t'expliquer. Je n'ai pas pu m'en occuper, tu comprends... un boulot monstre... auditions pour la tournée de l'autre pièce... Oui, oui, c'est arrangé, mais... Écoute, *Le Spectacle* demande un article et des photos pour cette semaine... Oui, sur scène. En costume. Neuf heures et demie du matin et on n'a encore rien déballé... Tu ne connais personne ?... Qui ?... Oh, mon Dieu ! Je vais tout de même essayer. Merci, mon vieux. Salut.

Martyn croyait vivre un rêve éveillé. Elle s'était plus d'une fois imaginée entrant dans un théâtre en pleine confusion parce que l'actrice vedette souffrait d'unc laryngite et que l'on ne lui trouvait pas de remplaçante. Elle se présentait, modcste : « Je connais le texte. Je pourrais peut-être... » Les regards qui devenaient soudain attentifs quand elle commençait... Le soir de première... Les larmes de bonheur, ruisselant sur la chemise empesée du metteur en scène... Les critiques élogieuses... Les trompettes de la gloire.

— Eileen ? demanda la voix. C'est Bob Grantley. J'ai besoin de toi, mon chou. Je sais que c'est beaucoup te demander, mais tu es mon dernier recours. L'habilleuse d'Helena est tombée malade. Oui, la pauvre vieille Tansey... Exactement. Elle a été hospitalisée cet après-midi et je n'ai encore trouvé personne pour la remplacer. L'avant-première est pour demain soir et les costumes ne sont même pas repassés. Je me suis dit que tu pourrais peut-être... Non ? Oh zut ! Oui, je comprends. Non, bien sûr que non. Oui, je sais que tu l'aurais fait. Tant pis. Oui, *bye-bye.*

Silence. Seule dans le hall, elle songea un moment à rejoindre l'homme qui se tenait derrière la paroi de verre. Elle se sentit gagner par une vague d'affolement confinant à l'hystérie. Son rêve éveillé devenait réalité. Aurait-elle dormi plus longtemps qu'elle ne le pensait ? Un fourmillement se répandit dans ses pieds gourds quand elle les remua. Dans la vitre lui faisant face, elle distingua une silhouette au visage hâve, aux yeux profondément cernés. Son propre reflet.

Derrière le mur en verre fumé, la lumière s'éteignit. Elle se leva au moment où la porte s'ouvrait.

— Vous cherchez une habilleuse, me semble-t-il.

II

L'homme s'était immobilisé dans l'entrée du bureau. Elle ne put voir distinctement les traits de son visage.

— Vous êtes là depuis combien de temps ? fit-il sur un ton qui lui sembla moitié irrité, moitié soulagé.

— Une dizaine de minutes. Vous étiez au téléphone, je n'ai pas voulu vous interrompre.

— M'interrompre ! s'exclama-t-il comme si elle avait proféré quelque sottise.

Il eut un regard pour sa montre, gémit et demanda :

— Vous êtes venue pour ce poste ? Qui vous a envoyée ? Mme Greenacres ?

Martyn n'avait jamais entendu prononcer ce nom. « Sans doute une agence d'intérim », se dit-elle. Fébrile elle chercha une réponse.

— J'ai cru comprendre que vous aviez besoin d'une habilleuse, indiqua-t-elle. Je serais heureuse de proposer mes services.

— C'est pour Miss Helena Hamilton, précisa-t-il rapidement. Son habilleuse est tombée malade. Elle travaille avec elle depuis de nombreuses années, comprenez-vous. J'ai tout expliqué à Mme Greenacres. Il y aura une prise de photos à neuf heures du matin. La générale aura lieu demain soir et la première jeudi. Je suppose que vous avez des références ?

La gorge sèche, elle bredouilla :

— Je n'ai pas pensé à...

La sonnerie du téléphone l'interrompit. L'homme s'engouffra dans le bureau. Elle l'entendit crier :

— Le Vulcain ! Oui, allô ! Ah, c'est toi, ma chérie ? Je suis désolé, mais je n'ai pas pu t'appeler. Oui, je sais... Présente-leur mes excuses et essaie de les faire patienter encore un peu. J'arrive tout de suite. Oui, bien sûr...

La voix se fit moins distincte. Martyn perçut quelques mots :

— Je crois bien... oui... Je demanderai. Entendu. A tout de suite.

Quand il ressortit, il portait un chapeau et finissait de revêtir son manteau.

— Écoutez, Miss...

— Tarne.

— Miss Tarne. Pouvez-vous commencer maintenant ? Les affaires de Miss Hamilton sont dans sa loge. Il faut les sortir de leurs cartons. Vous aurez pas mal de choses à repasser, mais vous pourrez finir demain matin. Tenez, voici les clés. Nous verrons comment vous vous débrouillez avant de rédiger un contrat. Le veilleur de nuit est là-bas. Il vous ouvrira la porte. Dites que je vous ai envoyée.

Il prit une carte dans sa poche et y inscrivit quelques mots à la hâte.

— Il est un peu tatillon, vous comprenez. Montrez-lui ceci.

— Ce soir ? demanda Martyn. Maintenant ?

— Vous ne pouvez pas ?

— Si, mais...

— Vous vous dites peut-être que ce n'est pas une heure pour travailler ?

— Non, non.

Pour la première fois depuis qu'elle l'avait rencontré, il parut l'examiner attentivement.

— Je suppose que...

Il hésita, laissant sa phrase en suspens. Martyn, d'une voix quelque peu étranglée, s'empressa d'ajouter :

— Je suis parfaitement digne de confiance. Vous avez parlé de références. J'ai...

— Oui, oui, coupa-t-il. Bon, c'est entendu. Je suis pressé. Vous n'avez besoin de rien ? Vous pouvez traverser la salle, il pleut dehors. Oui, par là. Je vous laisse. Bonsoir.

Soulevant sa valise, elle franchit la porte qu'il lui avait indiquée.

Elle se trouva derrière les fauteuils d'orchestre, les pieds enfoncés dans une épaisse moquette, faisant face à la travée centrale. Le rideau était à moitié levé, et la scène baignait dans une lumière bleu pâle venant d'une fenêtre que l'on discernait à l'arrière-plan. Cette clarté diffuse se reflétait sur les loges drapées de housses. Le dôme était invisible, perdu dans l'obscurité, si haut que le martèlement de la pluie sur le plafond se distinguait à peine. Une odeur de naphtaline et de peluche flottait dans l'air.

Martyn s'avança dans la travée.

— J'oubliais, fit derrière elle la voix de M. Grantley.

Elle réprima un petit cri tandis qu'il poursuivait :

— Pensez à aller chercher un bouquet de fleurs pour la loge. Elle aime les roses. Voici une autre carte.

— Je n'ai pas...

— Florain est juste au coin de la rue, lança-t-il. Vous n'avez qu'à montrer ma carte.

La porte se referma. Quelques instants plus tard, elle entendit un claquement plus lointain. Elle attendit encore un moment, s'accoutumant à l'obscurité. Les ténèbres se dissipèrent, et l'amphithéâtre apparut comme une photographie en cours de développement. Le spectacle qu'elle découvrit lui sembla d'une grande beauté. Elle admira l'arrondi du cercle, la coquille en forme d'éventail qui en épousait le contour, l'élégance de l'avant-scène et la sobriété des décorations. Elle fut comme réconfortée par cette vision tout en douceur et en demi-tons. Le bien-être qu'elle éprouva était certes un peu irréel, mais elle sentit refluer sa fatigue et ce fut en souriant qu'elle gravit les marches d'un petit escalier, poussa une porte et pénétra dans les coulisses.

Là, tout lui était familier. Une ampoule bleue couverte de poussière éclairait un casier à lettres et laissait deviner des pans de décors suspendus dans les combles. A ses pieds, un câble s'avançait sur la scène qu'il traversait de part en part. Il y avait des formes vagues, à peine dessinées : un empilement de toiles, des perches, un ventilateur, un appareil à faire la pluie. Elle sentit une odeur de peinture et de colle. Au moment où elle souriait, rassurée par ces objets qu'elle reconnaissait sans même les distinguer tout à fait, elle entendit un bruit de pas suivi d'une sorte de grattement.

Devant elle, une porte s'ouvrit, révélant une zone de lumière ainsi que la silhouette d'un homme vêtu d'un lourd manteau. Il s'arrêta dans l'embrasure, plongea une main dans sa poche et produisit une torche électrique. Un faisceau de clarté jaillit, parcourut rapidement le décor et s'immobilisa sur elle.

— C'est M. Grantley qui m'envoie, expliqua-t-elle en clignant des paupières. Je suis l'habilleuse.

— L'habilleuse ? fit-il d'une voix épaisse.

Il s'avança, gardant sa lampe braquée sur Martyn.

— Quelle habilleuse ?

Elle lui tendit la carte de M. Grantley. Il s'approcha.

— Ah ! je vois, s'exclama-t-il sur un ton vaguement enjoué. Personne ne m'en avait parlé. Je sais où j'en suis, maintenant, pas vrai ?

— Je l'espère, répondit-elle en esquissant un sourire amical. Je regrette de vous déranger. L'habilleuse de Miss Hamilton est tombée malade et j'ai pris sa place.

— Qui s'en plaindrait ? commenta-t-il d'un air visiblement satisfait. C'est pas pour dire du mal d'elle, remarquez.

Il mangeait quelque chose. Le mouvement de ses mâchoires, l'odeur de nourriture et le bruit qu'il faisait en mastiquant étaient une torture. Martyn aurait hurlé sa faim.

— Il me demande de vous ouvrir la loge, poursuivit-il. Venez avec moi, je vais prendre les clés. J'étais en train de casser la croûte.

Elle le suivit dans une petite pièce encombrée d'un

invraisemblable bric-à-brac. Une bouilloire fumait sur un réchaud à gaz, près d'un évier à moitié bouché par les feuilles de thé. Le repas du veilleur de nuit était étalé sur un journal : du pain et un pot de confiture. Il s'apprêtait à faire du thé, expliqua-t-il.

— Ça ne vous dérangerait pas d'attendre un peu ? demanda-t-il.

— Non, non.

Adossée à la porte, elle ne le quittait pas des yeux. L'odeur qui se répandit dans le petit cagibi, noyant celle de la peinture défraîchie et de la poussière, était presque grisante.

— Vous en voulez un peu ?

Il lui tournait le dos.

— Oh oui !

Il ouvrit le robinet sur une vieille tasse.

— J'ai une boîte de viande en conserve dans ma valise, indiqua Martyn. Nous pourrions la partager si vous me laissez un peu de votre pain...

Il pivota sur lui-même, et elle distingua pour la première fois les traits de son visage. Il avait une peau mate, des joues creuses et de petits yeux malicieux. Pendant un moment, il l'observa en silence. Puis l'expression de son regard changea.

— Voilà une offre plutôt généreuse, déclara-t-il. Vous ne vous sentez pas bien ?

— Mais si...

— Vous avez une petite mine.

— Je suis un peu fatiguée, et...

Sa voix se brisa. L'espace d'un instant, elle crut qu'elle allait fondre en larmes.

— Ce n'est rien, ajouta-t-elle.

— Attendez.

Avec beaucoup de douceur, il l'aida à s'asseoir sur une caisse en bois qu'il prit sous l'évier.

— Voyons un peu cette boîte de conserve, poursuivit-il.

Tandis qu'elle ouvrait sa valise, il entreprit de verser le thé.

— Rien de tel pour vous remonter le moral, l'entendit-elle annoncer.

Il vint poser la tasse fumante auprès d'elle et regagna l'évier.

Martyn trouva la boîte de conserve et la lui remit.

— Dites donc ! s'exclama-t-il en jetant un coup d'œil sur l'étiquette. De la langue de veau *et* de l'agneau ! Ça a l'air fameux.

— Vous pouvez l'ouvrir ?

— Et comment !

Elle but son thé à petites gorgées tandis qu'il décapsulait la boîte et en servait le contenu dans une assiette d'aspect douteux. Se servant d'un canif, il mit plusieurs tranches de viande sur un morceau de pain qu'il lui tendit.

— Voilà. Mangez lentement.

Comme elle lui demandait de se joindre à elle, il répondit qu'il préférait garder sa part pour plus tard. Il examina la boîte métallique avec un vif intérêt, laissant Martyn s'absorber dans la tâche de mastiquer et d'avaler. Elle ne s'était jamais livrée à une activité physique avec une telle concentration. Le fait de se nourrir lui procurait une satisfaction presque féroce.

— Ça vient d'Australie ? interrogea son compagnon.

— De Nouvelle-Zélande.

— C'est la même chose.

— Pas tout à fait, indiqua Martyn. Une grande mer sépare les deux pays.

— Vous êtes australienne ?

— Néo-zélandaise...

— C'est la même chose.

Elle leva les yeux et vit qu'il lui souriait. De la main, il esquissa le geste de balayer son sourire. Martyn but une dernière gorgée de thé et se mit debout.

— J'ai du travail, annonça-t-elle. Je dois commencer tout de suite.

— Ça va mieux ?

— Oh oui, beaucoup mieux.

— Quand avez-vous pris votre dernier repas solide ?

— Hier.

— C'est jamais bon de boire quand on est à jeun.

Les joues soudain brûlantes, Martyn bredouilla :

— Je n'ai pas... Enfin oui, je sais... Je ne me sentais pas bien et quelqu'un... une fille... gentiment...

— Vos parents savent que vous êtes sortie ? demanda-t-il sur un ton ironique tout en prenant une clé accrochée derrière la porte. Si vous devez absolument travailler...

— Je vous en prie.

— La visite va commencer. Veuillez suivre le guide et abstenez-vous de lui parler. Je vous remercie.

Lui emboîtant le pas, elle traversa la scène et contourna la toile de fond. Il se servit de sa torche électrique pour lui signaler les obstacles qui se dressaient sur leur chemin. Quand elle trébucha sur une table recouverte d'un drap sombre, il s'arrêta pour lui prendre la main. Martyn réprima un frisson au contact de ses doigts calleux. Elle connut à nouveau un sentiment de peur et de solitude.

Il lui lâcha la main, ouvrit une porte et se pencha pour actionner un commutateur.

— Le foyer des artistes, annonça-t-il. Refait à neuf comme vous pouvez le voir.

C'était une pièce dépourvue de fenêtre. Les murs et le plafond étaient peints en vert. Il y avait quelques fauteuils en cuir brun, une table ronde couverte de revues, une bibliothèque aux étagères bien remplies et un radiateur à gaz. Plusieurs daguerréotypes étaient accrochés aux murs : « M. Bale dans le rôle de Claude Amboine » — « M.T. Hicks dans le rôle de Richard Ier » — « S. French dans le rôle d'Arlequin ».

Au-dessus de la cheminée, il y avait un portrait de dimensions un peu plus grandes que les autres. Il représentait un homme d'une trentaine d'années, vêtu d'une tenue médiévale. Le heaume, qu'il soulevait à moitié, révélait un visage d'une grande pureté. Le front était haut, le nez fin et droit. La bouche, quoique parfaitement masculine, avait un pli extrêmement délicat. C'était un ovale qui reflétait de la force en même temps que du raffinement. Mais ce ne furent pas ces vertus qui troublèrent Martyn. Dans le verre qui recouvrait le portrait, elle vit le reflet de son propre visage, se superposant au premier comme une ombre ou comme les contours d'une épreuve photographique doublement exposée. Elle sentit que son compagnon s'était arrêté derrière elle et contemplait cette étrange image. Elle fit un pas en avant, se rapprochant du mur, et le reflet disparut.

— C'est bien lui, hein ? fit le veilleur de nuit.

— Je ne sais pas. Je...

— Comment ça ? Vous ne reconnaissez pas le patron ?

— Le... patron ?

— Vous êtes drôle, vous. Qui est le propriétaire de cette maison ? C'est lui, le grand Adam Poole en personne.

— Ah bon, murmura-t-elle. Je l'ai vu au cinéma, bien sûr, ajouta-t-elle après une pause.

— Pas possible ! ironisa-t-il. Où ça ? En Australie ? On aura tout entendu !

Il s'était montré d'une grande gentillesse à son égard, mais elle trouvait son ton sarcastique de plus en plus irritant. Pourtant, au lieu d'abréger leur conversation, elle se surprit à fournir des éclaircissements. Elle connaissait Adam Poole, naturellement, affirma-t-elle. Son portrait n'était-il pas dans le hall ? Tous ses films avaient été projetés en Nouvelle-Zélande. Elle savait qu'il était le membre le plus illustre de la jeune génération des acteurs-metteurs en scène. Simplement, le portrait l'avait un peu étonnée. Parce que... Mais elle fut incapable d'expliquer la nature et les raisons du trouble qu'elle avait ressenti devant ce visage, et sa phrase s'acheva dans un silence embarrassé.

Quand elle leva les yeux, son compagnon souriait d'un air entendu.

— Je comprends, assura-t-il. Toutes les femmes réagissent de cette façon. Comme on dit, il ne les laisse pas indifférentes.

— Vous vous trompez, lança-t-elle avec humeur. Ce n'est pas ce que je voulais dire.

— Vous devriez voir les peaux de banane qu'elles se jettent dans les coulisses, simplement pour être auprès de lui. C'est écœurant. La beauté de l'âme féminine chantée par les poètes, je ne vous dirai pas ce que j'en pense ! Vous trouverez une table à repasser dans le magasin des costumes, un peu plus loin là-bas. La loge de Son Altesse Royale est juste en face.

Il sortit, ouvrit une autre porte, fit la lumière et appela Martyn.

III

Avant même d'entrer dans la loge de l'actrice vedette, elle reconnut les odeurs de crème et de blanc gras. La table de maquillage était nue et la pièce inoccupée. Il y avait des traces de peinture sur les étagères et sur le miroir. Les ampoules électriques étaient maculées de blanc et de rouge, là où l'on avait posé des crayons pour les chauffer. Près du lavabo, quelqu'un avait laissé une poêle miniature remplie de mascara solidifié.

C'était une pièce humide, vaste et sans fenêtre. Il y régnait comme une atmosphère de gloire révolue. Une psyché en occupait un coin, montée sur un châssis doré. En guise de meubles, il y avait un canapé Empire, un fauteuil et un tabouret rembourré. La moquette rouge avait depuis longtemps perdu ses motifs fleuris. Au centre, plusieurs cartons s'entassaient les uns sur les autres. Tous portaient l'inscription : « Pierrot & Cie — Costumier. » Deux valises étaient rangées le long d'un mur, à proximité d'un radiateur à gaz.

— Eh bien, voilà, fit le veilleur de nuit. Vous êtes chez vous.

En se tournant pour le remercier, Martyn surprit sur son visage une expression méditative.

— C'est pas mal ici ? poursuivit-il en s'approchant. Un coin tranquille, pas vrai ?

— Vous avez été très aimable, répondit-elle. Je saurai me débrouiller maintenant. Merci beaucoup.

— De rien.

Il esquissa un geste maladroit pour lui prendre le bras, ajoutant d'une voix épaisse :

— Vous êtes toute trempée.

— Ce n'est pas grave, quelques gouttes de pluie...

Elle alla se réfugier derrière la pile de cartons et entreprit d'ouvrir la première boîte. Elle l'entendit s'éloigner, puis gratter une allumette. Au même instant, il y eut un bruit d'explosion venant du radiateur à gaz. Martyn ne put réprimer un petit cri d'effroi.

— Allons, allons, fit le veilleur. Vous n'êtes pas superstitieuse ?

— Superstitieuse ?

Du pouce, il indiqua le feu qu'il venait d'allumer.

— Je ne comprends pas, avoua Martyn.

— Ne me dites pas que vous n'avez jamais entendu parler de l'affaire du Jupiter !

La grille du radiateur commençait à rougir.

— Évidemment vous étiez très jeune, reprit-il. Moi-même, je ne travaillais pas encore ici quand c'est arrivé. Mais ceux qui y étaient en parlent toujours. Enfin, pas ouvertement. On murmure, on chuchote...

— De quoi s'agit-il ? demanda Martyn un peu à contrecœur.

— Vous n'êtes vraiment pas superstitieuse ?

— Non.

— Moi non plus, annonça-t-il avec un grand sourire. Ça s'est passé il y a cinq ans, je crois. Un meurtre. L'assassin occupait la loge numéro quatre. Vous savez comment il a tué son collègue ? Simplement en fermant le robinet de son propre radiateur. Je vais vous expliquer : si je passais dans la pièce voisine et que je coupais le gaz, ce feu s'éteindrait. Je n'aurais plus qu'à rouvrir et... le tour est joué. Il suffirait que vous soyez un peu fatiguée comme en ce moment, ou que vous ayez bu trop de ce cognac offert par votre amie... vous n'y coupez pas. Vous êtes morte. C'est ce qui est arrivé. Une sale affaire. Le théâtre est resté fermé pendant longtemps et on l'a rénové. Le patron ne veut pas qu'on reparle de cette histoire. Il a changé le nom de la boîte quand il l'a achetée. Mais ce genre d'événement n'est pas facile à oublier, surtout pour ceux qui l'ont vécu. C'est pas votre cas, et pas le mien non plus. Pas vrai ? Vous et moi, on a autre chose à faire...

Il prononça ces derniers mots d'une voix pleine de sous-entendus. Martyn ouvrit les deux cartons suivants. Ses doigts tremblaient légèrement. Elle se retourna pour les lui dissimuler, essayant d'ignorer l'odeur désagréable qu'il commençait à dégager en restant auprès du radiateur. Ses pieds l'élançaient douloureusement. D'un mouvement discret, elle les extirpa de ses chaussures humides.

— Bonne idée, commenta-t-il. Nous allons les mettre à sécher.

Rapidement, il s'approcha d'elle et se baissa pour les prendre.

— Vos bas aussi ? demanda-t-il en refermant les doigts sur son pied.

Martyn respira profondément.

— Écoutez, vous avez été très gentil jusqu'à présent. Laissez-moi, voulez-vous, j'ai du travail.

Il desserra lentement son étreinte et leva les yeux pour la considérer d'un air placide. Dans ses petits yeux rusés, il y avait une lueur de curiosité.

— Je pensais bien faire, déclara-t-il. On en reste là ?

— On en reste là.

— Très bien.

Il se mit debout, alla poser les chaussures devant le radiateur et marcha vers la porte.

— Vous habitez loin d'ici ?

Submergée par un sentiment de solitude et de désarroi, Martyn ne songea pas à éluder cette question.

— Je ne sais pas encore, répondit-elle. Je trouverai quelque chose. On m'a dit qu'il y avait un foyer de jeunes filles près de Paddington.

— Vous avez des sous ?

— Tout ira bien, maintenant que j'ai du travail.

Il plongea une main dans sa poche.

— Tenez...

— Non, non. Je vous en prie.

— Allons, ne faites pas de chichis. Nous sommes amis, non ?

— Non, vraiment. C'est très gentil de votre part, mais je dois refuser. Je me débrouillerai.

— Comme vous voudrez.

Après une pause, il ajouta :

— Franchement, je ne vous comprends pas. Votre façon de parler, de vous tenir... Que s'est-il passé ? Vous avez eu des ennuis ?

— Non, non.

— Bon, je ne vous poserai plus de questions.

Il ouvrit la porte et s'avança dans le couloir.

— En principe, c'est défendu par le règlement, lança-t-il par-dessus son épaule. Mais vous ne me reverrez pas ce soir. Mon copain vient me relever à huit heures du matin. Je lui dirai un mot si vous voulez. Vous pouvez vous étendre au foyer des artistes. Il y a de bons fauteuils et c'est chauffé. J'allumerai le radiateur en passant.

— C'est vrai ? Je peux ?

— Pourquoi pas ? Mais n'en dites rien à personne, sinon j'aurai des ennuis. Bonsoir. Ne vous laissez pas abattre, ça finira bien par s'arranger.

Il disparut et Martyn courut vers la sortie. Elle ne vit que le faisceau de sa torche électrique traverser la scène.

— Merci, lui cria-t-elle. Merci beaucoup. Je ne connais pas votre nom, mais... merci et bonsoir.

— Badger, l'entendit-elle répondre dans le noir. Vous pouvez m'appeler Fred.

Une porte claqua au loin. Martyn retourna à son travail.

IV

A vingt-deux heures, elle promena un regard las mais satisfait sur son œuvre. Cinq robes soigneusement repassées étaient suspendues aux murs. La table de maquillage était prête. Cartons et boîtes vides étaient rangés dans un placard et les photos-souvenirs disposées sur la coiffeuse. Un vase rempli d'eau attendait d'accueillir les roses de Miss Helena Hamilton.

Martyn s'appuya lourdement sur le dossier d'une chaise et contempla un sous-verre contenant deux photographies du même visage. C'étaient des portraits de studio. Le visage semblait plus jeune que celui du foyer des artistes. Plus jeune et plus impressionnant. Le pli des lèvres était féroce, le regard froid et lointain. Mais il eut le même effet sur Martyn. Au bas de chacune des photos, il y avait ces mots, tracés en petits caractères incisifs : « A Helena. Adam. 1950. » « Ils sont peut-être mariés », songea-t-elle.

Elle s'arrêta dans l'embrasure de la porte et promena un dernier regard autour d'elle, craignant d'avoir oublié quelque détail important. Non, tout était en ordre, se dit-elle. Mais, tandis qu'elle se tournait pour partir, elle vit son propre reflet dans la longue psyché. Depuis son entrée dans la loge de Miss Hamilton, ce n'était certes pas la première fois que cette rencontre se produisait. Elle était passée et repassée devant les miroirs et les avait même soigneusement astiqués. Mais son attention tout entière était alors dirigée sur la tâche qu'elle avait à accomplir. Elle ne s'était pas une seule fois regardée.

Elle vit une jeune fille vêtue d'un chemisier jaune et d'une jupe sombre, avec des mèches noires qui tombaient sur son front, un visage blême, des yeux cernés, une bouche qui aurait dû être ferme et délicate mais qu'alourdissait à présent la fatigue. Elle repoussa une boucle et s'examina pendant quelques instants. Puis elle éteignit, traversa le couloir et gagna le foyer. Là, elle se laissa tomber dans un fauteuil, se couvrit de son manteau et dormit jusqu'au matin.

2.

Les deux visages dans le miroir

I

Le vent nocturne se fraya un chemin jusqu'aux coulisses et envahit les combles. Les cintres, cette forêt de cordes, se peuplèrent de bruissements et de soupirs. Des écailles de papier, vestiges d'une ancienne tempête de neige, se détachèrent d'une latte et atterrirent sur le plancher. La pluie, fouettant les murs et martelant le toit, cascadait dans les gouttières et jaillissait en trombe devant l'entrée des artistes. Les rats du théâtre sortirent. Ils explorèrent le bric-à-brac de la remise et s'agitèrent vainement autour d'une assiette couverte contenant un reste de langue de veau. La salle, de temps à autre, était parcourue d'un vague chuchotement. Dans sa petite loge, Fred Badger dormait d'un sommeil intermittent. Il se leva peu après minuit et entreprit une ronde. Il parcourut les multiples corridors, promenant sa lampe sur des esquisses de décors et de costumes, inspectant le foyer, s'assurant que portes et fenêtres étaient fermées. Perdu dans ses pensées, il gravit sans bruit les marches de l'escalier et, pendant de longs moments, se tint immobile à l'entrée d'un balcon. Puis, soupirant, il rebroussa chemin et traversa la scène d'un pas silencieux. Pour finir, il se dirigea vers le foyer des artistes et, comme impulsivement, en entrouvrit la porte.

Martyn dormait dans un fauteuil, les genoux calés sur l'un des deux bras, la tête posée sur l'autre. Les flammes du radiateur à gaz éclairaient son visage. Fred Badger se tint longtemps dans l'embrasure de la porte, les yeux fixés sur la jeune femme, promenant une main calleuse sur son menton. Puis il fit un pas en arrière, referma la porte doucement et gagna sa loge où il téléphona aux pompiers pour faire son rapport quotidien.

La pluie s'interrompit à l'aube et des engins de la voirie remontèrent Carpet Street en actionnant leurs brosses tournantes. Une camionnette de laitier passa en trombe devant l'entrée du Vulcain et le premier autobus rugit au loin. Martyn n'entendit pas ces ronflements. Elle fut réveillée par le murmure du radiateur à gaz et par le souvenir confus d'une main frappant doucement à une porte. Le foyer était dépourvu de fenêtre mais, à la lueur du feu, elle consulta sa montre et vit qu'il était huit heures. Elle se leva et traversa la pièce pour jeter un coup d'œil dans le couloir. Une tasse de thé était posée devant l'entrée, surmontée d'un grand sandwich. Sous le récipient, il y avait un bout de papier portant cette inscription : « Gardez le moral. A bientôt. »

Elle attaqua son petit déjeuner avec un sentiment de gratitude et d'optimisme retrouvé. Puis elle sortit explorer le corridor au fond duquel elle découvrit une loge ouverte et apparemment inutilisée. Elle alla chercher sa valise, referma derrière elle en calant la porte avec une chaise, se déshabilla et fit une toilette rapide. Quelques instants plus tard, elle traversait la scène, poussait la porte derrière elle et remontait la ruelle vers Carpet Street.

C'était un matin clair et ensoleillé. L'air était froid, la lumière presque aveuglante. Un camion stationnait devant l'entrée du Vulcain et des hommes en déchargeaient des meubles. Dans le hall, une femme de ménage promenait un aspirateur sur la moquette, et un garçon de courses ressortait en sifflotant. La circulation était dense et bruyante.

Martyn tourna sur sa gauche et marcha rapidement jusqu'à une devanture de fleuriste. Dans la vitrine, une jeune fille vêtue de bleu finissait d'arranger une corbeille de roses. La porte du magasin n'était pas encore ouverte, mais Martyn, enhardie par l'air frais et un sentiment d'aventure et de liberté, frappa deux petits coups sur la vitre. Quand la jeune fille leva les yeux, elle lui indiqua les roses tout en brandissant la carte de M. Grantley. La jeune fleuriste sourit et vint lui ouvrir.

— Excusez-moi de vous déranger, commença Martyn, M. Grantley, du Vulcain, m'a demandé de prendre des roses pour Miss Helena Hamilton. Il ne m'a pas donné d'argent et je n'ai malheureusement pas de quoi vous payer. Cela doit vous paraître un peu bizarre...

— Non, non, assura la fleuriste d'un air affable. M. Grantley a un crédit chez nous.

— Vous pouvez peut-être me conseiller une variété particulière de roses ? suggéra Martyn qui, soudain, se sentait extraordinairement légère. Vous comprenez, je suis la nouvelle habilleuse de Miss Hamilton et je ne connais pas encore très bien ses goûts.

— Des rouges, à mon avis. Nous venons de recevoir celles-ci. Comment les trouvez-vous ?

Elle souleva une gerbe de fleurs. Les pétales à moitié ouverts scintillaient de gouttelettes de rosée.

— Merveilleuses, approuva Martyn.

Tandis qu'elle en sélectionnait une douzaine, elle vit que la jeune fleuriste l'observait d'un regard intrigué.

— Habilleuse de Miss Hamilton... comme c'est intéressant. Vous avez bien de la chance.

— C'est vrai, convint Martyn en s'apprêtant à sortir.

Son interlocutrice, rougissant un peu sous son fard, enchaîna rapidement :

— Je me demande si vous pourriez m'obtenir un autographe de Miss Hamilton. Je vous en serais vraiment reconnaissante.

— J'essaierai, mais je ne l'ai même pas encore vue.

— Vous êtes gentille. Merci beaucoup. Comme vous le devinez sans doute, ajouta la jeune fleuriste, je suis une de ses nombreuses admiratrices. J'ai vu tous ses films sans exception. Et je trouve Adam Poole — je veux dire M. Poole — tout simplement merveilleux. Je le pense vraiment. Ils sont fantastiques, tous les deux. Il doit être amoureux d'elle, et pas seulement quand ils jouent ensemble. Vous ne croyez pas ?

Martyn répondit qu'elle n'avait pas encore eu le temps de se faire une idée à ce sujet. Puis elle sortit, laissant la jeune fille en contemplation devant sa corbeille de roses.

Quand elle fut de retour au Vulcain, celui-ci avait complètement changé d'atmosphère. Il était maintenant plein de mouvement et de bruits. Les portes de la salle étaient grandes ouvertes et le soleil, entrant à flots, jetait des lueurs incongrues sur des pans de décor appuyés contre les murs. Des coups de marteau résonnaient dans les cintres et une toile de fond pendait en diagonale au-dessus de la scène, descendant par petites secousses. Un homme en bras de chemise hurlait :

— Laisse filer ta gauche. Sur ta droite, maintenant. Pas si vite ! Là, stop ! Très bien. Va chercher l'autre.

Un luminaire était posé au milieu de la scène, sous une herse qu'un vieil éclairagiste s'occupait à garnir. Plus loin, devant l'entrée des artistes, plusieurs hommes entouraient un ouvrier qui finissait de déballer une petite table nacrée. L'un d'eux, grand de taille, vêtu d'un jean et d'un pull-over rouge, secouait la tête d'un air exaspéré.

— Ça fait trop clinquant, affirma-t-il sur un ton irrité. Il n'en voudra pas.

Levant les yeux, il aperçut Martyn et ajouta :

— Mettez-les dans sa loge, voulez-vous ?

Martyn s'éloigna en acquiesçant. Une activité intense régnait dans les coulisses et dans les corridors. Un homme chauve en bleu de travail fixait des étiquettes sur les portes et, du foyer des artistes, montait le ronronnement d'un aspirateur. Au fond du couloir, une voix chantonnait avec entrain. La loge de Miss Hamilton était ouverte.

Martyn fut comme gagnée par l'effervescence et la fébrilité qu'elle percevait autour d'elle. Soudain, elle éprouva le besoin de participer aux préparatifs en cours. Elle sortit rapidement les roses de leur enveloppe et les mit dans le vase. Les tiges étaient trop longues, mais elle ne disposait d'aucun outil pour les écourter. Elle regagna la loge où elle avait laissé sa valise et fouilla celle-ci à la recherche de la trousse qu'une tante prévenante lui avait donnée en Nouvelle-Zélande. Mais elle ne trouva qu'un amas de fils, d'aiguilles et de boutons disparates. Elle rebroussa chemin et entreprit de scier les tiges en se servant de sa lime à ongles. Quand des coups furent frappés sur le mur de la pièce voisine, elle sursauta et se coupa la main.

— Alors ? questionna une voix désincarnée. Comment va la belle Tansey ?

Arrangeant les fleurs de sa main droite et suçant

l'autre, Martyn réfléchit à la réponse qu'il convenait de donner.

— Je ne suis pas Miss Tansey, indiqua-t-elle sur un ton hésitant.

Elle entendit un murmure vague, puis le bruit d'une brosse que l'on promenait sur des vêtements. Quelques instants plus tard, comme elle se redressait pour contempler le résultat de son travail, une voix lança depuis l'entrée :

— Eh bien, c'est reparti !

En se tournant, elle découvrit un petit homme en gilet noir, une veste drapée sur le bras. Il la contemplait d'un air ébahi.

— Excusez-moi, fit-il. Je croyais que vous étiez Miss Tansey.

Martyn lui expliqua brièvement la situation.

— C'est sûrement son cœur, commenta-t-il. Elle aurait dû s'arrêter depuis longtemps. Je l'avais prévenue. Elle est à l'hôpital ? Ça ne me dit rien qui vaille.

Il secoua la tête et poursuivit d'un air vaguement étonné :

— Vous l'avez donc remplacée ? Tiens, tiens ! Mais je ne me suis pas présenté. Mon nom est Cringle. Appelez-moi Bob, ce sera parfait. Je suis l'habilleur de M. Poole.

Martyn se présenta à son tour et ils se serrèrent la main. Un large sourire éclairait le visage finement ridé de Bob Cringle.

— Il y a longtemps que vous exercez ce métier ? interrogea-t-il. Non, ma question est stupide. Ça doit être votre premier engagement, ou alors une façon de meubler vos vacances scolaires...

— Pensez-vous que Miss Hamilton me trouvera trop jeune ? demanda Martyn avec inquiétude.

— Pas si vous lui donnez satisfaction. Elle ne dira rien si vous faites votre travail comme il faut. Moi, c'est différent. J'ai beau me tuer au boulot, quand Sa Seigneurie n'est pas de bonne humeur, j'en fais les frais. Pourquoi je suis encore là ? Je me le demande. Enfin... Mais vous n'aurez pas de problème avec *elle*, c'est sûr.

Il marqua une pause et reprit sur un ton mal assuré :

— Mais je ne vous apprends rien. Tout ça, vous le savez.

Martyn demeura silencieuse. Elle sentit la curiosité de son interlocuteur comme une réalité palpable.

— Je ferai de mon mieux, déclara-t-elle au bout d'un moment.

Il promena un regard sur la loge.

— Ça m'a l'air parfait, commenta-t-il. Vous avez tout repassé ? Et il y a même un bouquet de fleurs. Vraiment rien à dire. Vous êtes une de ses amies ? Vous faites ça pour lui rendre service ?

— Non, non. Je ne l'ai jamais vue. Sauf dans ses films, bien entendu.

— Ah bon ?

Une lueur spéculative brillait dans ses petits yeux fureteurs.

— Les jeunes femmes d'aujourd'hui n'ont pas souvent l'occasion de choisir leur métier, opina-t-il.

— C'est vrai.

— J'espère que vous ne me trouvez pas trop indiscret, mais je me demandais si vous aviez fait une école d'art dramatique. Vous êtes peut-être ici pour mettre la main à la pâte, en quelque sorte ?

Martyn n'eut même pas à lutter pour s'empêcher de lui révéler les vrais motifs de sa présence en Grande-Bretagne. Deux semaines auparavant, elle avait dû résister à l'envie presque désespérée d'appeler quelqu'un au secours, le commandant de bord par exemple ou le consul de Nouvelle-Zélande. Le sentiment d'impuissance et de désarroi qui l'étreignait ne l'avait pas quittée. Mais elle gardait le silence à présent. Et, comme par un effet d'accoutumance, plus elle se taisait, moins elle éprouvait le besoin de parler.

A la question du petit habilleur, elle répondit sur un ton évasif :

— Pourquoi pas, si l'occasion se présentait ?

Une voix au timbre profond et vibrant appela depuis la scène :

— Bob ! Où diable êtes-vous encore passé ! Bob !

— Aïe ! Aïe ! Aïe ! gémit l'intéressé. Ça recommence. *Je viens, monsieur. Je viens tout de suite.*

Avant qu'il eût atteint la porte, un homme apparut. Il était si grand que, l'espace d'un instant, son regard plongea par-dessus la tête de l'habilleur pour se poser sur Martyn.

— Cette jeune femme est la nouvelle habilleuse de Miss Hamilton, monsieur Poole, expliqua Bob Cringle. J'étais en train de lui parler...

— Occupez-vous plutôt de votre travail. Venez, j'ai besoin de vous.

Se tournant vers Martyn, il ajouta :

— Bonjour.

Puis disparut.

— Regardez-moi ça ! l'entendit-elle s'exclamer avec colère dans la pièce voisine. Où êtes-vous ? Bob !

Cringle s'arrêta dans l'embrasure de la porte et leva les bras au ciel.

— Voilà, voilà. En quoi puis-je vous être utile, monsieur ? demanda-t-il en s'éloignant.

« Le portrait du foyer est plus ressemblant que les photos », songea Martyn. Absorbée par cette constatation, elle n'eut que vaguement conscience d'une voix féminine résonnant dans le corridor. Helena Hamilton la trouva debout au milieu de la loge, fronçant les sourcils.

II

Rencontrer une vedette de théâtre ou de cinéma est une expérience souvent déconcertante. C'est un peu comme si deux visions se fondaient en une seule, réelle celle-là, et d'une embarrassante normalité. On n'est pas toujours heureux quand l'ombre familière disparaît et que surgit l'étrange réalité.

Helena Hamilton était une femme blonde. Elle avait toutes les grâces. Décrire dans le détail la beauté parfaite de ses cheveux, de ses yeux, de sa bouche et de sa peau, sa silhouette, son port de tête, serait superflu. Ceux qui ont vu ses films ne découvriraient rien de nouveau dans une telle énumération. Helena Hamilton était très belle. Même si elle paraissait un peu plus âgée que son image cinématographique.

A la beauté, elle alliait un charme irrésistible. Elle avait le pouvoir de transformer une conférence de presse en une assemblée d'admirateurs prompts à acquiescer, naïfs parfois, subjugués. Elle pouvait lancer à la salle des mots répétés avant elle par maintes actrices et, néanmoins, paraître spirituelle, inventive, originale.

Elle souriait, amicale et chaleureuse. Sa voix musicale dissipa un peu de la gêne qu'éprouvait Martyn.

— Vous êtes venue m'aider ? questionna-t-elle. Comme c'est gentil. M. Grantley m'a parlé de vous, je suis persuadée que nous nous entendrons merveilleusement. Mais je ne sais toujours pas comment vous vous appelez.

— Tarne, répondit Martyn après une brève hésitation. Martyn Tarne.

— Mais c'est un nom absolument charmant !

Les yeux lumineux de Miss Hamilton s'attardèrent sur le visage de Martyn et son regard s'aiguisa.

— Absolument charmant, répéta-t-elle en pivotant sur elle-même.

Martyn ne comprit la signification de ce geste qu'au bout d'un instant : elle souleva le manteau que Miss Hamilton portait sur les épaules et alla le mettre sur un cintre. Elle vit, en se retournant, que la comédienne l'observait attentivement.

— Je vois que vous avez déjà tout rangé, fit-elle avec un sourire. Il y a même des roses.

— C'est M. Grantley qui vous les envoie.

— Oui, mais c'est sans doute vous qui êtes allée les chercher.

— En fait...

Martyn ne put poursuivre. Le jeune homme au pull-over rouge entra à cet instant, portant une trousse de maquillage dont il lui remit la clé. Tandis qu'elle commençait à en disposer le contenu sur la table, la porte s'ouvrit de nouveau et un autre homme s'avança. Plus âgé que le premier, il avait des traits agréables et une démarche pleine d'assurance. Martyn avait vu son portrait dans le hall : c'était Clark Bennington. Il s'adressa à Miss Hamilton :

— J'ai eu une discussion avec John Rutherford.

— A quel sujet ? demanda-t-elle sur un ton quelque peu inquiet.

— Au sujet de la petite. Gay. Il lui a encore fait des misères. Adam aussi.

Son regard s'arrêta un instant sur Martyn. Il ajouta d'un air irrité :

— Il faut que je te parle.

— Pas maintenant, Ben, je dois me changer. Je te présente ma nouvelle habilleuse, Martyn Tarne.

Cette fois, il considéra Martyn attentivement.

— Ça nous change un peu de la vieille Tansey, commenta-t-il. Ça nous change même beaucoup. En mieux, bien sûr. Adam est là ? questionna-t-il en indiquant le mur du fond.

— Oui.

— Bon. A tout à l'heure.

— C'est-à-dire... Très bien, à tout à l'heure.

Il sortit, laissant derrière lui une légère odeur d'alcool.

Pendant un moment, Miss Hamilton demeura immobile. Martyn l'entendit pousser un soupir mi-agacé, mi-angoissé.

— Si nous commencions ? fit-elle avec un sourire.

Martyn s'était posé de nombreuses questions sur la nature de son travail. Était-elle censée déshabiller la comédienne ? Fallait-il s'agenouiller pour lui retirer ses bas ? Entrait-il dans ses fonctions de dégrafer et de déboutonner ? Peut-être revenait-il à l'intéressée elle-même d'effectuer toutes ces opérations ? Miss Hamilton résolut le problème en ôtant sa robe qu'elle jeta dans les bras de Martyn. Il ne resta plus qu'à l'aider à passer son peignoir. Pendant ce temps, des voix masculines s'entendaient dans la pièce voisine. Puis on frappa à la porte. Martyn, en allant ouvrir, trouva le petit habilleur. Il tenait un carton de fleuriste.

— Avec les compliments de M. Poole.

En s'éloignant, il eut un clin d'œil appuyé.

Miss Hamilton avait commencé à enduire son visage d'une crème jaune. Elle demanda à Martyn de soulever le couvercle de la boîte et, se penchant, découvrit trois orchidées couchées sur un lit de mousse, frémissantes et pleines de mystère.

— Chéri ! chanta-t-elle en deux notes argentines.

— Tu as dit quelque chose ? demanda une voix dans l'autre pièce.

— Elles sont absolument exquises. Merci, trésor.

Martyn, en posant la boîte sur la table de maquillage, vit une carte d'accompagnement : « A demain. Adam. »

Durant les instants qui suivirent, elle ne songea plus qu'à l'accomplissement de ses nouvelles tâches. Miss Hamilton reçut de nombreuses visites. Il y eut d'abord Miss Gay Gainsford, une jeune fille d'aspect fragile et exalté, dont les gestes et le visage trahissaient une extrême agitation.

— Tout va bien ? demanda Miss Hamilton en la contemplant dans le miroir.

— Oui. Je suppose que oui, répondit Miss Gainsford d'un air hésitant. J'essaie de faire bonne figure, mais ce n'est pas facile. Pour ne rien te cacher, je suis morte de trac.

— Ne t'inquiète pas, ma chérie. Quoi qu'il arrive, nous savons tous que John a écrit une très bonne pièce. C'est l'évidence même.

— Oui, bien sûr.

— C'est l'évidence même, répéta Miss Hamilton. Et tu réussiras dans le rôle que tu dois interpréter. Le tout est que tu le croies aussi, Gay, que tu en sois persuadée. Tu comprends ?

— Oui.

Miss Gainsford joignit ses mains et les porta à ses lèvres.

— Je fais de mon mieux, reprit-elle. Mais il... John... le Dr Rutherford ne me facilite pas la tâche. Il pense que je suis incapable de jouer ce rôle. Il aurait voulu le confier à une autre que moi.

— Allons, ne dis pas de sottises. John est peut-être un peu sévère, mais...

— *Peut-être ?*

— Oui, bon, il *est* sévère et il manque totalement de diplomatie. Qui songerait à le nier ? Mais il faut faire preuve de patience, ma chérie. Ton heure viendra, et tu seras amplement récompensée. Nous avons confiance en toi, ne l'oublie pas, conclut Miss Hamilton sur un ton grave.

— Évidemment, fit Miss Gainsford d'une voix qui tremblait de plus en plus, je ne peux que te remercier de ta gentillesse. Tu as toujours cherché à m'aider et à me... réconforter. Oncle Ben aussi, bien sûr. Je ne sais si je le mérite...

— Ne sois pas ridicule. Tu es l'une de nos étoiles montantes, Gay.

— Tu le penses *vraiment* ?

— Bien sûr. Nous en sommes tous convaincus, assura Miss Hamilton d'un air un peu vague. Nous en sommes tous convaincus, répéta-t-elle d'un ton ferme avant de se tourner vers la glace.

Miss Gainsford alla jusqu'à la porte et s'arrêta, l'air indécis.

— Adam ne partage pas cette opinion, déclara-t-elle.

D'un geste éloquent, Miss Hamilton indiqua la pièce voisine et mit un doigt sur ses lèvres.

— Il ne serait pas content du tout s'il t'entendait, chuchota-t-elle.

Puis, à haute voix, elle ajouta :

— John est descendu, ce matin ?

— Il est sur scène. Il veut te parler, je crois.

— Peux-tu lui dire que je l'attends, ma chérie ?

— Bien sûr, tante Ella, répondit Miss Gainsford d'un air désenchanté. Je te demande pardon, ça m'a échappé. Oui, Ella, je vais lui faire la commission.

Avec un sourire pâle, elle sortit.

— Oh, mon Dieu ! soupira Miss Hamilton.

Son regard, rencontrant celui de Martyn dans la glace, se fit songeur.

— Si seulement... commença-t-elle. Non, mieux vaut ne pas y penser.

Des pas résonnèrent dans le couloir, suivis par un

grand coup frappé à la porte. Celle-ci s'ouvrit presque aussitôt et un homme de forte corpulence entra. Il portait une chemise de flanelle, un gilet en cuir et un très vieux duffle-coat. Une écharpe rouge tombait sur sa poitrine.

— John, lança Miss Hamilton avec un sourire enjoué. Bonjour, très cher.

Elle tendit sa main au nouveau venu qui y déposa un baiser retentissant. Puis il se releva et ses yeux bleus, légèrement exorbités, cherchèrent le visage de Martyn qui se détourna, gênée par ce regard insistant.

— Qui est-ce ? demanda-t-il d'une voix forte et vibrante.

— Ma nouvelle habilleuse. Dr Rutherford, Martyn.

— Remarquable ! s'exclama le Dr Rutherford. La petite Gainsford prétend que vous vouliez me voir, ajouta-t-il à l'adresse de Miss Hamilton. Que se passe-t-il ?

— John, qu'avez-vous dit à cette enfant ?

— Moi ? Rien du tout. Rien, comparé à ce que j'aurais dû lui dire. Je lui ai simplement demandé d'oublier son petit sourire niais et d'essayer de se donner un visage normal quand elle interprète la scène principale. Je sais que c'est au-dessus de ses moyens, mais...

— Vous lui faites peur.

— C'est elle qui me terrifie. Elle a beau être votre nièce, ma chère Ella...

— C'est la nièce de Ben, pas la mienne.

— Elle serait la nièce du pape que ça n'y changerait pas grand-chose. Écoutez, j'ai conçu ce rôle pour une actrice intelligente et présentant quelques traits de ressemblance avec Adam. Que m'offre-t-on ? Une débutante doublée d'une idiote et qui ne ressemble à rien de...

— Elle est très jolie.

— Rien à voir ! Adam est trop tendre avec elle. Il faut la bousculer ou bien la fiche dehors ! J'aurais choisi la deuxième solution si j'avais mon mot à dire.

— Mon cher John ! La première est dans deux jours, ne l'oubliez pas.

— Une vraie comédienne n'aurait pas mis plus de deux heures pour apprendre ce texte. Je lui ai dit...

— Adam saura lui parler, John. C'est lui le producteur, après tout. Et il connaît son métier.

Le Dr Rutherford sortit une boîte métallique de sa poche, l'ouvrit et y prit une pincée de tabac qu'il introduisit bruyamment dans ses narines.

— Si je comprends bien, l'auteur n'a plus rien à faire dans ce théâtre ?

— Ne dites pas de sottises, John.

— Personne ne réussira à m'écarter, moi ! s'exclama-t-il en ricanant.

Miss Hamilton entrouvrit la bouche, durcit sa lèvre supérieure et, très soigneusement, la peignit d'un rouge pourpre.

— Vous devriez vraiment changer d'attitude, lança-t-elle sur un ton grave. Vous allez finir par mener cette enfant à la dépression nerveuse.

— Le plus tôt sera le mieux.

— Franchement, vous êtes parfois insupportable, John. Si vous n'écriviez pas des pièces aussi sublimes, si vous n'étiez pas le plus grand dramaturge depuis...

— Épargnez-moi les fleurs et donnez-moi plutôt de bons acteurs, interrompit-il. A ce propos, je tiens à vous dire que je n'aime pas du tout le jeu de Ben dans la scène principale. Avec ses mimiques et ses petits sourires de jeune premier, il va dénaturer toute la pièce et je lui tordrai le cou. Vous entendez ? Je lui casserai la figure !

Miss Hamilton se tourna pour lui faire face.

— Je suis sûre que vous vous trompez, John.

— Non, vous n'en êtes pas sûre. Comme moi-même, vous avez remarqué son petit manège, ne dites pas le contraire. En tout cas, s'il recommence ce soir, et si Adam ne le rappelle pas à l'ordre, c'est moi qui m'occuperai de lui. Et je vous promets qu'il s'en souviendra. Quant à l'autre mongolien, cette espèce d'horreur à forme humaine, le sieur Parry Percival... Pouvez-vous me dire quel esprit malveillant et sadique a décidé de me l'imposer ?

— Écoutez, John... commença Miss Hamilton avec humeur.

— N'ai-je pas précisé dès le début de ma désastreuse association avec le Vulcain que je ne voulais pas de ces énergumènes dans mes œuvres ? Ces... choses ! Ces créatures immondes ! Ces *tantes* !

— Parry n'est pas...

— Non ? hurla le Dr Rutherford. Qu'en savez-vous ? Je les reconnais instinctivement. Je les sens à distance.

Miss Hamilton eut un geste de lassitude.

— Je renonce.

Après une seconde pincée de tabac, reniflée tout aussi bruyamment que la première, le Dr Rutherford répondit :

— Non, ma chère. Pas vous. Avec Adam, vous vous battrez jusqu'à la fin. Pensez-y et faites-vous belle. Le reste, je m'en charge.

— Voilà que vous citez Macbeth, à présent. Gay se jetterait par la fenêtre si elle vous entendait.

— Ce ne serait pas une grande perte.

— Oh, je ne veux plus vous entendre, tiens ! s'écria-t-elle sur un ton à la fois impatient et magnanime. Vous êtes aussi merveilleux qu'insupportable. Partez, maintenant.

— L'audience est terminée ? fit-il en esquissant une révérence moqueuse.

— En effet. Martyn, la porte, s'il vous plaît.

Martyn alla ouvrir la porte. Elle était demeurée à l'écart, se sentant un peu mal à l'aise et essayant de s'occuper en rangeant le contenu des valises entassées dans un coin de la loge. Pour la première fois, elle se trouva face à face avec le visiteur. Celui-ci la dévisagea d'un air profondément étonné.

— Hey ! s'exclama-t-il enfin. Voilà !

— Non, John, lui lança Miss Hamilton d'une voix ferme. Non !

— *Eurêka ! J'ai trouvé !*

— C'est hors de question. Au revoir.

Il émit un sifflement aigu et sortit à reculons. Quand Martyn se retourna, Miss Hamilton la contemplait d'un regard songeur. Ses mains tremblaient. Elle les joignit convulsivement sur ses genoux.

— Martyn, commença-t-elle. Je vous appellerai Martyn parce que j'aime beaucoup ce prénom. Vous savez, une habilleuse tient un rôle très particulier. Sa qualité première est la discrétion. Elle ne voit rien et n'entend rien de ce qui se déroule autour d'elle. Je ne vous apprendrai sans doute rien en disant que le Dr Rutherford est un homme extrêmement brillant. Il est considéré aujourd'hui comme le meilleur auteur dramatique d'Angleterre. Mais, à l'instar de tous les génies, il est un peu *excentrique.* Nous en tenons compte et il est à espérer que vous ferez de même. Comprenez-vous ?

— Oui.

— Bien. Maintenant, aidez-moi à mettre ce drapé rose et voyons ce que cela donne.

Une fois habillée, elle alla s'arrêter devant la psyché et jeta sur son image un regard critique.

— Mon Dieu, soupira-t-elle. Espérons que l'éclairage sera bien réglé.

— Vous n'aimez pas ? s'étonna Martyn. Je vous trouve ravissante dans cette toilette.

— Ma pauvre enfant, murmura-t-elle. Courez voir mon mari et demandez-lui mes cigarettes. Il a gardé mon étui. J'ai besoin d'un stimulant.

Martyn sortit dans le couloir et frappa à la porte voisine. « Ils sont donc mariés, songea-t-elle. Il doit être de dix ans plus jeune qu'elle, mais ils sont mariés et il continue de lui offrir des fleurs. »

— Entrez, lança la voix sur un ton irrité.

Martyn poussa le battant et s'avança.

Le petit habilleur aidait Poole à revêtir son smoking. Les deux hommes tournaient le dos à Martyn.

— Oui ? fit Poole.

— Miss Hamilton voudrait son étui à cigarettes.

— Je ne l'ai pas. Ella ! cria-t-il.

— Oui, chéri ?

— Je n'ai pas ton étui.

Il y eut une longue pause. La voix de Miss Hamilton reprit :

— Non, non. C'est Ben qui l'a. M. Bennington, Martyn.

— Je vous prie de m'excuser, bredouilla Martyn en se dirigeant vers la porte.

La loge de Clark Bennington se trouvait à l'autre bout du corridor, près du foyer des artistes. En y pénétrant, Martyn fut brutalement et désagréablement ramenée à un passé récent, celui de la nuit précédente, avec sa fatigue, sa confusion et sa panique. Elle se souvint de la profonde humiliation qu'elle avait ressentie quand Fred Badger, le gardien de nuit, avait senti de l'alcool dans son haleine.

Un flacon de cognac était posé sur la table de maquillage. M. Bennington n'était pas seul. Un homme d'une grande prestance lui tenait compagnie. Il portait un monocle et ses cheveux étaient admirablement coiffés. Il leva sur Martyn un regard surpris, posa son verre et, poursuivant une conversation qu'elle avait manifestement interrompue, enchaîna :

— Naturellement, c'est en toute amitié que je suis venu te voir, mon cher Ben, et non pour peser de quelque manière que ce soit sur la décision. Je sais que le moment est mal choisi pour soulever une affaire aussi délicate. Mais j'ai beaucoup d'affection pour cette enfant, énormément d'affection. Et, apparemment, le docteur ne manque aucune occasion de la faire souffrir.

— C'est aussi mon avis et je partage tout à fait ton sentiment. Oui ? Un instant, je vous prie. C'est la nouvelle habilleuse de ma femme, J.G.

— Vraiment ? fit J.G. Darcey en inclinant la tête à l'adresse de Martyn. Bonjour, mon enfant. Je vais te laisser, Ben. Merci encore.

Il se leva, sourit à Martyn, fit tomber son monocle et, passant une main sur ses cheveux, sortit en fredonnant un air d'opéra.

M. Bennington, sans grande conviction, tenta de dissimuler son flacon de cognac. Puis il demanda :

— Que puis-je faire pour la nouvelle habilleuse ?

Martyn lui transmit son message.

— L'étui à cigarettes de ma femme ? Je l'aurais gardé ? Franchement, je ne m'en souviens pas. Regardez dans les poches de mon manteau. Là-bas, derrière la porte. L'une des poches intérieures. Je n'ai pas de secret, ajouta-t-il d'un air mystérieux. Excusez-moi, je suis occupé.

Mais il ne semblait guère pressé de reprendre son travail. Il fit tourner son fauteuil, observant Martyn tandis qu'elle fouillait vainement les poches du manteau.

— C'est votre premier emploi ? questionna-t-il.

Comme elle répondait par la négative, il précisa :

— En tant qu'habilleuse, je veux dire.

— J'ai déjà fait du théâtre.

— Où ça ?

— En Nouvelle-Zélande.

— Oh ! Vraiment ? fit-il comme si elle venait de lui fournir une indication de la plus grande importance.

— Je ne trouve pas l'étui, enchaîna Martyn.

— Oh, la barbe ! Donnez-moi ma veste, voulez-vous ? La grise, là-bas.

Elle lui tendit le vêtement et il entreprit d'en explorer les poches d'un air excédé. Son portefeuille lui glissa entre les doigts et tomba par terre. Plusieurs papiers s'en échappèrent. Martyn se pencha pour les ramasser. Elle distingua une enveloppe portant un timbre étranger. Au moment où elle allait la poser sur la table, M. Bennington la lui arracha de la main.

— Il ne faudrait pas qu'elle se perde, celle-là, fit-il avec un rire grinçant. Oh non ! Elle vient de Prague. Vous pouvez regarder.

Vaguement inquiétée par son attitude et pensant à Miss Hamilton qui devait l'attendre, Martyn prit l'enveloppe qu'il lui tendait. Elle vit qu'elle était adressée à Clark Bennington.

— Vous collectionnez les autographes ? demanda-t-il avec gravité. Les lettres signées ?

— Non, non, répondit-elle en posant la missive sur les autres papiers.

— Je connais quelqu'un qui paierait cher pour avoir celle-là, affirma-t-il en hochant la tête d'un air solennel. Très cher.

Puis, subitement, il éclata de rire, sortit d'une poche de sa veste un étui à cigarettes qu'il lui tendit d'un geste large.

— Bien entendu, il est en or massif, déclara-t-il. Un cadeau d'anniversaire. Mais ce n'est pas moi qui le lui ai offert. Je suis son mari, voyez-vous. Eh, attendez un instant ! Ne partez pas encore !

Martyn était déjà dans le corridor. Elle regagna rapidement la loge de Miss Hamilton qu'elle trouva en compagnie de M. Poole et d'un jeune homme au visage souriant et romantique. Elle reconnut immédiatement ce dernier, elle avait vu son portrait dans le hall : c'était Parry Percival.

La conversation s'interrompit à son entrée, et elle comprit d'instinct qu'elle-même en avait été le sujet. Après un moment de silence, M. Percival annonça d'un air beaucoup trop nonchalant :

— Eh bien, voilà. Tout est dit.

Cette remarque, d'une certaine manière, paraissait avoir une double signification.

Miss Hamilton enchaîna :

— Ma pauvre Martyn. Où étiez-vous donc ?

Le ton de sa voix se voulait cordial mais ne l'était pas tout à fait.

— Je vous prie de m'excuser, répondit Martyn. M. Bennington a eu du mal à retrouver votre étui.

— Cela ne m'étonne pas, murmura la comédienne avec un regard éloquent pour Adam Poole. J'ai dû lui en offrir un autre quand j'ai découvert qu'il avait pris celui-ci, expliqua-t-elle. Mais, bien sûr, il l'a égaré le lendemain, et il jure à présent que c'est le sien. Enfin... tu vois ce que je veux dire, mon chéri...

— Oui, je comprends, affirma Poole.

Perry Percival esquissa un sourire plein de délicatesse. Il dégageait une impression de naturel et de franchise qui n'était peut-être pas entièrement spontanée. Il sembla hésiter l'espace d'un instant, puis il se tourna vers Miss Hamilton pour lui confier d'un air pensif :

— J'ai le sentiment que je ne plais pas beaucoup en ce moment.

— A qui ? A moi ou à Adam ?

— Ni à toi ni à Adam, j'espère. Non, il s'agit de Ben.

Vainement, il chercha le regard de Poole.

— A cause du rôle, bien sûr, reprit-il. Je n'aurais peut-être pas dû parler, mais je pensais vraiment que je pouvais l'interpréter. Je n'ai d'ailleurs pas changé d'avis, mais que voulez-vous, c'est ainsi.

De toute évidence, c'était à Poole qu'il s'adressait. Martyn vit Miss Hamilton tourner les yeux vers Adam Poole, puis vers le jeune comédien.

— Je pense également que tu en es capable, Parry, affirma-t-elle sur un ton léger. Mais, comme tu le dis, c'est ainsi. Ben a réellement du flair, tu sais.

— Oui, en effet, convint Percival en riant. C'est une qualité qui ne l'a pas quitté en vingt ans. Excuse-moi, je n'aurais pas dû dire cela. Je suis sincèrement désolé.

— Je n'apprécie pas beaucoup ces commentaires, Parry, déclara Poole.

— Je m'excuse encore une fois, bredouilla le comédien.

Tandis qu'il se tournait, l'air contrit, son visage fut brutalement éclairé par la lumière crue. Martyn distingua de multiples rides sous la fine pellicule de crème qui recouvrait ses joues. Elle en fut profondément étonnée et comprit qu'il n'était plus très jeune.

— Ma remarque était parfaitement stupide, indiqua-t-il.

— La première aura lieu jeudi, déclara Poole. Voilà maintenant plusieurs semaines que la distribution est arrêtée. Il ne servirait à rien d'en reparler.

— C'est également cc que j'ai essayé de faire comprendre au docteur, enchaîna Miss Hamilton.

— John ? demanda Poole. J'ai entendu ses hurlements quand il était ici. Où est-il allé ? J'ai un mot à lui dire. A toi aussi, Parry, pendant que j'y suis. C'est à propos de la scène de la fenêtre, dans le deuxième acte. Tu ne colles pas au texte et tu rates ta sortie. C'est toi qui domines Ben, à ce moment, et non l'inverse. C'est très important.

Le visage du comédien prit une expression torturée.

— Je le sais, Adam, répondit-il sur un ton presque gémissant. Mais c'est toujours la même histoire. Tu as vu ce que Ben faisait ? Tu as remarqué son petit manège avec mon mouchoir ? Il ne me lâche jamais. La sortie est complètement dénaturée.

— John s'en plaint aussi, Adam, renchérit Miss Hamilton.

— Il ne m'en a rien dit.

— Tu connais le docteur...

— Oui, nous le connaissons tous, murmura Parry Percival. Et le public, j'en ai bien peur, commence aussi à le découvrir. Excusez-moi, ça m'a échappé.

— Je pense que tu te sentirais plus à l'aise dans notre troupe si tu t'interdisais de distribuer ces coups de griffe autour de toi, Parry, déclara Poole sur un ton froid. Rutherford a écrit une pièce sérieuse. Il serait dommage que l'un de nous cesse d'y croire.

Percival se dirigea vers la porte en rougissant.

— Je ne suis qu'un enquiquineur, je le sais, grommela-t-il. Je vais rejoindre les autres pour les photos.

Avant de sortir, il s'arrêta pour contempler la robe de Miss Hamilton.

— Le modeste acteur que je suis est émerveillé, ajouta-t-il. Tu es tout simplement sublime.

La porte se referma en silence derrière lui et Miss Hamilton déclara :

— Chéri, je te trouve un peu dur avec ce pauvre Parry.

— Ah vraiment ! Il se conduit comme un imbécile.

Il n'aurait pas pu jouer ce rôle, c'est l'évidence même. Il est fait pour donner la réplique.

— Il n'est pas sans ressembler au personnage.

— Ben s'en tirera parfaitement si tout va bien.

— Si tout va bien ! Adam, j'ai peur. Il...

— Tu as fini de t'habiller, Ella ? Les photographes sont prêts.

— Martyn, les chaussures, s'il vous plaît. Oui, chéri, je viens.

Martyn l'aida à se chausser puis alla ouvrir la porte. Miss Hamilton glissa vers la sortie, soulevant sa jupe avec beaucoup de grâce. Martyn attendit, croyant que Poole allait la suivre, mais il s'arrêta pour lui annoncer :

— Votre place est aussi sur scène. Prenez le nécessaire de maquillage, un miroir et tout ce dont Miss Hamilton pourrait avoir besoin pour se coiffer.

Elle le remercia et entreprit fébrilement de rassembler divers objets. Poole alla décrocher le manteau d'astrakan et revint se tenir devant la porte. Quand elle le rejoignit, ce fut pour s'apercevoir qu'il regardait fixement la grande glace. Elle se tourna lentement et découvrit, côte à côte, leurs deux images.

— Extraordinaire, vous ne trouvez pas ? fit-il sur un ton abrupt.

Puis il s'effaça pour la laisser sortir.

III

Tous les membres de la troupe étaient sur scène. Martyn découvrit qu'ils étaient au nombre de six et qu'elle les connaissait déjà pour avoir vu leurs portraits dans le hall, avant de les rencontrer dans leurs loges respectives. Elle s'aperçut que, dans son esprit, chacun d'eux portait une étiquette : Helena Hamilton était l'Actrice Vedette, Gay Gainsford l'Ingénue, J.G. Darcey le Père Noble, Parry Percival le Jeune Premier, Clark Bennington — à tort ou à raison — l'Ivrogne et Adam Poole... Elle ne trouvait aucune appellation pour ce dernier. Celle de « Patron » lui convenait peut-être ? C'était ainsi que l'on désignait, à l'époque victorienne, les acteurs-metteurs en scène.

D'autres personnages gravitaient autour de ce noyau. Il y avait le Dr John Rutherford, l'auteur, dont l'excentricité semblait dépasser celle que lui attribuait la légende ; l'homme au pull-over rouge, qui était le régisseur et qui s'appelait Smith ; l'assistant de ce dernier, un homme taciturne et que l'on n'entendait presque jamais. Il y avait enfin les machinistes qui s'activaient, chacun dans son domaine, ou contemplaient les acteurs avec un égal détachement.

Quand Martyn parvint sur la scène, les comédiens se préparaient à la séance de prises de vue. Ils commencèrent à se déplacer selon un ordre bien établi, dirigés par Adam Poole, sous le regard attentif et quelque peu inquiet d'un homme d'âge moyen, à l'aspect dégingandé, qui courait ici et là, muni d'un pot de peinture et de pinceaux. Cet homme, le dernier qui apparût sur scène ce matin-là, ne semblait avoir aucune occupation précise. Mais, en même temps, tous les rouages du théâtre avaient l'air de dépendre un peu de lui. Il portait une combinaison de travail et une chemise à carreaux dont son cou émergeait tel celui d'un oiseau, long et moucheté, pour se terminer par une tête qui vacillait légèrement, comme si elle reposait sur des articulations usées par l'âge. Les autres l'appelaient Jacko. Ils s'adressaient à lui avec une sorte d'irritation affectueuse. Ce fut lui qui désigna la position de chaque projecteur et lui aussi qui donna le signal mettant les acteurs en mouvement. Helena Hamilton apparut au dernier moment. Elle se glissa, légère et gracieuse, dans un espace laissé ouvert au milieu de la troupe. Aussitôt, elle devint le point de mire de toute la scène.

— Adam chéri, commença-t-elle, il n'y aura pas de flash, j'espère ? J'aurais l'air d'une sorcière.

— Tiens-toi tranquille pendant trois secondes, répondit Poole. Nous n'aurons pas besoin de flash.

— Je suis capable de tout quand je te sens près de moi.

— Très bien, fit-il en s'approchant. Allons-y, fin du premier acte.

Instantanément, elle leva sur lui un regard d'une tragique intensité. Le vieil homme traversa la scène et vint s'agenouiller pour remodeler les plis de sa jupe. Sans remuer ni changer d'expression, elle déclara :

— Jacko ne résiste pas à l'envie de me toucher. C'est honteux.

Souriant avec bonne humeur, Jacko s'éloigna.

— Attention ! fit Adam Poole.

Les autres acteurs s'immobilisèrent, le regard tourné vers les deux figures centrales, et les photographes firent cliqueter leurs appareils.

Martyn, tout au long de cette matinée, essaya vainement de se faire une idée du contenu de la pièce. De temps à autre, les comédiens échangeaient quelques répliques et celles-ci culminaient en une nouvelle prise de vue. *Retour aux sources* semblait avoir pour thème principal un conflit de caractères entre les personnages incarnés par Clark Bennington et Adam Poole. Une difficulté inattendue parut surgir vers le milieu de la séance, et les photographes commencèrent bientôt à s'impatienter. La scène choisie réunissait Adam Poole et Gay Gainsford. Celle-ci devait, par son attitude, le geste qu'esquissait sa main et l'expression de son visage, se montrer l'exact reflet de son vis-à-vis.

Poole, que Martyn trouvait bourru et irritable, fit preuve d'une patience exemplaire avec la jeune comédienne.

— C'est toujours la même histoire, Gay, déclara-t-il. Tu n'arrives pas à te libérer. Il ne te suffit pas de me ressembler physiquement. Voyons les choses en face, poursuivit-il après un moment d'hésitation. Nous en avons déjà discuté en long et en large, mais il n'est pas inutile d'y revenir. Tu ne peux pas me ressembler comme une goutte d'eau. Malgré les prodiges accomplis par Jacko, c'est tout à fait impossible. Il faut t'efforcer *d'être* la personne que je suis. En ce moment, tu es ma chair et mon sang et tu te dresses devant moi comme une menace. Nous pouvons tricher avec une photo, tu comprends, mais pas en cours de représentation. C'est pour cette raison que j'insiste. Bon, on recommence. Ta tête est posée sur tes bras. Tu la soulèves lentement pour me regarder. D'accord ? Allons-y.

Tandis qu'il se penchait sur la table, Miss Gainsford leva la tête et murmura :

— *Je ne te plais pas ?*

Miss Hamilton éclata d'un rire argentin, et Adam Poole lui lança sur un ton glacial :

— Je t'en prie, Helena !

— Je te demande pardon, mon chéri, répondit-elle en se détournant de Parry Percival.

Puis, récitant son propre texte, elle enchaîna :

— *Mais c'est toi, tu le vois bien. Comment espères-tu y échapper ? C'est toi.*

Gay Gainsford esquissa un petit geste de désespoir et Adam Poole lui confia :

— Trop tard. Essaie encore une fois.

Il y eut plusieurs autres tentatives et l'atmosphère

se fit de plus en plus tendue. L'indispensable Jacko vint retoucher le maquillage de Gay, et Martyn le vit essuyer une larme sur le visage de la jeune comédienne. A cet instant, une voix désincarnée hurla derrière le groupe :

— *Console-toi, petite sœur. Tu n'es pas la seule à chercher en vain ton étoile.*

Poole jeta un regard dans la salle.

— Taisez-vous un peu, John, cria-t-il.

— *Verse toutes tes larmes ! Je serai le baume de ton chagrin. Je t'apaiserai avec mes la-men-ta-tions !*

L'homme nommé Jacko éclata de rire et fut immédiatement renvoyé aux loges par Adam Poole.

Durant les moments qui suivirent, Gay Gainsford s'abandonna à une véritable crise d'hystérie. Mais Poole y fit face avec une implacable persistance.

— Très bien, nous allons tricher, annonça-t-il soudain. Prenez cette photo de derrière.

Les dernières prises de vue ne soulevèrent aucune difficulté. Miss Gainsford, l'air totalement abattue, regagna sa loge. Presque aussitôt, Jacko disparut et se dirigea vers Miss Hamilton. Il entreprit de retoucher son maquillage en s'aidant d'un miroir tenu par Martyn.

— Tu n'es pas obligée de ressembler à quelqu'un, toi, déclara-t-il. C'est peut-être une chance.

— Est-ce un compliment ou un de tes coups bas, Jacko ?

Il mit une cigarette entre ses lèvres et l'alluma.

— Les robes sont tout à fait réussies, se contenta-t-il de répondre.

Il s'exprimait avec un léger accent.

— Tu le penses vraiment ?

— Bien sûr. N'est-ce pas moi qui les ai dessinées ?

— La prochaine fois, fit-elle calmement, n'oublie pas d'écrire la pièce.

Jacko était franchement laid. Mais le sourire qui éclaira son visage était d'une infinie douceur.

— Tant d'efforts et de tension ! murmura-t-il. Mais jeudi soir, tout le monde embrassera tout le monde, le bal des artistes sera l'occasion d'un nouveau triomphe, et tu ronronneras de plaisir, le lendemain matin, en parcourant les journaux. Il ne faut pas dire du mal de cette pièce, elle est excellente.

Il sourit à nouveau. Ses dents étaient énormes et irrégulières.

— Même la petite nièce du célèbre mari ne pourrait la détruire.

— Jacko !

— En revanche, la distribution laisse beaucoup à désirer.

— Je t'en prie, Jacko.

— Très bien, très bien. Je ne peux donc te parler que du bal des artistes, en te rappelant que personne n'a encore soulevé le problème des costumes.

— Il nous faut des idées. Jacko, tu dois inventer quelque chose. Quelque chose de merveilleux.

— Si je comprends bien, on me donne deux jours pour créer huit merveilles ?

— Cher Jacko, nous sommes vraiment infects. Mais tu adores jouer les faiseurs de miracles.

— Disons que nous sommes un peu comme des personnages de Tchekhov, vus par un metteur en scène hollywoodien. Toi, absurde et magnifique, la petite nièce, morose et ingénue... Adam, peut-être dans le rôle de l'oncle Vania...

— Quand aurai-je ma robe absurde et magnifique ?

— Je vais dessiner le modèle et couper le tissu, et si tu m'introduis auprès de ta couturière, je pourrai peut-être la persuader d'en faire une toilette.

Il prit le miroir que tenait Martyn et enchaîna :

— Personne n'a songé à nous présenter. Je suis Jacques Doré, et vous le petit poussin que la cigogne aurait dû déposer un peu plus tôt dans ce nid. A moins qu'elle ne se soit trompée d'adresse. Si c'est une simple coïncidence, poursuivit-il avec un regard pour Miss Hamilton, elle est vraiment extraordinaire. Mais ce n'est peut-être pas le cas. Vous avez devant vous un gaffeur impénitent, ajouta-t-il. Je suis un homme très privilégié, mais un jour je dépasserai la mesure et il faudra que je m'en aille.

Du pouce et de l'index, il fit un cercle et y colla un œil qu'il braqua sur Martyn.

— Dommage que vous soyez une petite habilleuse et non une petite actrice.

IV

Entre la séance de prises de vue et l'avant-première, prévue pour dix-neuf heures, une agitation fiévreuse régna sur le Vulcain. Martyn, durant ses rares moments de répit, ne cessa de s'interroger sur sa situation. Elle voyait approcher l'instant, le point critique et vaguement redouté où il lui faudrait s'arrêter pour prendre une décision. Elle avait deux shillings et huit pence pour toute fortune, et ne savait pas quand un salaire lui serait versé, ni à combien s'élèverait celui-ci. Pourtant, elle ne cessait de remettre à plus tard le moment de faire face à la réalité. La nourriture, du moins, ne posait plus de problème : elle serait fournie, annonça-t-on, à quiconque était tenu de demeurer dans l'enceinte du théâtre. Miss Hamilton ayant décrété que ses robes avaient besoin d'un certain nombre de retouches, Martyn ne pouvait quitter le Vulcain. Elle découvrit, sans vraiment s'en étonner, que le cuisinier de la troupe n'était autre que Jacko.

Le repas qu'il confectionna sur le réchaud de Fred Badger se révéla être une mixture d'aspect bizarre mais tout à fait délicieuse. Quand son « déjeuner » fut servi, Martyn se trouva donc en compagnie de Bob Cringle, l'habilleur de M. Poole, qui, spontanément, se chargea de compléter ses renseignements sur Jacques Doré.

Ce dernier, apprit-elle, réalisait les décors et les costumes de toutes les pièces produites par Adam Poole. Officiellement, il avait le titre d'assistant, mais ses fonctions s'étendaient à toutes les activités du théâtre.

— C'est le bras droit du patron et plus que ça, affirma Cringle. Si M. Poole était superstitieux, ce qu'il n'est sûrement pas, ce serait à propos de M. Jacko. En fait, j'ai idée que s'il n'est pas encore parti, c'est un peu à cause d'elle. Elle le considère comme sa propriété privée et ne se séparerait de lui pour rien au monde. Elle l'a connu quand elle travaillait avec son mari au Canada. M. Jacko est originaire du Québec, le Canada français. Ça doit remonter à au moins vingt ans, mais il ne faut pas le répéter. M. Jacko lui est vraiment dévoué. A elle, pas à *lui*.

— Vous voulez dire M. Bennington ? hasarda Martyn.

— Tout juste. M. Clark Bennington, le célébrissime acteur, répondit Cringle sur un ton âpre.

Manifestement, il n'avait nulle envie de développer ce commentaire. En revanche, il se montra intarissable sur les excentricités du Dr John Rutherford.

— Quel numéro, celui-là ! s'exclama-t-il. On a joué trois de ses pièces jusqu'à présent et on ne s'est jamais ennuyé, vous pouvez me croire. Des bagarres à longueur de journée. Le patron ferme un peu les yeux parce qu'il aime ses pièces, mais quand ils s'accrochent, je préfère vous dire que le patron ne mâche pas ses mots. Une vraie teigne, ce docteur. Il cherche des poux à tout le monde. Cette fois, c'est la petite fille, le seigneur Bennington lui-même et Parry Percival qu'il a pris en grippe. Il a décidé qu'ils étaient nuls et il ne rate pas une occasion de les incendier. Il faut l'entendre, pendant les répétitions : « Vous êtes en train de foutre cette pièce en l'air ! Changez de métier, bon sang ! » J'ai jamais vu ça. Quand il s'y met, y a que le patron pour l'arrêter. Un jour, M. Poole l'a vraiment attrapé comme il faut, et le docteur a piqué une crise de j'sais plus quoi. On l'a pas revu pendant deux jours. Il devrait s'absenter de temps en temps, ça nous ferait des vacances à tous.

Aux yeux de Martyn, les personnages et les événements que renfermait l'enceinte du Vulcain prenaient une réalité plus grande et plus significative que ses propres problèmes. Depuis qu'elle avait franchi l'entrée du théâtre, la veille à dix-sept heures, son existence ressemblait un peu à un songe, avec ces fluctuations, ces moments de confusion et d'extrême lucidité qui caractérisent un rêve. Elle était dans un état de semi-conscience qu'elle trouvait des plus agréables. Son travail allait l'occuper durant tout l'après-midi et, plus tard, il y aurait l'avant-première.

Elle pourrait, se disait-elle, prolonger indéfiniment cet état. Aussi longtemps qu'elle ne se trouverait pas face à face avec Adam Poole. Dans une glace.

3.

Avant-première

I

— J'aurais voulu savoir de quoi parle cette pièce, déclara Martyn. Est-ce vraiment un psychodrame ? Comment la trouvez-vous, personnellement ?

— Toutes les bonnes pièces sont des psychodrames, affirma Jacko sur un ton péremptoire.

Juché sur son escabeau, il se pencha si loin en arrière que Martyn agrippa l'échelle.

— Celle-ci est excellente, poursuivit-il. Le thème me plaît beaucoup.

Voyant qu'il hésitait, elle se demanda s'il n'essayait pas de dissimuler une vague inquiétude.

— Le personnage central est un homme tourné vers l'avenir, qui croit au progrès et aux idées nouvelles. Naturellement, il entre en conflit avec ceux qui se cramponnent à de vieux concepts. Ce personnage est interprété par Adam. Il a été élevé sur une île, par une communauté d'idéalistes. Il représente les valeurs de son environnement. De son propre gré, il décide de retourner à son habitat originel. Là, il se heurte aux membres de sa famille en la personne de son grand-oncle, joué par J.G. Darcey, de son cousin, un être brillant mais instable — c'est Clark Bennington qui interprète ce rôle —, de l'épouse de son oncle — incarnée par Helena — dont il tombe amoureux, et de leur fille qui lui ressemble étrangement mais qui est corrompue et représente donc une part de lui-même qu'il est forcé d'assumer. Cette misérable, poursuivit Jacko avec emphase tout en glissant un regard en coin vers Martyn, est fiancée à un être insignifiant mais se trouve irrésistiblement attirée par Adam lui-même. Le rôle est interprété par Gay Gainsford. Prenez ce pot de peinture et donnez-moi l'autre, voulez-vous ? Oui, le rose. Telle que je viens de vous la résumer, sans nuances ni détails, vous allez peut-être me dire que cette pièce serait bonne si elle avait été écrite par Kafka ou Brecht, ou même par Sartre.

Jacko hésita une nouvelle fois et son regard s'assombrit.

— Et c'est vrai qu'elle fait penser à un auteur du continent, reprit-il. Mais ceux qui ont des yeux pour voir et des oreilles pour entendre y trouveront des implications universelles. En fait, il s'agit de la lutte livrée par un être humain pour sortir d'une situation qu'il n'a pas choisie. Bon, je vais descendre, annonça-t-il en joignant le geste à la parole. A présent, jetons un peu de lumière sur tout cela et voyons s'il ne faut pas recommencer. Allez dans la salle, je vous rejoins dans un moment.

Quand Martyn atteignit la sixième rangée des fauteuils d'orchestre, la scène était brillamment illuminée. Elle put ainsi voir le décor que Jacko avait imaginé pour le deuxième acte.

C'était un intérieur, simple en apparence, mais dont se dégageait une atmosphère de raffinement désuet et un peu malsain.

— Les habitants de cette maison n'ont rien de sympathique, expliqua Jacko en venant s'asseoir dans le fauteuil voisin. Mais ils ne sont pas responsables de leurs défauts ; ils ont été placés dans cette situation par hérédité et ils n'ont pas le pouvoir d'y échapper. Vous devez penser que tout cela n'a aucun sens, que mon décor ne retiendra l'attention de personne, si ce n'est de quelques prétendus spécialistes qui, de toute façon, n'y comprendront rien. N'en parlons plus. Nous allons nous laver les mains, puis je vous emmènerai découvrir un petit restaurant que je connais et où je suis connu. Nous mangerons un morceau et vous m'expliquerez pourquoi vous donnez l'impression d'avoir réalisé votre vœu le plus cher mais que vous n'osez pas y croire. Venez.

Le restaurant qui avait la faveur de Jacko était proche du théâtre et occupait un sous-sol. Jacko insista pour régler seul l'addition et Martyn put ainsi garder ses deux shillings et huit pence.

— Bon, je vais maintenant poser mes questions, annonça-t-il tranquillement en buvant une gorgée de café. Si vous n'avez pas envie de répondre, dites-le franchement et je n'insisterai pas. Au Vulcain, tout le monde se confie à moi, et j'en suis flatté. Quoi qu'il en soit, nous resterons amis et nous continuerons de sortir ensemble. Quel âge me donnez-vous ?

Non sans embarras, Martyn eut un regard pour son cou décharné, pour le duvet cotonneux et desséché qui recouvrait son crâne, pour son visage lourd et marqué.

— Cinquante-sept ? avança-t-elle.

— Soixante-deux, affirma-t-il d'un air satisfait. J'ai soixante-deux ans et je suis ce que l'on appelle un cas. Je n'ai pas suffisamment de talent pour me produire devant une salle, je joue donc pour des acteurs. Ce n'est pas facile. Voilà maintenant vingt ans que j'interprète ce rôle de confident. Je serais incapable de m'arrêter, même si j'en avais envie. Pour vous donner un exemple, je parle parfaitement l'anglais, mais on ne peut imaginer papa Jacko sans son accent, il faut donc que je le garde. C'est un jeu, vous comprenez. Tout le monde le sait et y participe. J'espère que vous ferez de même.

« Ce serait agréable de pouvoir s'ouvrir à quelqu'un, songea Martyn. Il est sympathique et il inspire confiance. Est-ce parce qu'il est vieux ? »

Comme s'il devinait ses pensées, Jacko ajouta :

— Je ne suis pas aussi bizarre que j'en ai l'air.

— Mais de quoi pourrai-je vous parler ? Franchement, je ne sais pas...

Suspendu au mur qui leur faisait face, il y avait un miroir terni. Une main y avait dessiné quelques fleurs aquatiques entourées de nénuphars. Les visages de Martyn et de Jacko paraissaient suspendus au-dessus d'un étang.

— Voyez vous-même, fit-il. Nous répétons une pièce dans laquelle une jeune fille doit avoir une ressemblance physique très prononcée avec l'acteur vedette. Parmi les centaines de candidates que nous avons auditionnées, nous avons retenu celle qui présente le portrait le plus ressemblant... Mais nous sommes encore très loin du compte. Le hasard veut qu'elle soit la nièce de Clark Bennington, poursuivit Jacko en regardant Martyn droit dans les yeux. Elle ne lui ressemble pas non plus, du reste, ce qui est peut-être une chance pour elle. Mais la question n'est pas là. Ce qui est à déplorer, c'est son peu de ressemblance avec Adam. En outre, bien que je sois un génie du maquillage, il m'est impossible d'y remédier. Nous sommes donc obligés de nous contenter de mimétismes et de reflets d'émotions. Mais, bien qu'elle soit tout à fait charmante et qu'elle ne manque pas d'un certain talent, cette tâche est au-dessus de ses moyens. Entretemps, l'auteur de la pièce, un homme passionné et intransigeant quand il s'agit de son art, manifeste une hostilité de plus en plus marquée à son égard. Il estime qu'elle n'est pas faite pour jouer ce rôle et ne se prive pas de le lui dire. Les scènes se multiplient et tout le monde s'arrache les cheveux. Notre petite actrice est tout aussi effondrée, elle passe le plus clair de son temps à pleurer. Oncle Bennington s'efforce de la consoler, mais il sait aussi qu'elle n'a rien d'une grande comédienne.

Jacko pointa un doigt sur le miroir.

— Et voilà qu'apparaît ce visage, poursuivit-il. Celui d'une habilleuse. Regardez-le bien. Si je voulais peindre le portrait de la fille ou de la jeune sœur de notre acteur vedette, je ne pourrais faire mieux. Au Vulcain, tout le monde s'interroge. Car, manifestement, il ne s'agit pas d'une habilleuse. Certains se demandent s'ils ne sont pas en présence d'une nièce authentique. D'autres hésitent à évoquer la jeunesse d'Adam... et à avancer les théories les plus hardies. Mais tous sont d'accord pour dire que ce n'est pas une simple coïncidence. C'est aussi mon avis. Seulement moi, j'aimerais en avoir le cœur net. Papa Jacko est trop curieux pour attendre.

— Mais je ne l'avais encore jamais vu de ma vie ! s'écria Martyn. Sauf dans ses films, en Nouvelle-Zélande. Et il ne sait rien de moi. Rien. J'ai débarqué de Nouvelle-Zélande il y a deux semaines et, depuis, je cherche du travail. C'est pour cette raison que je me suis présentée au Vulcain.

— Vous êtes venue demander un emploi d'habilleuse ?

— J'étais prête à accepter n'importe quoi, répondit-elle avec sincérité. C'est par hasard que j'ai entendu parler de ce poste d'habilleuse.

— Mais ce n'est pas pour devenir habilleuse que vous avez entrepris ce long voyage. C'était néanmoins pour travailler dans un théâtre. En qualité d'actrice, n'est-ce pas ?

— Oui, finit par avouer Martyn avec un soupir résigné. Vous avez raison, j'espérais devenir comédienne. Mais n'en parlons plus, voulez-vous. Vous ne pouvez savoir combien je suis heureuse d'avoir trouvé cet emploi. Et je ne passe pas mon temps à prier pour que Miss Gainsford se casse une jambe ou perde soudain la voix. Si c'est ce que vous imaginez, vous vous trompez lourdement. Je ne crois pas aux contes de fées.

— Vous ne cesserez jamais de m'étonner, vous autres Anglo-Saxons. Avant de répondre, je vous demande de réfléchir une seconde. Pensez à cette situation en termes de mise en scène, de coïncidence extraordinaire. Et maintenant, ayez le front de me dire que vous avez parcouru dix-neuf mille kilomètres avec l'intention de devenir une comédienne mais que vous renoncez volontairement à jouer ce rôle. Êtes-vous une bonne actrice ?

— N'insistez pas. J'ai trouvé un emploi et, en ce moment, je suis comme dans un état second. Tout me paraît d'une grande simplicité et je veux que cela continue.

Jacko eut un sourire démoniaque.

— Une petite laryngite arrangerait nos affaires, suggéra-t-il.

Martyn se leva.

— Merci de m'avoir fait découvrir votre restaurant, déclara-t-elle. J'ai bien dîné. Il faut maintenant que je retourne au travail.

— Petite hypocrite ! Mais, à la réflexion, vous n'avez peut-être aucun talent et vous le savez déjà ?

Sans répondre, elle le précéda vers la sortie et ils regagnèrent le Vulcain en silence.

II

Programmée pour dix-neuf heures, l'avant-première ne débuta qu'à vingt heures trente. Miss Hamilton devait garder le même costume durant tout le premier acte. Martyn alla donc s'installer dans la dernière rangée d'orchestre, parmi les autres habilleurs.

De part et d'autre du rideau, des lumières jaillirent brusquement, et Martyn réprima un frisson. D'autres petites lampes s'allumèrent à travers la salle, illuminant les visages des spectateurs. Une voix lointaine lança :

— Allons-y !

Une ligne dorée apparut sous la frange du rideau. Elle s'élargit progressivement jusqu'à révéler toute la scène qui était brillamment éclairée. La pièce commença.

Le premier acte s'employait à présenter les différents personnages que Jacko avait décrits : le vieil homme, son fils et sa bru, leur fille et le fiancé de cette dernière. C'étaient des être figés, passéistes, ancrés dans un tissu de conventions. Seule la femme mariée semblait capable de regarder au-delà des limites que lui fixait une existence cloisonnée et sans but.

Miss Gay Gainsford, la jeune fille, ne faisait son entrée que vers la fin de ce premier acte. Martyn dut s'avouer qu'elle avait attendu ce moment avec une grande impatience. Miss Gainsford jouait un rôle qui pouvait passer pour marginal mais qui, en fait, était d'une importance capitale. Elle représentait la troisième génération de sa famille, de loin la plus désemparée, et le Dr Rutherford, dans la composition de ce rôle, affichait clairement une influence existentialiste. Toutes les conditions étaient réunies pour lui faciliter la tâche : le texte était excellent, et la réalisation particulièrement soignée. Encore ébranlée par les accusations de Jacko, Martyn se demanda si elle portait sur la pièce un regard réellement objectif et si Miss Gainsford était aussi mal à l'aise qu'elle l'imaginait. La jeune comédienne, à un moment donné, devait passer une main dans ses cheveux courts en répétant : « *Ce n'est pas ce que je veux dire.* » C'était un geste simple, anodin en apparence, mais très important dans le contexte. Il était, entre autres, censé réveiller l'attention des spectateurs. Quand vint ce moment, Martyn eut l'impression que les acteurs retenaient leur souffle. Elle se tourna vers Poole et vit qu'il esquissait le geste demandé à Miss Gainsford, l'invitant à faire de même.

A cet instant, une voix lança :

— Hou !

— Silence ! ordonna Poole.

Miss Gainsford hésita, tourna des yeux éperdus vers la salle et secoua la tête d'un air désespéré. Le souffleur dut intervenir à deux reprises pour lui rappeler son texte. Clark Bennington traversa la scène et lui entoura les épaules de son bras tout en jetant un regard furibond sur le cercle de spectateurs. Miss Gainsford, aidée une nouvelle fois par le souffleur, reprit la phrase qu'elle avait interrompue. Adam Poole se leva et sortit.

Jacko demeurait immobile. Renversé dans son fauteuil, les bras croisés, il affichait un calme imperturbable. Il dut sentir que Martyn l'observait à la dérobée, car il lui adressa un sourire féroce. Martyn reporta son regard sur la scène.

Un soupir de soulagement sembla parcourir la salle quand Gay Gainsford sortit. Le dialogue prit une nouvelle intensité et le tempo des répliques s'accéléra. Le suspense, savamment calculé par l'auteur, alla en augmentant. La pièce retrouva toute sa puissance dramatique.

Le cœur de Martyn battit plus fort. Par quelle porte allait-il entrer ? Les acteurs entamèrent un mouvement lent et complexe. L'intensité des répliques monta d'un cran.

« C'est le moment », songea Martyn.

Il y eut une pause dans l'action, un instant d'équilibre parfaitement maîtrisé. Adam Poole apparut au sommet du petit escalier préparé par Jacko.

« Quelle entrée ! » songea Martyn.

Le rideau tomba presque immédiatement. La secrétaire se leva et disparut dans les coulisses en emportant ses notes.

— Un instant ! hurla le Dr Rutherford.

Sa silhouette massive se découpa sur l'arrière-plan, puis il franchit la petite porte menant aux coulisses et sa voix retentit à nouveau, puissante et coléreuse, vitupérant les acteurs.

Jacko se mit debout péniblement et s'étira. Il avança dans la travée centrale, passa devant Martyn et, sans la regarder, murmura :

— Helena doit changer de costume, ne l'oubliez pas.

Horrifiée, Martyn bondit sur ses pieds et s'élança vers les coulisses. Quand elle atteignit la loge de Miss Hamilton, elle trouva cette dernière occupée à s'escrimer avec une fermeture à glissière qui refusait manifestement de lui céder. Elle n'eut guère le temps de présenter ses excuses.

— J'espère, lui lança Miss Hamilton, que vous ne vous méprenez pas sur la nature de votre travail, Martyn. Vous êtes mon habilleuse, et, à ce titre, vous devez regagnez cette loge à l'instant où j'y retourne moi-même. Compris ?

Martyn hocha la tête en silence. Elle éprouvait comme un début de nausée. Ses doigts tremblaient quand elle entreprit d'aider l'actrice vedette à se changer. Pendant toute cette opération, Miss Hamilton ne souffla mot.

Une voix de jeune garçon chanta dans l'allée :

— Deuxième acte. Deuxième acte.

Miss Hamilton demanda :

— Avez-vous prévu le nécessaire pour un changement sur scène ?

— Oui, madame.

— Bien.

Elle s'examina froidement dans la glace et ajouta :

— J'y vais.

Martyn ouvrit la porte. La comédienne s'arrêta pour la dévisager en fronçant les sourcils.

— Vous êtes pâle comme un linge, Martyn. Qu'avez-vous ?

— Je... Vraiment ? bredouilla Martyn. Je vous prie de m'excuser, madame. Ce doit être le premier acte.

— Il vous a plu ?

— Oh oui ! Énormément.

— A ce point ?

Avec la même aisance qu'elle aurait mise à passer d'une pièce dans une autre, Miss Hamilton retrouva son humeur enjouée.

— Ne soyez donc pas ridicule ! lança-t-elle avec un petit rire argentin. Seules les actrices ont le droit d'avoir du tempérament.

Elle sortit et Martyn, tout en la suivant, se surprit à trouver en elle comme un sentiment de résistance à cette femme qui, avec la même facilité, pouvait se montrer heureuse ou bien mélancolique.

Une loge improvisée avait été installée à proximité de la scène. Ce fut dans cette enceinte que Martyn demeura pendant toute la durée du deuxième acte. Elle ignorait quand le changement de costume devait avoir lieu. Personne n'avait jugé nécessaire de lui fournir la moindre indication à ce sujet. Elle passa donc le premier quart d'heure sur le qui-vive, écoutant les répliques mais sans voir aucun acteur.

Après une brève introduction, l'acte s'ouvrait sur une longue scène entre Helena Hamilton et Adam Poole. Cette scène, admirablement interprétée par les deux comédiens, était consacrée à présenter le sentiment d'attirance qu'ils éprouvaient l'un pour l'autre. On y découvrait aussi la lutte que menait la jeune femme contre son environnement familial.

Miss Hamilton, en sortant de scène, trouva son habilleuse dans un état d'agitation presque fébrile. Martyn entreprit de l'aider à se changer. Elle s'acquitta de sa tâche rapidement et sans la moindre erreur. L'attention de Miss Hamilton, pendant ce temps, semblait partagée entre sa robe et la scène qui se jouait de l'autre côté de la toile de fond et qui réunissait J.G. Darcey, Adam Poole et son mari. Cette scène aboutissait à une querelle opposant Adam Poole et Clark Bennington. Mais, brusquement, Poole lança d'une voix normale :

— Je n'aime pas interrompre une avant-première, Ben, mais nous avons longuement répété cet enchaînement. Je voudrais que tu recommences en t'en tenant au texte.

Le silence qui suivit parut s'éterniser. Puis Clark Bennington éclata de rire.

— Oh, mon Dieu ! chuchota Miss Hamilton.

Elle sortit aussitôt et Martyn la suivit. Deux machinistes qui s'activaient sur une toile de fond s'immobilisèrent. Parry Percival, qui attendait à l'entrée des coulisses, se tourna vers Miss Hamilton avec, sur le visage, une expression de profonde consternation.

Le rire de Clark Bennington s'arrêta enfin.

— Ben voyons ! fit-il. Que serait un acteur-metteur en scène s'il ne s'occupait pas d'arranger les choses à sa façon ? Je veux faire de cet individu un être humain. Pour John et toi, il faut qu'il apparaisse comme un monstre. C'est entendu, mon vieux, je ne te désobéirai plus. Monstre il sera, je te le promets.

Manifestement, Poole se tenait à proximité de la loge improvisée, car Martyn entendit Bennington traverser la scène pour le rejoindre. Quand il reprit la parole, ce fut d'une voix étouffée.

— Tu veux tout prendre, hein ? demanda-t-il. Sur et hors de scène ! Mon foyer ne te suffit pas, il faut aussi...

— Nous allons continuer, grommela Poole. A moins que tu ne sois vraiment trop soûl pour penser.

Puis, élevant la voix, il enchaîna :

— *Si tu faisais preuve d'un semblant de volonté, si, en actes ou en paroles, tu donnais l'impression de poursuivre un quelconque objectif, même dérisoire, je te trouverais peut-être une excuse...*

Helena Hamilton eut un petit cri qui ressemblait à un sanglot. Presque simultanément, elle poussa la porte et fit son entrée sur scène.

III

Grâce aux bons offices de Jacko, Martyn put voir le reste du deuxième acte. Il lui fit parvenir une liste d'indications et de mises en garde concernant les entrées et les sorties de Miss Hamilton. « Allez prendre place côté cour, lui écrivit-il. Vous n'avez rien à craindre. »

Elle n'aurait guère suivi son conseil si Miss Hamilton, en réapparaissant, ne lui avait confié sur un ton mi-enjoué, mi-agacé :

— Vous n'êtes pas obligée de rester dans ce trou

jusqu'à la fin de la pièce. Mais soyez prête quand j'aurai besoin de vous.

Elle alla donc se poster dans l'ombre et put ainsi voir, de bout en bout, la scène réunissant Adam Poole et Gay Gainsford. L'intention de John Rutherford, l'auteur, était suffisamment claire. A travers cette jeune fille, qui était le produit impur, le membre le plus corrompu et le plus désemparé du groupe, il cherchait à révéler le côté négatif du personnage d'Adam Poole. Elle représentait son image renversée, son contraire spirituel. Dans ses gestes et paroles, le public devait voir l'ombre tourmentée de Poole, jusqu'à la scène ultime qui avait été photographiée, durant laquelle Helena Hamilton lançait : « *Mais c'est toi, tu le vois bien. Comment espères-tu y échapper ? C'est toi.* » Puis le rideau tombait.

Gay Gainsford n'était pas tout à fait à la hauteur de son rôle. Elle n'était pas uniquement desservie par son peu de ressemblance avec Poole. Son jeu était trop appliqué, sans épaisseur et sans flamme. Martyn se consumait dans son coin noyé d'ombre. Le voile transparent qui l'avait enveloppée depuis son entrée au Vulcain, lui faisant voir le monde sous un jour presque euphorique, ce voile se dissipait maintenant, elle retrouvait en elle la soif et la profonde insatisfaction qu'éprouvent les acteurs quand ils ne jouent pas.

Le rideau n'avait pas fini de descendre quand Bennington vint poser une main sur son bras. Elle ne l'avait pas vu, et fut tellement surprise qu'elle laissa échapper un cri tout en reculant.

— Vous croyez pouvoir interpréter ce rôle, n'est-ce pas, ma jeune amie ? questionna-t-il.

— Veuillez m'excuser, bredouilla Martyn. Miss Hamilton va avoir besoin de moi.

Elle esquissa un pas vers la loge, mais il la suivit et, la dépassant, se dressa sur son chemin.

— Attendez un instant, voulez-vous ? *Attendez !* Je voulais vous parler.

Martyn s'immobilisa, prise d'une peur diffuse, essayant d'ignorer l'odeur de l'alcool et de crème grasse qu'il dégageait, songeant qu'il était à la fois ridicule et inquiétant.

— Je suis furieux, reprit-il sur le ton de la conversation. Tellement furieux que je vais peut-être vous donner une très fâcheuse opinion de ma personne. Je me devais de vous avertir, voilà qui est fait. Maintenant, j'aimerais vous poser une question. Qui diable êtes-vous ?

— Mais vous savez bien qui je suis, répondit Martyn avec du désespoir dans la voix. S'il vous plaît, laissez-moi passer.

— Vous êtes l'habilleuse de ma femme ?

Il lui prit le menton dans la main et l'obligea à tourner la tête vers la lumière. Au même moment, Poole apparut derrière la toile de fond. « Il va se mettre en colère en me voyant, se dit Martyn. Je ne cesse de me fourrer dans des situations impossibles. » Les doigts humides de Bennington ne lâchaient pas son menton.

— L'habilleuse de ma femme, répéta-t-il. Mais aussi l'outil du complot ourdi par l'amant de ma femme. C'est bien ça ?

Poole abattit le tranchant de sa main sur le bras de Bennington.

— Allez-y, entrez, ordonna-t-il à Martyn tout en repoussant l'autre homme.

Martyn se glissa dans la loge et en referma la porte derrière elle. La voix de Poole résonna :

— Tu deviens stupidement agressif quand tu as bu un verre de trop, Ben. Nous en reparlerons à la fin de la répétition. Va te changer maintenant pour le troisième acte.

Il y eut un moment de silence. La porte de la loge s'ouvrit.

— Ça va ? demanda-t-il.

— Oui, oui, je vous remercie, indiqua Martyn d'un air gêné. Je suis sincèrement désolée, monsieur, je ne voulais pas vous créer d'ennuis.

— Ne soyez pas gourde, dit-il avec irritation.

Puis il disparut.

Miss Hamilton, une expression soucieuse sur son beau visage, entra et commença à se préparer pour le troisième acte.

IV

L'avant-première, dans une atmosphère d'extrême tension, prit fin vers minuit. N'ayant pas encore été payée, Martyn s'apprêtait à passer une nouvelle nuit au foyer des artistes. Mais cette perspective ne l'enchantait guère.

Le théâtre se vida lentement de ses occupants. Les uns après les autres, machinistes et comédiens disparurent. Leurs voix se perdirent dans les corridors. Consternée, Martyn vit que Fred Badger, le gardien de nuit, était sorti de son cagibi et la contemplait d'un air méditatif. Elle retrouva ce sentiment de peur et de solitude qu'elle avait presque oublié. Le visage crispé, elle se hâta de gagner la loge de Miss Hamilton qu'elle avait pris soin de ranger. Elle espérait y trouver un moment de répit. Avec un peu de chance, elle pourrait peut-être se glisser dehors et aller s'enfermer dans la pièce vide en attendant que Fred Badger entame sa ronde.

Elle ouvrit la loge de Miss Hamilton et entra.

Adam Poole était assis devant le radiateur à gaz.

— Je vous prie de m'excuser, bredouilla-t-elle en faisant mine de rebrousser chemin.

— Ne partez pas, ordonna-t-il en se levant. Je voulais vous parler.

« C'est la fin, songea-t-elle. Je suis congédiée. »

Poole fit pivoter la chaise qu'il occupait et l'invita à s'asseoir. « Ce soir, je ne dormirai pas ici, se dit-elle en obtempérant. Il va me renvoyer et j'irai prendre ma valise et me renseigner sur le foyer de jeunes filles le plus proche. Quand je le trouverai, la porte sera fermée. »

Il lui avait tourné le dos et semblait examiner quelque objet posé sur la table de maquillage.

— J'aurais préféré n'avoir pas à m'occuper de tout cela, déclara-t-il sur un ton irrité. Mais c'était nécessaire. Il fallait au moins vous présenter des excuses pour la conduite de Bennington. Il n'aurait jamais l'idée de s'en charger lui-même.

— Je n'attache aucune importance à...

— C'est tout à fait inadmissible ! Pour vous aussi bien que pour moi.

Martyn ne distinguait pas son visage. Elle ne sut comment interpréter ces derniers mots.

— Évidemment, vous n'ignorez pas comment toute cette affaire a commencé, reprit-il. Vous avez vu la pièce, au moins une partie, et vous m'avez vu. Notre ressemblance n'a échappé à personne, tant elle est frappante. Vous pourriez être ma fille. Si je ne m'abuse, vous êtes néo-zélandaise ? Quel âge avez-vous ?

— J'ai dix-neuf ans, monsieur.

— Épargnez-moi ce « monsieur », voulez-vous. J'ai trente-huit ans. J'ai visité la Nouvelle-Zélande au début de ma carrière, il y a de cela une vingtaine d'années. Bennington faisait partie de la troupe. Puis-je vous demander qui sont vos parents et où vous êtes née ?

— Naturellement, répondit Martyn. Mon père s'appelait Martin, Martin Tarne. Il était fils et petit-fils d'éleveurs de bétail. Il est mort en Crète, pendant la guerre.

Poole se retourna et, pour la première fois depuis qu'elle était entrée, la regarda attentivement.

— Et votre mère ?

— Elle est également fille d'éleveur, dans la même région, le Sud.

— Vous serait-il possible de me dire son nom de jeune fille ?

— Je n'en vois pas l'utilité.

— Vraiment ? Beaucoup de gens, autour de nous, croient avoir trouvé l'explication de notre ressemblance. N'êtes-vous pas contrariée par cette théorie ?

— Je n'ai pas la moindre envie que l'on me prenne pour votre fille.

— J'avoue que cela ne m'enchante pas davantage. Bon sang ! s'exclama-t-il. En voilà une conversation ! Pour quelle raison refuseriez-vous de me révéler le nom de jeune fille de votre mère ? Qu'a-t-il de particulier ?

— Elle l'a toujours trouvé un peu ridicule. Elle s'appelle Paula Poole Passington.

Il agrippa le dossier de sa chaise et Martyn vit un muscle frémir dans sa mâchoire.

— Vous n'auriez pas pu le dire avant ? fit-il d'une voix chargée de colère.

Martyn demeura silencieuse.

— Une vieille cousine de mon père se prénommait Paula, indiqua-t-il. Elle a épousé un Passington et on ne l'a plus revue. Je suppose qu'elle est allée en Nouvelle-Zélande. Pourquoi n'a-t-elle pas cherché à me rencontrer quand je suis venu ?

— Elle s'en est peut-être abstenue par discrétion. C'était ma grand-mère. La relation est très lointaine, assurément.

— Vous auriez pu en parler.

— J'ai préféré me taire.

— Par fierté ? demanda-t-il.

— Peut-être.

— Pour quelle raison êtes-vous venue en Angleterre ?

— Pour gagner ma vie.

— Comme habilleuse ?

Martyn ne répondit pas.

— Comme actrice ? reprit-il. Nous n'allons pas jouer aux devinettes, bon sang ! Écoutez, il se fait tard et nous sommes tous fatigués. J'ai parlé à Jacko, figurez-vous, et je trouve votre attitude pour le moins puérile. Toute cette comédie !

Martyn se leva et lui fit face.

— Je regrette, mais ce n'est pas une comédie. Je ne vois pas pourquoi j'en aurais fait tout un plat. Je suis entrée dans une compagnie anglaise qui se trouvait en Nouvelle-Zélande et nous avons effectué une tournée en Australie.

— De quelle troupe s'agit-il ? Quels rôles avez-vous interprétés ?

Martyn lui fournit les renseignements qu'il désirait.

— J'ai entendu parler de leur tournée, affirma-t-il. C'est une bonne troupe.

— J'ai aussi fait de la radio. J'avais des économies qui m'auraient permis de vivre pendant six mois en Angleterre, et j'ai pu obtenir un emploi d'assistante puéricultrice sur le bateau. Autant vous le dire, mon père a tout perdu dans la crise. Nous sommes des gens pauvres. J'avais pris des traveller's chèques, mais on m'a tout volé quand j'ai débarqué, mon argent, mes papiers, mes lettres de recommandation... Les chèques ne sont peut-être pas perdus, mais en attendant que la banque se décide, il me fallait trouver un moyen de subsistance. Voilà.

— Quand êtes-vous arrivée en Angleterre ?

— Il y a deux semaines.

— Où avez-vous cherché ?

— Dans les agences. J'ai dû visiter tous les théâtres de Londres.

— Celui-ci en dernier, si je comprends bien. Pourquoi ?

— Il fallait finir quelque part, j'imagine...

— Étiez-vous au courant de cette relation comme vous l'appelez ?

— Oui. Ma mère m'en a parlé.

— Et notre ressemblance ?

— Je... Nous avons vu vos films. Les gens disaient...

Ils se dévisagèrent pendant un moment.

— Vous avez donc évité cette salle de théâtre parce que vous saviez que j'y jouais ?

— Oui.

— Étiez-vous également renseignée sur la pièce et sur le rôle de la jeune fille ?

Martyn essaya de lutter contre la fatigue qui la gagnait. Une vague de lassitude physique et spirituelle la submergeait. Elle était au bord des larmes. Sans tout à fait s'en rendre compte, elle leva une main pour la passer dans ses cheveux courts.

Poole eut une exclamation étouffée.

— Je ne l'ai pas fait exprès, affirma-t-elle.

— Mais vous saviez tout de ce rôle quand vous êtes venue ici, n'est-ce pas ?

— On entend toutes sortes de choses dans les couloirs d'agences, expliqua-t-elle. Dans la salle d'attente de Garnet Marks, une fille m'a dit que l'on cherchait quelqu'un ayant des traits de ressemblance avec vous.

Mais elle ne savait pas que les auditions d'hier étaient pour une autre pièce.

— Vous vous êtes donc dit que vous tenteriez votre chance ?

— Oui. J'étais un peu désespérée.

— Pas au point de mentionner la fameuse « relation » ?

— Non.

— Et comme vous ne pouviez jouer dans la pièce, vous avez postulé l'emploi d'habilleuse ?

— En effet.

— C'est proprement fantastique, déclara-t-il. Mais, au moins, nous détenons une explication rationnelle. Il ne s'agit plus d'une simple coïncidence. Il faut reconnaître que vous ne manquez ni de caractère ni de courage. Permettez à un cousin éloigné de vous féliciter.

— Merci, chuchota-t-elle.

— Mais le problème demeure : qu'allons-nous faire ?

Martyn se tourna vers les rangées de robes et ses mains tremblantes s'affairèrent sur les housses qui les recouvraient.

— Naturellement, je dois partir déclara-t-elle d'une voix presque normale. Miss Hamilton...

— C'est ce que vous pensez vraiment ? interrogea-t-il derrière elle. Oui, vous avez peut-être raison. La situation pourrait devenir encore plus embarrassante.

— Je suis désolée.

— Cependant, j'aimerais... Ce n'est pas facile à dire...

— Je me débrouillerai bien, affirma-t-elle sur un ton qui se voulait enjoué. Je vous assure...

— Au fait, pour quelle raison êtes-vous encore au théâtre, à cette heure-ci ?

— J'allais passer la nuit au foyer des artistes, comme hier. Le gardien est au courant.

— Vous serez payée vendredi.

— Comme les comédiens ?

— Absolument. Combien d'argent vous reste-t-il ?

Martyn baissa les yeux et il reprit d'une voix plus douce :

— Comme vous avez dû le constater déjà, j'ai des manières infectes. Mais je ne voulais pas vous offenser.

— J'ai deux shillings et huit pence.

Il ouvrit la porte et lança :

— Jacko !

Martyn entendit un grincement, puis Jacko entra dans la loge. Il portait une planche sur laquelle était fixée l'ébauche d'un dessin.

— Qu'en penses-tu ? demanda-t-il en montrant son œuvre à Adam Poole. C'est la robe de bal d'Helena. Apparemment, tu as besoin de moi. En quoi puis-je t'être utile ?

— Je vais suivre ton conseil, déclara Poole. A contrecœur, mais je le suivrai. Tu prétends être indispensable dans les auditions. Va allumer sur scène et installe-toi dans la salle.

— Il est minuit passé. Cette jeune fille a travaillé toute la journée et n'en peut plus. Elle est pâle comme un pierrot.

Poole dévisagea Martyn.

— Vous pouvez tenir encore un peu ? demanda-t-il. Cela ne nous prendra pas plus de dix minutes.

— Je ne comprends pas, mais... oui, je me sens bien.

— Bravo ! approuva-t-il. A toi, maintenant, Jacko.

Ce dernier prit Martyn par les épaules et la poussa doucement sur la chaise.

— Nous allons conclure un marché, annonça-t-il.

J'habite un appartement situé à deux pas d'ici, dans une maison tenue par un vieux couple français. Une maison tranquille et respectable, vous comprenez. Jamais d'histoires. Le grenier a été transformé en une coquette petite chambre, si petite qu'elle fait à peine deux fois la surface de son petit lit. Une chambre comme on en trouve dans les contes de fées. Le loyer est parfaitement raisonnable. Sur ma recommandation, vous pouvez occuper cette chambre qui est comprise dans mon bail et vous me réglerez le loyer en fin de semaine. Mais en échange de mes bons offices, je vais vous demander de nous rendre un petit service. Un tout petit service.

— Oh, mon Dieu, chuchota Martyn.

Elle se pencha sur la table de maquillage et se couvrit le visage de ses deux mains.

— C'est merveilleux, reprit-elle en tentant d'affermir sa voix. Un lit !

— C'est bon, Jacko, murmura Poole.

Elle entendit la porte s'ouvrir et se refermer.

— Détendez-vous maintenant, continua la voix de Poole. Essayez de faire le vide dans votre esprit. Ne pensez à rien. Ce soir, vous dormirez comme une enfant. Tout ira bien.

Le radiateur grésillait doucement. Un parfum de roses et de cosmétiques emplissait la loge.

— Vous fumez ? demanda-t-il.

— Cela m'arrive, oui.

— Tenez.

Il sortit et elle le vit allumer sa propre cigarette. Elle laissa errer ses pensées. Une lumière forte inonda bientôt le couloir. Poole s'approcha.

— Vous venez ?

Au milieu de la scène, un faisceau de projecteurs éclairait brillamment une table et deux chaises. Martyn alla s'asseoir comme il le lui demandait et ils se firent face. Obéissant à un nouveau signe, elle mit les bras sur la table et y appuya sa tête.

— Gardez cette position, indiqua-t-il et écoutez-moi. Vous êtes dans le hall d'une vieille maison, belle mais un peu délabrée, vétuste. Vous êtes la jeune fille au sang corrompu. Vous tournez en rond dans votre grande cage vide, comme une hermine brûlant d'un désir pervers. L'objet de votre désir est l'homme assis en face de vous, de l'autre côté de la table, avec qui vous êtes liée par le sang et dont vous êtes, physiquement et spirituellement, le reflet impur. Dans un instant, vous lèverez la tête pour le regarder. Il esquissera un geste et vous imiterez ce geste. Puis vous direz : « *Je ne te plais pas ?* » Il faut que cette question ait un accent véritable et vrai. Ne bougez pas. Concentrez-vous.

Il y avait une sorte de volupté dans la lassitude qu'éprouvait Martyn. N'étaient la chaise qu'elle occupait et la table qui soutenait sa tête, elle se serait peut-être laissée doucement tomber sur le plancher. Dans son abandon, les indications murmurées par Adam Poole l'investissaient et imprégnaient sa conscience, réalisant cet état d'osmose et de dualité parfaite dont rêvent tous les acteurs. Elle était deux personnes, elle-même et l'autre. Elle guidait la jeune fille de la pièce et sentait qu'elle *existait* en elle, elle tenait les fils des profonds liens qui l'unissaient à l'opposé de l'homme assis en face d'elle. Quand elle souleva enfin son visage pour le regarder en imitant son geste, ce fut comme si elle contemplait un miroir, y découvrait son propre reflet et *se* parlait.

— *Je ne te plais pas ?* demanda-t-elle.

Dans le silence qui suivit, il n'y eut que le bruit de leur respiration. Le cœur de Martyn battait à se rompre.

— Vous pouvez recommencer ? questionna-t-il.

— Je ne sais pas, répondit-elle avec sincérité. Je ne sais pas.

Elle se détourna et, comme un enfant désemparé, enfouit sa tête au creux de son bras. Les larmes qu'elle avait retenues jusqu'alors s'écoulèrent, chaudes, amères.

— Là ! Là ! fit-il pour la consoler mais, aussi, comme s'il lançait un cri de triomphe.

Dans la salle obscure, Jacko battit des mains.

— Vous avez du chagrin ? murmura Poole. Ce n'est rien. Bientôt, vous oublierez.

Il s'éloigna vers la sortie, puis s'arrêta pour ajouter :

— Vous avez le rôle. Nous fixerons les conditions demain matin. Bonsoir.

Il s'éloigna dans la nuit. Quelques instants après, Jacko revint, portant la valise de Martyn.

— Nous rentrons chez nous, maintenant, annonça-t-il.

4.

Générale

I

Quand Martyn ouvrit les yeux, le lendemain, elle eut l'impression d'avoir, après un long et douloureux voyage, enfin trouvé le repos.

Elle demeura immobile, promenant ses yeux autour d'elle. C'était un matin clair. Le soleil entrait à flots par la lucarne au-dessus de son lit. La chambre qu'elle occupait dégageait une atmosphère de fraîcheur et de propreté. Jacko, elle s'en souvint, lui avait dit qu'il y dormait parfois. Elle portait d'ailleurs quelques marques de son excentricité. Des esquisses de décors pour *La Douxième Nuit* étaient réunies sur un panneau mural, et les figurines en papier mâché représentant les personnages de cette pièce s'alignaient sur une étagère. Le masque de Feste, le fou, était accroché à un mur. Il avait un air de famille avec Jacko lui-même.

— Une petite chambre de conte de fées, soupira Martyn en commençant à penser à la manière dont elle récupérerait et rangerait ses modestes possessions.

En même temps qu'une profonde gratitude, elle éprouvait un sentiment d'étonnement et d'humilité.

La salle de bains se trouvait à l'étage inférieur. Quand elle descendit pour s'y rendre, une odeur de café et de pain frais emplissait l'escalier. Une porte s'ouvrit sur le palier et la tête clownesque de Jacko apparut.

— Petit déjeuner dans dix minutes, lança-t-il. Nous n'avons pas de temps à perdre.

Martyn prit un bain chaud qui, l'espace d'un instant, lui fit oublier tout autre motif de bonheur. Puis elle se tint sous la douche pour laver ses cheveux.

« Heureusement qu'ils sont courts », songea-t-elle en les enveloppant d'une serviette.

Quand elle retrouva Jacko sur le palier, huit minutes s'étaient écoulées.

— Bravo, approuva-t-il. Vous êtes tout à fait respectable dans cette robe de laine. Une sage petite écolière. Entrez.

Il la conduisit dans une large pièce soigneusement aménagée en atelier. « Quel homme étonnant ! » songea-t-elle. Comment pouvait-il se montrer aussi précis et méthodique dans son travail et, en même temps, présenter au monde une apparence aussi désordonnée ? Il portait un pantalon de toile délavée, une chemise maculée de taches de peinture et une robe de chambre dépenaillée. Il avait oublié ou négligé de se raser, ses cheveux rares étaient ébouriffés et ses yeux injectés de sang. Mais son comportement ne changeait pas, il était toujours aussi aimable et désarmant.

— Je propose que nous déjeunions tous les jours ensemble, commença-t-il. Le petit déjeuner et le dîner sont compris dans votre loyer. Vous me remettrez vos tickets de rationnement et je me charge de faire discrètement les courses. De toute évidencc, je suis meilleur cuisinier que vous, je préparerai donc notre souper. Pour le repas de midi, vous pouvez rentrer à la maison et tenter de vous nourrir par vos propres moyens, ou adopter toute autre solution qui vous convienne. D'accord ?

— Comme vous voudrez, Jacko, répondit Martyn. Laissez-moi le temps de me ressaisir. Je suis encore un peu perdue et tellement... reconnaissante. Et puis, voyez-vous, je n'ai aucune idée de ce que je vais gagner.

— Pour ce rôle peu commun de doublure et d'habilleuse, vous obtiendrez environ huit livres par semaine. Votre loyer, en demi-pension, vous revient à deux livres.

— Ce n'est vraiment pas beaucoup, commenta Martyn timidement. Le loyer, je veux dire.

Jacko fit tinter une cuillère sur le pot de café.

— Combien de fois dois-je vous le répéter ? Ayez donc la bonté de comprendre que je ne suis pas un vieux satyre. Il est certain que je suis un homme viril, affirma-t-il d'un air pénétré, mais vous n'êtes pas mon genre. J'ai un penchant pour les femmes mûres, mondaines, pour...

Il s'interrompit et la cuillère qu'il agitait demeura suspendue en l'air. Ses grands yeux un peu exorbités fixaient le mur lui faisant face. En se retournant, Martyn découvrit une aquarelle représentant Helena Hamilton.

— Croyez-moi, reprit Jacko avec un large sourire, vous êtes en parfaite sécurité ici et rien ne pourra ternir votre réputation. Je suis notoirement connu pour ma grande pureté d'âme. Nous mangerons des œufs, ce matin, une omelette pour tout vous dire. Nous observerons le silence tant qu'elle ne sera pas terminée.

Il fut, depuis cet instant, d'une gaieté irrépressible. Quand ils eurent fini leur délicieux repas, Martyn l'aida à faire la vaisselle et il lui donna « ses instructions pour la journée ». Elle devait, lui apprit-il, se rendre au théâtre en sa compagnie et reprendre ses activités d'habilleuse jusqu'au début de l'après-midi. Elle répéterait à quinze heures, et le soir, pour la générale, redeviendrait l'habilleuse de Miss Hamilton.

— Ce n'est pas simple, je vous l'accorde, ajouta-t-il en plongeant une main dans la poche de sa chemise.

Il produisit une liasse de feuilles dactylographiées.

— Treize pages en tout, déclara-t-il. Une bagatelle. Vous apprendrez le texte en faisant vos repassages et vos travaux d'aiguille, et vous serez prête dès ce soir. Ne me dites pas que vous êtes ravie, je le sais.

— Ravie n'est pas le mot qui convient. Je suis abasourdie, émue, heureuse, reconnaissante... Je n'arrive pas tout à fait à y croire. Mais j'ai aussi le sentiment d'avoir bénéficié d'une chance miraculeuse et je me demande ce que les autres vont dire en apprenant cette nouvelle.

— Aucune importance, fit Jacko sur un ton définitif. Gay Gainsford gardera son rôle. Elle ne pourra jamais l'interpréter correctement, mais c'est la nièce de Clark Bennington, le mari de notre actrice vedette, et elle occupe donc une place privilégiée.

— Oui, mais son oncle...

— Bennington était autrefois un excellent comédien. Il ne l'est plus. Il boit beaucoup trop et devient agressif quand il est soûl. Ne vous occupez pas de lui.

Il s'éloigna et alla se pencher sur sa table de travail. Ses gestes semblaient étrangement désordonnés. D'une pièce voisine, il lança :

— Je donne des conseils que je ne parviens pas moi-même à suivre. Ne vous laissez pas impressionner par cet homme. Ce serait une erreur. Je...

Sa voix se perdit dans le gazouillis d'un robinet. Martyn l'entendit crier :

— Sauvez-vous maintenant et commencez à apprendre votre texte. J'ai un travail à faire.

Se sentant vaguement mal à l'aise, elle regagna sa chambre. Mais ce sentiment s'envola dès qu'elle eut ouvert son livret et parcouru les premières lignes. Elle ne songea plus qu'à graver dans sa mémoire le contenu des feuillets.

II

En début d'après-midi, le régisseur lui communiqua son emploi du temps et, à quinze heures, elle répéta avec les autres doublures.

Jacko allait et venait dans les coulisses, absorbé par l'une de ses tâches innombrables. Le théâtre semblait désert. Martyn avait appris son texte. Mais elle l'oubliait de temps à autre, dans son effort d'associer les mots avec les gestes qui leur correspondaient. Une atmosphère fébrile régnait sur la scène à moitié éclairée. Les répliques murmurées ou lancées à tue-tête, le bruit incessant des pas martelant les planches, l'écho des voix répercutées par les murs d'une salle vide, tous ces détails se conjuguaient, formant un mélange oppressant.

Les positions des acteurs et leurs déplacements avaient été réglés en profonde symbiose avec le texte et semblaient en découler de la manière la plus naturelle. Martyn s'appliqua aussi à les fixer dans sa mémoire. Quand la répétition fut terminée, les aspects oraux et visuels de son rôle avaient fusionné pour constituer un tout. Elle avait désormais « acquis ses automatismes ». Mais, précisément, ce n'étaient que des automatismes. Elle parlait et s'interrompait, faisait quelques pas et lançait une nouvelle réplique : il n'y avait, dans ses gestes ou ses paroles, aucune réalité. Clem Smith, le régisseur, ne commenta pas l'interprétation. Il se contenta de régler les mouvements avant de se pencher sur le script. Martyn se dit que, pour lui, elle n'avait ni brillé ni démérité. Elle était une simple doublure, une de plus, ordinaire et anonyme.

A la fin de la séance, il referma son livret et déclara :

— Mesdames et messieurs, je vous remercie. Demain onze heures, si vous le voulez bien.

Puis il alluma une cigarette, descendit dans la salle et s'éloigna vers la sortie.

Demeurée seule sur la scène, Martyn fut submergée soudain par une vague de lassitude et de découragement. Elle essaya de se ressaisir. A l'époque victorienne, une jeune fille vivant une expérience comme la sienne se serait peut-être enfermée dans sa chambre et, après avoir versé des larmes mortifiées, aurait ouvert son journal pour s'y confesser. Cet exercice humiliant mais salutaire, Martyn se l'imposa sans autre artifice. Les dents serrées, elle se contraignit à faire face à la réalité. Elle s'était une nouvelle fois illusionnée, s'abandonnant aux chimères des rêves éveillés. Elle avait imaginé un conte merveilleux et s'y était glissée, s'entourant de gloire et de lauriers. Parce qu'elle ressemblait physiquement à Adam Poole et qu'elle avait réussi à prononcer correctement une ligne de dialogue, elle en était venue à penser que... Martyn, à ce moment, sentit ses cheveux se dresser sur sa tête. « La vérité ! songea-t-elle. Toute la vérité ! »

Soit. Elle s'attendait à une autre répétition en compagnie de Poole. Elle s'était vue répondant fougueusement et passionnément à ses remarques. Elle l'avait entendu dire avec regret que si les circonstances avaient été différentes... Elle avait même cru... Combien de jeunes comédiennes, dans la frustration, le désespoir ou la colère, n'ont-elles pas jeté leur livret à travers scène et laissé éclater leurs émotions ? Martyn accomplit ce geste puéril et spectaculaire. Elle se prit la tête dans les mains et lança vers la salle :

— Non ! Non ! Non !

— Pas mal, lui répondit une voix. Pas mal du tout.

Adam Poole sortit de l'ombre et s'engagea dans la travée centrale. Il vint s'appuyer sur la rambarde entourant la fosse d'orchestre. Bouche bée, Martyn laissa lentement retomber ses bras.

— Vous avez compris le mécanisme, affirma-t-il. Faites une dernière répétition, toute seule, avant demain. Ensuite vous commencerez à vous poser des questions sur le personnage que vous incarnez. Songez à la maison, à son plan d'ensemble, à la disposition des lieux. Demandez-vous ce que la jeune fille a fait de sa journée et ce qu'elle était en train de faire au moment où la pièce débute. De quoi parlait-elle ? Qu'y a-t-il derrière les propos qu'elle tient et les gestes qu'elle accomplit ? Venez, maintenant. Voyons un peu ce que vous pensez du métier d'acteur.

Martyn descendit dans la salle. Les instants qu'elle allait vivre, plus que toutes ses autres expériences au Vulcain, devaient demeurer gravés dans sa mémoire.

Ce fut un curieux entretien. Ils prirent place dans deux fauteuils voisins, comme pour attendre le lever du rideau. Invisible, Jacko s'activait derrière la toile de fond et, de loin, parvenait le bruit d'un marteau.

Martyn, en s'asseyant, éprouva un vague malaise. Elle ne parvenait pas à faire le tri des émotions et des pensées contradictoires qui s'agitaient en elle. Poole commença à évoquer les problèmes qu'affrontent les comédiens. Il parlait bien, sans emphase particulière mais avec une tranquille autorité. Très vite, elle s'aperçut qu'elle l'écoutait avec la plus grande attention. Son incertitude et sa nervosité s'étaient envolées. Elle se mit bientôt à décrire certains aspects de sa propre expérience dans le théâtre. Elle ne songea pas un seul instant qu'elle s'entendait plutôt bien avec Adam Poole.

Jacko apparut et vint s'arrêter au bord de la scène. Il mit une main en visière et scruta la salle.

— Adam ?

— Je suis là. Qu'y a-t-il ?

— Helena est au téléphone. Elle voudrait savoir pourquoi tu ne l'as pas appelée à seize heures. Il est maintenant dix-sept heures. Tu la prends au bureau ?

— Dieu du ciel ! s'exclama Poole en se levant.

Martyn s'écarta pour le laisser passer.

— Pensez à ce que nous venons de dire, Miss Tarne, lui confia-t-il. Ce rôle ne devrait vous poser aucun problème. Vous répéterez une dernière fois demain matin et...

Il s'interrompit soudain, la dévisagea en fronçant les sourcils, puis ajouta :

— Vous êtes contente, j'espère ?

— Oui. Très contente.

— Bon.

Il hésita une nouvelle fois et reprit :

— Je dois partir.

Du fond de la salle, il lança :

— Je serai au bureau, Jacko, si quelqu'un me demande.

Une porte claqua. Il y eut un long silence.

Jacko s'approcha de la rampe.

— Où êtes-vous ? questionna-t-il.

— Là, répondit Martyn.

— Je ne vous vois qu'en partie. Où est le reste ? Montrez-vous et venez. Nous avons du travail.

Le travail en question s'avéra être l'assemblage d'une robe créée par Jacko. C'était une toilette que lui seul pouvait imaginer et réaliser. Le tissu choisi était un imprimé flamboyant, avec d'immenses têtes d'aigles noir et jaune.

Il y avait une machine à coudre électrique au magasin des costumes qui était situé au fond de l'allée, près de la loge de J.G. Darcey. Ce fut dans cette pièce que Martyn fut conduite. Elle se mit aussitôt à l'œuvre, sous les directives de Jacko qui, assis sur la moquette, entreprit de couper plusieurs autres vêtements. Il sortit peu de temps après dix-huit heures en annonçant qu'il allait chercher leur dîner.

De longs moments s'écoulèrent. Martyn travaillait. De temps à autre, elle murmurait ou lançait une réplique, et sa voix se mêlait au cliquetis de la machine. Parfois, quand elle maniait l'aiguille, elle avait l'impression d'être entrée dans une nouvelle existence, comme si elle venait de naître à cet instant et ne reconnaissait plus sa propre personne. C'était une sensation presque effrayante. Martyn s'efforça vainement de la dissiper. Elle arrêta la machine et, pensive, tenta d'analyser cette étrange émotion. Curieusement, elle se sentit un peu dans le même état d'esprit que lors de sa répétition avec Adam Poole et voulut prolonger ce moment. Écartant la robe qu'elle venait de coudre, elle posa les bras sur la robe et y appuya sa tête. Elle demeura ainsi pendant quelques instants. Puis, lentement, elle leva les yeux pour contempler son reflet.

Gay Gainsford se tenait de l'autre côté de la table et la regardait en silence.

III

Martyn sursauta et un petit cri de surprise monta dans sa gorge. Elle esquissa un mouvement brusque, faisant tomber une paire de ciseaux.

— Excusez-moi, bredouilla Miss Gainsford. Je ne voulais pas vous effrayer. Vous aviez l'air de dormir et... Mais vous répétiez, n'est-ce pas ?

— Je suis votre doublure.

— Vous avez eu déjà une répétition, m'a-t-on dit ?

— Oui. Ce n'était pas très brillant. J'étais en train de faire un nouvel essai.

— Vous n'avez pas à me ménager, vous savez, indiqua Miss Gainsford.

Martyn, encore secouée par cette brusque apparition, considéra la jeune actrice. Elle vit un beau visage qui, sous le maquillage, portait encore des traces de larmes. Les lèvres de Miss Gainsford tremblèrent un peu et ses yeux s'assombrirent.

— Évidemment, vous n'ignorez pas dans quelle situation vous me mettez, reprit-elle.

— Qu'entendez-vous par là ? s'écria Martyn. Que vous ai-je fait ? Je n'ai obtenu qu'un rôle de doublure. Je suis très contente de l'avoir, même si je n'ai pas fait d'étincelles jusqu'à présent.

— Vous ne me consolerez pas en me parlant de cette manière. Je sais très bien où en sont les choses.

— Mais quelles choses ? Ne pleurez pas, voyons. S'il vous plaît, implora Martyn qui éprouvait un mélange de peur et de pitié. Je ne suis rien. Une simple doublure.

— Une simple doublure ! répéta Miss Gainsford dans un sanglot. Avec un visage comme le vôtre ! Vous ne trouvez pas que c'est un peu fort ! Si vous n'avez pas entendu ce que tout le monde murmure dans ce théâtre, vous êtes bien la seule. « Elle lui ressemble. » Voilà ce qu'ils disent tous. J'ai accepté de teindre mes cheveux alors que j'aurais pu mettre une perruque, mais ça n'intéresse personne. Je ne *lui* ressemble pas ! Vous l'ignorez peut-être, mais je suis une blonde naturelle et mes cheveux m'arrivaient jusqu'aux épaules. Regardez-les maintenant. Ils sont courts et noirs comme mes sourcils. Et cela m'a valu quoi ? Des insultes ! Aucun auteur n'a le droit d'injurier les artistes. Aucune direction ne permet ce genre de pratiques. Et il y a aussi Adam. Il est patient et méthodique, mais la plupart du temps, je ne comprends rien de ce qu'il dit.

Elle s'arrêta pour reprendre son souffle et, sanglotant, fouilla son sac à la recherche d'un mouchoir.

— Je suis vraiment désolée, assura Martyn. C'est horrible quand une répétition tourne mal. Mais les répétitions les plus désastreuses ont parfois des résultats surprenants. Et c'est vrai que la pièce est excellente, vous ne trouvez pas ?

— Je hais cette pièce. Pour moi, ce n'est qu'un méli-mélo prétentieux et grandiloquent, et je n'ai pas peur de le dire. Oncle Ben n'aurait jamais dû me faire venir ici. J'étais parfaitement heureuse dans mes seconds rôles. On sortait beaucoup, on s'amusait. Je ne vivais pas constamment sur les nerfs et il n'y avait pas cette horrible atmosphère autour de moi. J'étais déjà très malheureuse avant que vous ne veniez, maintenant c'est devenu insupportable.

— Mais je n'ai pas pris votre rôle, fit remarquer Martyn sur un ton désespéré. Vous traversez un mauvais moment, c'est tout. Vous verrez, ça passera. De toute façon, je ne serai pas très bonne dans ce rôle.

— Vous ne les avez pas entendus parler entre eux. Ils regrettent tous que vous ne soyez pas venue avant.

— Mais non. Vous vous faites des idées à cause de cette ressemblance.

— Ah vraiment ! Non, croyez-moi, je n'ai pas imaginé *tout* ce qui se dit à votre sujet. Et au sujet d'Adam. Par exemple, que vous pouvez rester ici et jouer le rôle. C'est vrai, avouez-le.

Martyn referma les doigts sur la robe qu'elle avait cousue.

— Ces rumeurs ne m'intéressent pas, déclara-t-elle.

— Et votre ressemblance, est-elle réellement accidentelle ? demanda Miss Gainsford. N'y a-t-il aucun lien de parenté entre vous ?

— Si, mais très lointain, avoua Martyn. Je ne voulais pas en parler. A mes yeux, cela n'avait aucune espèce d'importance. Je ne m'en suis pas servie pour entrer dans ce théâtre.

— J'ignore le pourquoi et le comment de votre présence ici, mais je me sentirais beaucoup mieux si vous partiez. Je ne comprends pas que vous puissiez rester malgré tout ce qui se dit autour de vous. A moins que ce ne soit vrai ! Vous ne devez pas avoir une grande dose d'amour-propre ou d'honnêteté. C'est horrible.

Martyn demeura un moment silencieuse, contemplant la jeune comédienne et son visage noyé de larmes.

— Non, vous n'avez pas le droit de dire cela ! finit-elle par s'écrier. J'ai besoin de travail. En toute sincérité, je pense que vous exagérez, que votre réaction est disproportionnée. Je ne vous ai fait aucun mal.

— Oh si ! Vous êtes en train de me détruire. Je sens que mes nerfs vont me lâcher, je suis à bout.

Miss Gainsford, en sanglotant, avait l'air d'imiter quelqu'un.

— Tout ce que j'ai enduré ne suffisait pas, gémit-elle. Il fallait que vous veniez pour me donner le coup de grâce. Oncle Ben ne cesse de le répéter. A longueur de journée. Je deviens folle. Ce théâtre est un lieu maudit. Tout le monde le sait. Mais maintenant, avec vous, ce sera vraiment la fin !

Miss Gainsford poursuivit sur le même ton, s'abandonnant à une crise d'hystérie dont Martyn n'aurait jamais pensé qu'elle fût capable.

— Si vous avez la moindre fibre de compassion, d'humanité, vous m'épargnerez cette horrible épreuve, conclut-elle.

— Tout cela n'a aucun sens, déclara Martyn d'une voix qu'elle tenta vainement d'affermir. Vous faites une montagne d'une fourmilière. Je ne vous suivrai pas sur cette voie.

Miss Gainsford la contempla d'un air indigné et heurté. Les lèvres tremblantes, plus théâtrale que jamais, elle lâcha son dernier cliché avant de s'effondrer totalement :

— Comment osez-vous !

Derrière ce déchaînement d'émotivité un peu primaire, Martyn perçut une réelle détresse. Elle se dit vaguement que si elle avait rencontré Gay Gainsford sur un terrain moins propice à la sensiblerie, elle lui aurait opposé sans doute une meilleure défense. Cette entrevue l'affecta profondément. Son bonheur précaire s'envola. Elle n'éprouva plus qu'une seule envie : fuir, respirer de l'air pur, s'échapper d'une situation qui prenait les allures d'un cauchemar. Ce fut d'une voix morne qu'elle répondit :

— Très bien. Je parlerai à M. Poole. Je lui dirai que je refuse ce rôle de doublure.

Miss Gainsford s'était détournée. Elle baissait la tête et tenait encore son mouchoir. Mais aucun sanglot ne soulevait maintenant ses épaules. Elle se moucha bruyamment, s'éclaircit la voix et refit face à Martyn.

— Mais il faudra bien que vous restiez si vous gardez l'emploi d'habilleuse, remarqua-t-elle.

— Qu'entendez-vous par là ? Vous voulez me chasser de ce théâtre ?

— Je n'ai pas dit cela...

Martyn entendit une voix et un bruit de pas dans l'allée. La perspective d'affronter Jacko lui inspira comme un sentiment de panique.

— Je vais voir si M. Poole est encore dans son bureau. Je lui parlerai si je le trouve.

Au moment où elle atteignait la porte, Miss Gainsford lui saisit le bras.

— S'il vous plaît ! fit-elle. Je vous remercie. Sincèrement. Mais promettez-moi d'être généreuse et de ne pas mentionner mon nom quand vous verrez Adam. Il ne comprendrait pas...

Elle s'interrompit brusquement et l'expression de son visage la figea. Elle ne songea pas même à lâcher le bras de Martyn.

Cette dernière, en pivotant sur elle-même, vit Adam Poole et Jacko. A son propre étonnement, elle s'entendit dire :

— Encore ! Je n'arrive pas à le croire. C'est la troisième fois.

— Que voulez-vous dire ?

— Vous avez le chic de surgir au plus fort des crises. Les crises des autres, bien sûr. Les miennes, en fait.

Poole esquissa une grimace et haussa les épaules. Il se tourna vers Miss Gainsford qui, l'air mal à l'aise, avait entrepris de retoucher son maquillage.

— Et en quoi consiste la crise actuelle ? demanda-t-il Que s'est-il passé, Gay ?

— Je vous en prie, fit-elle d'une voix étranglée. Laissez-moi partir. Je me sens très bien, je vous assure. J'ai envie d'être seule, c'est tout.

Elle se contraignit à sourire et glissa un regard éperdu vers Martyn. Poole s'écarta de la porte et elle s'éloigna, le menton haut, son corps vibrant tout entier d'une souffrance courageusement acceptée.

— Quel talent ! commenta Jacko en entrant. Sa place n'est pas ici mais à Hollywood. Elle a tout le savoir-faire qu'ils demandent là-bas. Quelle sortie ! Nous l'avons sous-estimée.

— Va voir de quoi il s'agit.

Jacko eut une grimace peinée.

— Elle veut être seule, rappela-t-il.

— Non, je ne le pense pas. Elle a besoin d'un confident. Tu seras celui-là. C'est ton domaine. Allez, au travail.

Jacko posa plusieurs sacs de provisions sur la table.

— Mon domaine, grommela-t-il en sortant.

— A nous deux, maintenant, fit Poole.

Martyn baissa les bras sur son ouvrage et demeura silencieuse.

— Qu'y a-t-il ? Vous êtes pâle comme un linge. Asseyez-vous. Que signifie tout cela ?

Elle alla prendre place derrière la machine à coudre.

— Eh bien, parlez !

— J'espère que vous ne m'en voudrez pas, mais je suis obligée de donner ma démission.

— Comme habilleuse ou comme actrice ?

— Les deux à la fois.

— C'est tout à fait hors de question.

— Il le faut pourtant. Cette situation ne peut durer, ce serait injuste.

— Vraiment ? Vous pensez à Gay ?

— Oui, entre autres. Elle est au bord de la dépression nerveuse. Il y aura un désastre si...

— Elle s'est mis en tête que vous allez obtenir son rôle, c'est ca ?

— Non, non. Pas du tout. Simplement, elle se débat

avec ses difficultés de comédienne et... elle s'affole un peu quand elle me voit.

— A cause de notre ressemblance ?

— Oui.

— Personne ne l'oblige à vous regarder. Non, c'est une idiote voilà tout, grommela-t-il.

Il empoigna le tissu posé sur la table, l'examina d'un regard absent, mais le laissa retomber.

— Vous comprenez, je ne peux pas vous laisser partir, affirma-t-il. Helena a besoin de vos services. Que ferait-elle sans vous ? Et puis, je n'admets pas qu'une actrice de second plan me dicte ma conduite. C'est moi qui dirige cette troupe, je n'ai d'ordre à recevoir de personne.

— Je suis sincèrement désolée pour elle, soupira Martyn. Elle s'imagine être au centre de je ne sais quel complot. Elle le pense vraiment.

— Et vous, qu'est-ce qui vous tracasse ?

— J'avoue que l'idée d'être un peu en sursis dans ce théâtre ne me plaît pas beaucoup. Mais je vous remercie...

Comme elle s'interrompait en rougissant, Poole demanda :

— Qui a dit que vous étiez en sursis ? Gay ? Bennington ? Percival ?

— J'ai parlé sans réfléchir. Naturellement, ma brusque apparition a dû leur sembler un peu bizarre. Et c'est vrai qu'elle l'est.

— Votre *disparition* le serait encore davantage. Franchement, je ne comprends pas que vous vous laissiez entortiller par cette fille, poursuivit-il d'un air impatient.

— Je ne me laisse *pas* entortiller. Elle est réellement au bout du rouleau.

Martyn demeura un moment songeuse. N'était-il pas étrange de parler de cette façon à Adam Poole ?

Lui qui, deux jours auparavant, était un nom célèbre, une figure de légende apparaissant derrière les voiles successifs de ses rôles cinématographiques.

Elle réprima un soupir et enchaîna :

— Je pense au spectacle. C'est une très bonne pièce. Gay doit réussir, il faut l'aider.

Poole fit un pas en avant et la considéra d'un regard incrédule.

— Ne vous est-il jamais venu à l'idée que vous seriez sa remplaçante si elle ne pouvait pas jouer ? N'avez-vous ni rêves ni ambitions ?

— Si bien sûr. Mais vous ne semblez pas comprendre...

En un geste presque furtif, il posa une main sur la sienne.

— Si, je comprends très bien. Je commence à avoir un aperçu de... votre personnalité. Dites-moi, la pièce changerait-elle en mieux ou en plus mal si vous deviez y jouer ?

— Je refuse de répondre à cette question ! s'exclama Martyn.

— Alors, je vous le demande, ne partez pas. Ce serait injuste. Pas d'habilleuse et pas de doublure. Je me trouverais dans un drôle de pétrin. Quant à cette musique de fond, je sais d'où elle vient. C'est une histoire plus complexe que vous ne l'imaginez. Je m'en occuperai.

Il alla derrière sa chaise et posa les mains sur le dossier.

— Alors ? questionna-t-il. Marché conclu ?

— Je ne vois pas comment il me serait possible de refuser.

— Bravo, approuva-t-il en effleurant ses cheveux.

Tandis qu'il esquissait un pas vers la sortie, Martyn ajouta :

— Vous faites bien de citer Petruchio. Henri V trouverait aussi sa place dans cette situation.

— Les hommes, ces bêtes autoritaires et arrogantes, n'est-ce pas ? Vous êtes *Kate,* alors. Vous répéterez demain à onze heures. D'accord ?

— Oui.

— Je parlerai à Gay. Bonsoir, Kate.

— Bonsoir, monsieur.

IV

Ce soir-là eut lieu la seconde répétition générale.

Martyn fit une nouvelle fois la navette entre les deux loges de Miss Hamilton, s'efforçant, quand elle allait de l'une à l'autre, de ne pas gêner les acteurs dans leurs déplacements. Au début du deuxième acte, elle prit place dans la loge installée près de la scène. Elle put ainsi entendre une grande partie du dialogue.

Pour l'amateur de théâtre, il n'existe peut-être pas d'expérience plus forte et plus riche en émotions que celle consistant à écouter des acteurs sans les voir. Les voix lointaines et désincarnées, venant de nulle part, le silence presque surnaturel qui pèse sur les coulisses, les odeurs, le sentiment que les murs retiennent leur souffle, un climat, une atmosphère d'attente inexpliquée, tout cela se conjugue et se démultiplie. Le théâtre vit et respire. Son cœur bat. Il s'en dégage une chaleur presque palpable. Cette chaleur enveloppa Martyn qui, malgré ses doutes, se sentit rayonner. « Je suis chez moi, songea-t-elle. C'est ici que je dois être. »

Dans ce deuxième acte, l'importance et la signification du rôle incarné par Gay Gainsford ne résidaient pas dans ce qu'elle disait — elle parlait peu — mais dans ses gestes, l'expression de son visage et l'intensité dramatique de ses réactions. La voix de Miss Gainsford ne semblait pas répondre à cet impératif. Elle avait un son creux, inconsistant. « C'est sans doute parce que je ne la vois pas », songea Martyn.

Miss Hamilton, quand elle sortit pour se changer, n'évoqua pas un seul instant le déroulement de la pièce. Elle se montra peu loquace et d'une politesse distante avec son habilleuse. Martyn se demanda si Adam Poole lui avait rapporté la teneur de leur dernière conversation et si elle partageait ses vues concernant la nièce de son mari.

La chaleur irradiée par les puissantes lampes qui éclairaient les loges magnifiait les odeurs de celles-ci. Miss Hamilton y parait avec une précision et une application toutes professionnelles. A intervalles réguliers elle saisissait un atomiseur et s'aspergeait d'eau de toilette tandis que Martyn, debout sur une chaise, attendait pour lui passer sa robe. Comme elle revenait à la fin du deuxième acte et entreprenait une nouvelle fois de se rafraîchir, Adam Poole entra.

— Ça s'est plutôt bien passé, Ella, remarqua-t-il.

Martyn interrompit le geste qu'elle esquissait. Miss Hamilton leva les deux bras et, en un geste plein de grâce, se tourna pour lui faire face.

— Oh, tu le penses vraiment, mon chéri ! s'exclama-t-elle.

Martyn se dit que, de toute son existence, elle n'avait jamais vu autant de charme. La beauté de Miss Hamilton éclatait dans ses moindres mouvements. Le foulard blanc qui protégeait ses cheveux rehaussait la finesse de ses traits. Dans son attitude, il y avait de la fougue et de l'ingénuité, une sorte d'émouvante intimité. Poole saisit les mains qu'elle lui tendait et Martyn se retourna, hésitant à descendre de sa chaise en raison de la robe volumineuse qu'elle tenait. Elle se sentit soudain malheureuse et un peu plus seule.

— Tu es content ? C'est vrai ? reprit Miss Hamilton.

— De toi, certainement.

— Mais... autrement ?

— Pas de surprise.

— Où est John ?

— Dans les balcons. Il a promis de ne pas descendre avant que je ne lui fasse signe.

— Espérons qu'il tiendra parole, murmura-t-elle sombrement.

— Bonsoir, Kate, lança Poole.

— Kate ? s'étonna Miss Hamilton. Pourquoi... Kate ?

— Je la soupçonne d'être un peu mégère, expliqua-t-il. Que faites-vous, perchée sur cette chaise, Kate ?

— Chéri ! s'exclama Miss Hamilton en rejoignant son habilleuse.

Martyn lui glissa la robe par-dessus la tête et, d'un petit saut, mit pied à terre et entreprit de la boutonner. Poole accompagna cette opération d'un incessant flot de commentaires. Il se chuchota des mots anxieux comme s'il était Martyn, geignit en grimaçant comme si Miss Hamilton trouvait la robe trop juste. Ses mimiques étaient à ce point cocasses et semblaient lui demander si peu d'effort que Martyn eut peine à garder son sérieux. Miss Hamilton finit par éclater d'un rire exaspéré. Elle lui prit le bras quand elle eut fini de s'habiller.

— Je ne t'ai jamais vu aussi gai, assura-t-elle.

— Troisième acte, messieurs-dames, chanta la voix d'un jeune garçon. Troisième acte, s'il vous plaît.

Martyn regagna la loge improvisée au moment où le rideau se levait. Là, elle s'installa pour écouter la suite de la pièce tout en essayant de calmer les élans de son cœur.

Clark Bennington, dans le scénario, se suicidait en sortant de scène. Jacko semblait être un passionné d'effets spéciaux, car il prit place dans les coulisses afin de superviser le coup de feu fatal. Accompagné d'un machiniste qui tenait un pistolet d'alarme, il alla se poster à l'entrée du passage menant aux loges. La détonation partit au moment indiqué. Martyn n'était séparée de l'extérieur que par des murs de toile. Elle ne put s'empêcher de sursauter, et l'odeur âcre de la poudre s'insinua dans son abri sans toit.

La voix de Clark Bennington murmura :

— Voilà, c'est fini en ce qui me concerne. Fini ! Jacko, donne-moi une cigarette, veux-tu ?

Il y eut une pause. Le machiniste s'éloigna. Bennington reprit :

— Viens prendre un verre dans ma loge.

— Merci, Ben. Pas maintenant, chuchota Jacko. Le rideau tombe dans cinq minutes.

— Suivi d'une oraison funèbre dirigée par le plus grand des acteurs-metteurs en scène et le plus talentueux des auteurs. Exaltante perspective ! Comment m'as-tu trouvé, Jacko ?

— Aucun comédien n'aime à être jugé autrement qu'en terme de louanges dithyrambiques, répondit Jacko. Tu as du métier, c'est évident. Ce soir, tu en as encore fourni la preuve. Tu as aussi montré une certaine discrétion.

Martyn entendit rire Bennington.

— Il y a toujours demain, vieux frère, remarqua-t-il. Je retiens mes coups. J'attends mon heure.

Après une nouvelle pause, l'un des deux hommes poussa un long soupir. C'était Jacko, manifestement, car Bennington enchaîna comme en guise de commentaire :

— Mais non, voyons.
Après un silence, il ajouta :
— La petite est très bien.
Et comme Jacko ne répondait pas, il demanda :
— Ce n'est pas ton avis ?
— Mais si, mais si.
Sur scène, les voix de Miss Hamilton et d'Adam Poole devenaient plus intenses et plus émues. Martyn déplaça bruyamment la chaise qu'elle occupait. Il y eut un bref silence.
— Qu'elle entende ou pas, je m'en fiche, déclara Bennington. Non, un instant, reste où tu es. Je t'ai posé une question. Je voulais savoir comment tu as trouvé Gay. Elle était bien, non ?
— Oui, oui. Il faut que je parte.
— Attends un peu. Si ces imbéciles la laissaient en paix, tu ne crois pas qu'elle serait tout simplement merveilleuse ? Je vais te dire, vieux frère. Il ne faudrait pas que notre auteur de génie aille encore l'enquiquiner ce soir. Il me trouverait sur son chemin, je peux te l'assurer.
— Ce n'est pas le moment de provoquer une scène.
— Je ne resterai pas les bras croisés pendant qu'il la martyrise. Je ne le laisserai pas faire. A propos, il paraît que tu as offert l'hospitalité à la belle étrangère.
— Le rideau va tomber. Je dois vérifier que tout est prêt. Laisse-moi passer, veux-tu ?
— Rien ne presse.
Martyn sut ainsi que Bennington se tenait dans l'entrée de l'allée.
— Je parle de notre habilleuse-doublure. Miss X.
— Tu ne cesses de distribuer des noms de code.
— Appelle-la comme tu voudras, ça n'éclaircira pas ce mystère. Qui est-elle ? Tu peux me le dire, tu sais. Est-ce la manifestation d'une indélicatesse commise par Adam quand il était adolescent ?

— Du calme, Ben.

— Je ferais peut-être mieux de poser la question à Adam lui-même. Ce n'est d'ailleurs pas la seule que j'aimerais lui poser. Tu t'imagines que je suis content de ma situation ?

— Ils échangent les toutes dernières répliques. C'est presque fini.

— Pour quelle raison penses-tu que je bois tant ? Que ferais-tu à ma place ?

— Je commencerais par m'habituer à réfléchir avant de parler, indiqua Jacko.

Une sonnerie retentit.

— C'est le rideau. Attention !

Martyn entendit un bruit de bousculade, puis Bennington étouffa un juron. Il y eut des pas dans l'allée. Le rideau tomba dans un énorme soupir. Une vague d'air balaya les coulisses.

— Tout le monde sur scène, lança de loin la voix du régisseur.

Les comédiens obéirent. Le rideau monta et redescendit. Poole déclara :

— Bon, ça suffit. Très bien, les enfants. Asseyez-vous, on commence la discussion. John nous rejoindra dans un moment. Je t'attends, Ella.

Miss Hamilton entra dans la loge improvisée. Martyn l'aida à se dévêtir et lui passa un peignoir.

— Je me démaquillerai à côté, Martyn, annonça-t-elle. Prenez ce qu'il faut... crème, serviettes... et n'oubliez pas mes cigarettes.

Martyn obtempéra. Elle suivit Miss Hamilton et, pour la première fois de cette soirée, se trouva sur scène.

Poole était là, en robe de chambre, le dos tourné au rideau. Les cinq autres membres de la troupe s'étaient assis et le regardaient d'un air attentif. Jacko et Clem Smith se tenaient un peu à l'écart, bloc-notes et crayon à la main. Martyn présenta un miroir à Miss Hamilton qui demanda :

— Adam chéri, tu n'y vois pas d'inconvénient, j'espère ? Je ne veux pas perdre un seul mot, mais il faut que je me prépare.

Puis elle entreprit de se démaquiller.

Le Dr John James Rutherford apparut à cet instant, précédé comme à l'accoutumée par des portes qui claquaient, des éclats de voix et des pas fonçant dans les corridors. Il s'immobilisa, les cheveux en bataille, frémissant d'une colère qui semblait ne jamais devoir s'apaiser, brandissant furieusement une liasse de papiers.

— Enfer et damnation ! tonna-t-il. Vais-je encore endurer cette torture ? Qu'ai-je fait au bon...

— Asseyez-vous, John, ordonna Poole. Trouvez un siège robuste et installez-vous. Aussi doucement que possible.

Clem Smith lança frénétiquement :

— Vite, la chaise du docteur !

Un grand fauteuil aux ressorts cassés fut posé contre le rideau. Le Dr Rutherford s'y laissa tomber et plongea une main dans la poche de son manteau pour y prendre sa boîte de tabac à priser.

— Bon, fit-il. Comment ça se présente ?

— Je vais reprendre depuis le début, annonça Poole. Si vous avez des observations qui recoupent les miennes, n'en parlez pas, ça nous fera gagner du temps. Pour les objections, ayez la gentillesse d'attendre que je finisse. Nous sommes d'accord ?

— Trêve de bavardage. Passons à l'essentiel.

— C'est exactement ce que j'étais en train de dire.

— Ah bon ? Je n'écoutais pas. Eh bien, allons-y, cher ami. Allons-y.

Jacko remit un bloc-notes à Poole qui commença à le feuilleter.

— Premier acte, grommela-t-il, pas grand-chose... jusqu'au moment...

Il poursuivit ainsi d'une voix égale, parlant de rythme, d'orchestration, de mise en scène. Parfois, un comédien posait une question et un bref débat s'engageait. Clem Smith ajoutait alors une note sur son calepin. Jacko avait ses propres remarques sur les différentes scènes où Poole avait joué. Martyn comprit pour la première fois que Jacko était, officiellement, l'assistant d'Adam Poole. Elle ne s'étonna guère du peu d'autorité dont il faisait preuve : Jacko n'eût pas été lui-même s'il avait endossé l'habit du chef.

De l'endroit où elle se tenait, Martyn pouvait distinguer tous les comédiens. Au premier plan, il y avait le visage de Miss Hamilton. Un visage attentif et beau, un peu vieilli aussi maintenant qu'il avait perdu son maquillage. Elle le tournait parfois vers le miroir levé par Martyn ou, quand une remarque la concernait, vers Adam Poole. Plus loin, l'air absorbé, J.G. Darcey bourrait lentement sa pipe. De temps à autre, il jetait sur Miss Gainsford un regard empreint de sollicitude mais aussi d'une vague anxiété. Le demi-cercle ainsi formé aboutissait à Parry Percival qui s'agitait dans son large fauteuil. Bennington se tenait près du milieu, une serviette entre les doigts. Au bout d'un moment, il s'approcha et vint s'arrêter derrière son épouse. Il posa une main sur son épaule et, se baissant, prit de la crème dans un pot et l'appliqua sur son visage. Ce geste ne sembla pas plaire à Miss Hamilton qui eut un mouvement de recul. Comme si elle se reprochait sa réaction, elle esquissa aussitôt une petite grimace contrite. Bennington ne l'avait pas quittée des yeux. Songeur, il fit courir ses doigts propres autour du cou de sa femme. Puis, étalant la crème sur son front, il regagna sa place et entreprit de se démaquiller.

Martyn ne voulait pas regarder Gay Gainsford.

Mais ce fut vainement qu'elle tenta de s'en empêcher. Miss Gainsford, au début de cette réunion, s'était installée sur un petit canapé. Elle semblait avoir recouvré un peu de son calme, mais ses yeux et ses mains trahissaient une grande agitation. Pendant un moment, Bennington se contenta de l'observer tout en essuyant son visage. Puis il traversa la scène, s'installa auprès d'elle et lui prit la main. Il eut un regard sombre en direction de Martyn qui éprouva un sentiment de remords et de pitié pour ces deux êtres. Elle se dit, l'espace d'un instant, qu'Adam Poole devinait son état d'esprit. Elle écarta aussitôt cette pensée. Mais il regardait avec insistance, et elle songea : « Cette situation devient trop compliquée. Je ne tiendrai pas longtemps. » Elle eut un mouvement involontaire et Miss Hamilton tendit instinctivement une main vers le miroir.

Quand il eut fini de commenter le premier acte, Poole se tourna vers le Dr Rutherford qui était demeuré affalé dans son fauteuil, le menton sur la poitrine, embrassant toute la scène d'un regard malveillant.

— Vous avez quelque chose à ajouter, John ?

— En dehors du fait que tout cela me semble dépasser la mesure, j'ai certaines réserves à exprimer...

Il jeta un coup d'œil haineux à Parry Percival et reprit :

— Mais je me tais pour l'instant.

— On passe au deuxième acte, décréta Poole.

Au bout d'un moment, Martyn s'aperçut que le Dr Rutherford, à l'instar de Bennington, l'observait. Elle ressentit un peu de cette horrible fascination qui est censée paralyser l'oiseau soumis au regard fixe du serpent. De toutes ses forces, elle essaya de concentrer son attention sur d'autres points de la scène. En vain. Ses yeux se tournaient, comme de leur propre ressort, pour rencontrer ceux de l'écrivain. Elle en fut profondément éprouvée et alarmée. Autour d'elle, l'atmosphère devenait de plus en plus tendue. Elle avait maintenant la certitude que ce n'était pas une simple impression, que les acteurs en étaient conscients et qu'ils s'attendaient tous à une crise imminente.

Poole continuait de sa voix égale et tranquille. Soudain, le Dr Rutherford lança :

— Stop ! Un instant !

Il se mit frénétiquement à feuilleter ses propres notes et finit par trouver la page qu'il cherchait. Il sortit alors une paire de lunettes qu'il chaussa, leva la main pour réclamer le silence et entreprit de lire pour lui-même seulement le contenu du papier. Puis il replia celui-ci, le posa sur son fauteuil et s'assit dessus.

— Poursuivez, grommela-t-il.

Il y eut quelques soupirs et des regards gênés. Poole reprit l'énumération de ses commentaires. Quand il aborda la scène qui le mettait en présence de Miss Gainsford, il se contenta de suggérer un léger changement de position. Il ne fit aucune autre remarque à ce sujet. Miss Hamilton, qui portait maintenant une robe de ville et achevait de se poudrer, sourit à Martyn et se tourna vers Adam Poole. Martyn referma la trousse de maquillage et, avec un sentiment de délivrance, fit mine de s'éloigner.

— Hé ! s'exclama le Dr Rutherford. Où allez-vous ? Arrêtez-la !

Martyn s'immobilisa dans l'embrasure de la porte et jeta un regard terrifié derrière elle.

Neuf paires d'yeux étaient braquées sur elle. Les siens allèrent d'un visage à l'autre et s'arrêtèrent sur celui de Poole.

— Ne faites pas attention, déclara-t-il. Rentrez chez vous.

— Sûrement pas ! hurla le Dr Rutherford.

— Vous pouvez partir, Kate. Bonsoir.

La tempête se déchaîna au moment où Martyn atteignait le milieu de l'allée.

5.

Première

I

Le lendemain, jeudi, était jour de première. Jusque tard dans l'après-midi, les personnes les plus directement concernées par la pièce du Dr Rutherford furent absentes de leur théâtre. Le Vulcain attendit. Dans la salle, les fauteuils vides, débarrassés de leurs housses, contemplèrent le rideau. Celui-ci présenta sa face cachée au décor de Jacko, l'entourant d'un voile de mystère et de secret. La scène demeura plongée dans le noir. Des bataillons de projecteurs attendirent aussi, braquant leurs regards éteints dans toutes les directions. Le manuscrit du souffleur était prêt. Les plans d'éclairage reposaient sur leur pupitre, les accessoires sur les tréteaux. Le théâtre semblait retenir sa respiration.

En pénétrant dans ce monde silencieux et recueilli, on avait l'impression de déranger quelqu'un ou quelque chose, une sorte de présence. Mais, à l'exception de quelques intrus, peu de gens eurent l'occasion d'éprouver ce sentiment. Ce fut le cas du jeune huissier qui, de temps à autre, surgissait avec une nouvelle brassée de télégrammes ; d'un garçon de courses venu livrer des perruques, d'une fleuriste, de l'accordeur qui pianota longtemps dans la fosse d'orchestre. Ce fut aussi le cas de Martyn Tarne qui, seule dans le magasin des costumes, repassa les dernières robes qui lui avaient été confiées.

Déjà les bureaux s'animaient. Les machines à écrire cliquetaient fébrilement et les téléphones sonnaient à toute volée. Le plan de salle s'étalait sur le bureau de Bob Grantley, et les programmes s'alignaient en paquets rectangulaires contre le mur.

A quatorze heures précises, les files commencèrent à se former dans Carpet Street.

II

Helena Hamilton se mit au lit après une courte séance de massage. Son mari, prenant une voix qu'elle connaissait et redoutait, avait téléphoné pour annoncer qu'il déjeunerait à son club et regagnerait leur appartement vers le milieu de l'après-midi afin de se reposer.

Dans l'obscurité de sa chambre, Helena commença un exercice maintes fois répété. Elle respira profondément et se concentra sur chacun de ses muscles pour le détendre. Puis elle attendit le sommeil. Mais cette discipline qu'elle s'imposait depuis de nombreuses années se révéla cette fois inopérante. Une sourde angoisse l'étreignait. Elle aurait voulu entendre les pas de Ben dans le vestibule, voir l'expression de son visage et deviner son état d'esprit. Elle essaya toutes les formules de relaxation qu'elle connaissait. En vain. A quinze heures, ses yeux étaient grands ouverts. Elle se sentait malheureuse et inquiète.

Plonger dans ses souvenirs romantiques ne lui procura guère de réconfort. C'était un exutoire qui, habituellement, dissipait ses idées noires et sa mélancolie. Elle avait géré ses affaires de cœur avec grâce et courtoisie. Elle avait presque toujours réussi à leur garder un caractère de fraîcheur et d'enchantement. Elle s'était contentée de les laisser naître et s'épanouir, avec l'inconséquence et le charme de ces fleurs qui jaillissent d'elles-mêmes sur les pelouses les mieux ordonnées. Elles avaient resplendi, l'espace d'un printemps, puis, sans douleur ni regrets, s'étaient évanouies. Sauf, peut-être, dans le cas d'Adam.

La mémoire d'Helena se fit moins sereine. Avec Adam, se souvint-elle, les choses ne s'étaient pas passées de la même manière. Avec Adam, son cadet de plusieurs années, il y avait eu des liens plus forts et plus profonds. Sa vie d'épouse en avait souffert durablement. Ben était devenu un ennemi. Elle songea aussitôt à la pièce qui allait débuter. « Tout s'emmêle et s'enchevêtre, se dit-elle. Je n'aime pas le désordre. » Les incidents s'étaient multipliés durant les répétitions : Ben cherchant querelle à tout le monde, jaloux d'Adam et ne le cachant pas ; le Dr Rutherford, plus désagréable que jamais ; la malheureuse Gay — qui, il fallait le reconnaître, n'était pas faite pour être comédienne — portée à bout de bras par Ben, incendiée par John Rutherford. Et pour finir, Martyn Tarne.

Helena, ici, touchait le noyau même de son angoisse. Dans toute autre circonstance, se dit-elle, elle aurait bien accueilli cette jeune fille venue des antipodes, même si son apparition demeurait entourée de mystère. Sa ressemblance avec Adam, loin de l'inquiéter, l'aurait au contraire poussée à lui accorder son amitié. Naturellement, Helena ne mettait pas en doute l'explication fournie par Adam, mais elle trouvait un peu naïf de soutenir que Martyn était restée volontairement à l'écart du Vulcain, ne voulant pas tirer profit de son lien de parenté avec lui. Il était vraiment le seul à le croire, se dit Helena. De plus, il lui avait attribué un rôle avant de faire publiquement état de leur cousinage, ce qui n'avait guère apaisé l'effervescence régnant au sein du groupe.

Helena se représenta la scène qu'elle avait vécue la veille : John Rutherford exigeant que le rôle fût confié officiellement à Martyn, Gay implorant Adam de la libérer, Ben affirmant qu'il démissionnerait si Gay s'en allait, et Adam... Adam avait réagi ainsi qu'il le fallait. C'était incontestable. Il avait donné libre cours à sa colère et obtenu le silence qu'il demandait. Il avait alors décrit les circonstances dans lesquelles Martyn était entrée au théâtre, ajoutant d'une voix glaciale que la distribution ne serait modifiée en aucun cas. Puis il avait achevé de lire ses notes et s'était éloigné, suivi de Jacko.

Sa sortie avait déclenché une scène indescriptible. Tous les comédiens s'étaient mis à parler en même temps, exprimant des rancœurs longtemps dissimulées. Ben, presque simultanément, s'en était pris à Parry Percival, trouvant sa technique lamentable, au Dr Rutherford pour lui reprocher ses idées sur la distribution, à sa nièce, qu'il accusait de faiblesse, et, pour finir, à J.G. Darcey, qui prenait la défense de Gay Gainsford. Parry Percival avait répliqué à une attaque du docteur en lançant une violente diatribe dont il fut le premier surpris. Gay, dans une sorte d'apothéose, s'était abandonnée à une crise d'hystérie que le Dr Rutherford avait brutalement interrompue.

Les protagonistes s'étaient alors séparés. J.G. Darcey, dans son nouveau rôle de chevalier servant, avait raccompagné Gay. Parry Percival était sorti en fulminant, poursuivi par les quolibets du Dr Rutherford. Helena s'était retirée dans un coin. Les machinistes avaient tous disparu. John Rutherford et Ben, désormais seuls à occuper la scène, s'étaient affrontés avec hargne et férocité, et Helena, fatiguée, avait regagné le domicile conjugal en demandant au chauffeur de retourner au théâtre pour chercher son mari. Quand elle se réveilla, tard le lendemain, elle apprit que Ben était déjà parti.

« Je voudrais, cria une voix dans son esprit, je voudrais qu'il ne revienne jamais. »

Au même instant, elle l'entendit tituber lourdement dans l'escalier.

Elle se dit qu'il allait gagner directement sa chambre, mais il vint s'arrêter devant sa porte, hésita un moment et entra. Une odeur d'alcool et de cigare envahit aussitôt la pièce. Helena ne put réprimer une grimace de répulsion. Il y avait plus d'un an qu'il ne s'était conduit de la sorte.

Il s'avança d'un pas mal assuré jusqu'au pied du lit et se pencha :

— Bonjour.

— Qu'y a-t-il, Ben ? Tu vois bien que je me repose.

— Ce que j'ai à dire va sûrement t'intéresser. John n'embêtera plus la petite.

— Tant mieux.

— Il s'est calmé. J'ai réussi à le convaincre.

— Il n'est pas vraiment méchant, le vieux John.

— Il a reçu une lettre de l'étranger. A propos de la pièce. Il est très content.

— La traduction est bonne ?

— Oui, apparemment, murmura Ben sur un ton vague.

Il esquissa un sourire et reprit :

— Tu es très bien, allongée comme ça.

— Tu devrais aussi te reposer, Ben.

Il baissa la tête et grommela quelque chose entre ses dents.

— Comment ? fit-elle d'une voix inquiète. Je n'ai pas compris.

— J'ai dit qu'il était dommage qu'Adam ne se soit pas manifesté un peu plus tôt. Ça n'a rien à voir, bien sûr...

Le cœur d'Helena battit plus fort dans sa poitrine.

— Ben, je t'en *prie* !

— Encore une chose. Vous vous imaginez peut-être tous les deux que je suis dupe. Que je ne vois pas clair dans cette histoire de doublure-habilleuse ? Je n'apprécie pas beaucoup ce rôle de mari trompé que tu m'imposes, mais je suis vraiment furieux de voir à quel point tu sous-estimes mon intelligence. C'est arrivé quand ? Au cours de sa tournée en Nouvelle-Zélande ?

— Ne sois pas ridicule ! s'exclama-t-elle d'une voix un peu étranglée.

— Navré. Qu'avez-vous prévu pour ce soir, Adam et toi ?

— Mon cher Ben !

— Très bien, nous ne parlerons pas de ce soir. Mais en échange...

Elle reconnut cette scène qu'elle avait plusieurs fois vécue en rêve. Le visage de Ben descendait lentement et elle demeurait inerte, paralysée par la peur. Elle se dit, l'espace d'un instant, qu'elle était peut-être en train de dormir et qu'elle se réveillerait si elle se mettait à crier. Mais elle fut incapable de proférer le moindre son.

III

Le téléphone d'Adam Poole sonna peu après seize heures. Tiré d'un profond sommeil, il ne reconnut pas immédiatement la voix d'Helena. Mais il recouvra rapidement sa lucidité et, ne distinguant que des propos incohérents, demanda :

— Qu'y a-t-il, Ella ? Que s'est-il passé ? Je ne t'entends pas.

Elle se mit alors à parler un peu plus calmement et il comprit.

IV

A dix-huit heures, les acteurs commencèrent à se diriger vers leur théâtre. Chacun d'eux accomplit les gestes qui lui étaient coutumiers à pareil moment : avaler une tasse de thé ou de café très fort, mastiquer une tartine qui avait un goût de sciure, avaler un comprimé d'aspirine en l'accompagnant d'un verre d'alcool. Pour eux, c'était l'heure H. Celle où la tension n'est pas encore à son point culminant. Leurs habilleurs se trouvaient déjà dans les loges, et Jacko tournait impatiemment dans les coulisses. Le Dr John James Rutherford, vêtu d'un smoking et d'une chemise empesée couverte de tabac à priser — deux vestiges de l'époque où il assistait encore à la réception annuelle de l'ordre des médecins —, s'engouffra dans le bureau et entreprit aussitôt de se rendre insupportable. Bob Grantley finit par le supplier de bien vouloir sortir.

A dix-huit heures vingt, le taxi occupé par Gay

Gainsford et J.G. Darcey remonta Carpet Street. Darcey était assis avec élégance, les jambes croisées, son chapeau posé sur un genou. Dans la semi-obscurité, son profil ne ressemblait pas à celui d'un quinquagénaire.

— C'est très gentil à toi d'être passé me prendre, déclara Gay d'une voix mal assurée.

Il sourit et, sans la regarder, posa une main sur la sienne.

— Je suis moi-même glacé de peur, les soirs de première, affirma-t-il.

— A mon avis, les vrais artistes doivent tous éprouver ce sentiment.

— Ah ! la jeunesse, soupira Darcey. La jeunesse !

Son attitude ne manquait peut-être pas d'une certaine affection. Mais il y avait dans sa voix un réel accent de nostalgie. Gay s'en serait rendu compte si elle n'avait été aussi préoccupée.

— Pour moi, ce n'est pas une simple question de trac, enchaîna-t-elle. J'ai l'impression de me débattre dans l'œil d'un cyclone.

— Ma pauvre enfant...

Elle se tourna légèrement vers lui et appuya la tête sur son épaule.

— C'est agréable, murmura-t-elle.

Après un silence, elle ajouta :

— Il me fait peur, J.G.

Avec l'aisance qu'ont tous les bons acteurs, il lui entoura les épaules de son bras.

— Je ne le supporterai pas plus longtemps, annonça-t-il. S'il recommence à te chercher noise, auteur ou pas...

— Il ne s'agit pas de *lui*, interrompit Gay. Ce n'est pas du docteur que je parle. Oh, je sais qu'il n'est pas commode et qu'il ne m'a jamais ménagé ses critiques. Mais ce n'est pas lui le responsable de mes ennuis.

— Non ? Qui est-ce alors ?

— Oncle Ben !

Elle eut un petit cri étranglé et enfouit son visage dans le manteau du comédien. Darcey se pencha pour l'écouter.

— J.G., l'entendit-il souffler, oncle Ben me *terrifie.*

V

Parry Percival était toujours très heureux quand, se présentant devant l'entrée du théâtre, il lui fallait fendre la foule qui attendait. Quel plaisir de soulever son chapeau en murmurant : « Pardon. Merci infiniment » ; d'entendre chuchoter son nom ! Quel bonheur et quel réconfort de les voir sourire en s'écartant !

Mais, ce jour-là, il ne goûta que modérément ces instants de joie. Il était bien trop soucieux pour les savourer pleinement.

Ben s'était conduit d'une manière détestable avec lui. Il avait tout fait pour le ridiculiser durant les répétitions. Il l'avait troublé et agacé, introduisant des gestes et des mimiques qui n'étaient pas dans le texte, l'interrompant au milieu d'une tirade, le regardant du coin de l'œil et le narguant, le laissant muet de fureur et d'impuissance. C'était la technique qu'utilisait un instituteur pour torturer un petit écolier. Elle ravivait en Parry quelques terribles souvenirs de son enfance.

Les marques d'estime reçues devant la façade du Vulcain n'adoucirent qu'à moitié ses sombres pensées. Il franchit l'entrée des artistes en s'efforçant de sourire et traversa la première allée. Il fut aussitôt pris dans l'atmosphère de chaleur et d'attente impatiente qui régnait sur le théâtre.

Il s'engagea dans le corridor menant aux loges. La porte d'Helena Hamilton était entrebâillée. Il frappa deux petits coups hésitants, glissa un regard dans l'ouverture et fut accueilli par une odeur de crème, de poudre, de crayon gras et de fleurs. Le radiateur à gaz ronronnait dans un coin. Martyn, qui dépliait des serviettes, se tourna et rencontra soudain le regard faussement juvénile du comédien.

— Déjà au boulot ? interrogea-t-il.

— Bonsoir, fit Martyn d'une voix égale.

— Helena n'est pas encore là ?

— Non. Pas encore.

Il tourna autour de la pièce, examinant les photographies suspendues aux murs.

— On me dit que vous venez des antipodes, remarqua-t-il. J'ai failli signer un contrat pour aller dans votre pays l'année dernière. Mais les gens qui me proposaient cet engagement m'ont fait une drôle d'impression. J'ai donc refusé. Adam a effectué une tournée là-bas, si je ne m'abuse. Oh, il y a longtemps de ça, vingt ans au bas mot. Vous n'étiez pas encore née.

— Oui, c'était un peu avant ma naissance, confirma Martyn.

Il n'essaya pas de dissimuler la satisfaction que lui procura cette réponse.

— Un peu avant ? répéta-t-il. Vraiment ?

Martyn se contraignit à soutenir son regard sans se troubler. Il semblait sur le point de lancer de nouvelles observations. Ses yeux s'arrêtèrent sur la grande gerbe de fleurs.

— Ces roses ne sont pas du tout celles que j'ai moi-même choisies au magasin, déclara-t-il d'un air irrité. Cette fleuriste ne connaît pas son métier.

Martyn vit combien il était malheureux et en fut attristée.

— Dieu que je déteste les soirs de première, marmonna-t-il.

— Ce doit être horrible, commenta la jeune femme.

Et comme il ne faisait pas mine de ressortir, elle ajouta sur un ton éloquent :

— En tout cas, je vous souhaite bonne chance pour ce soir.

— Merci, répondit-il. J'en aurai besoin.

Il s'éloigna dans le passage, s'arrêta devant la loge d'Adam Poole et échangea quelques mots avec Bob Cringle.

— Le patron n'est pas encore revenu ?

— Il sera là dans un moment, monsieur Percival.

Parry inclina la tête et s'avança dans la pièce. Il alla se tenir auprès de Cringle, s'appuyant contre la table de maquillage et croisant élégamment les jambes.

— Notre petite étrangère d'à côté ne semble pas trop dépaysée, observa-t-il dans un murmure.

— C'est vrai, convint Bob. Elle s'est très bien adaptée à son nouveau travail.

— Quelle ressemblance tout de même ! reprit le jeune comédien d'un air engageant.

— Avec le patron, vous voulez dire ? Oh oui ! s'exclama l'habilleur avec un grand sourire. Quelle coïncidence !

— Coïncidence ! s'écria Parry. Ça n'en est pas une, Bob. Pas tout à fait. Ils ont un lien de famille, d'après ce que j'ai compris. On l'a appris hier soir, et cela explique un certain nombre de choses. Dites-moi, Bob, avez-vous jamais entendu parler d'une habilleuse doublant une actrice ?

— Ça s'est plutôt bien passé, non ?

— Oh oui, fit Parry d'un air peu réjoui. Très bien.

Vous étiez avec le patron, en 1930, quand il a effectué sa tournée en Nouvelle-Zélande, n'est-ce pas ?

— Oui, monsieur, répondit Bob dont le visage s'était fermé. Je l'ai accompagné en effet. Il était très jeune, à l'époque. Puis-je vous demander de vous déplacer un peu, monsieur Percival ? Il faut que je commence à préparer ma table.

— Oh, excusez-moi. Je ne me rendais pas compte... Comme d'habitude...

Il s'éloigna en agitant une main et disparut dans le corridor.

— Bonne chance pour ce soir, monsieur, lança Bob Cringle en refermant la porte.

Parry fit halte devant la loge de J.G. Darcey. Il frappa, reçut une réponse et entra. J.G. avait déjà commencé à se maquiller.

— Bob refuse de parler, déclara Parry.

— Bonsoir, cher ami. Parler de quoi ?

— Oh, tu sais très bien. De la tournée en Nouvelle-Zélande.

— Tu l'as vue ?

— Je me suis arrêté en passant, oui.

— Comment est-elle ?

Parry alluma une cigarette.

— Comme tu as pu le constater, elle lui ressemble d'une manière à peine croyable, répondit-il. A peine croyable.

— Sait-elle jouer ?

— Oh oui !

Parry marque une pause et reprit :

— Elle est bourrée de talent, mon cher J.G.

Darcey hocha la tête et continua de se maquiller.

— Le docteur était là, ce matin, enchaîna Parry. Ben aussi. Ben qui ne réussissait pas à dissimuler son chagrin. J'avoue que je n'étais pas mécontent de le voir dans cet état. Ça le travaille. Mais il est également travaillé par les énormes quantités de cognac qu'il ingurgite.

— J'espère que tout ira bien ce soir.

— Apparemment, Gay se trouvait au fond de la salle, pendant qu'ils discutaient.

— Elle ne m'en a rien dit, affirma J.G. d'un air inquiet.

Il vit le regard scrutateur que lui lança Parry et ajouta :

— C'est vrai, j'ignore tout de cette histoire.

— Une répétition de la nuit dernière, expliqua son vis-à-vis. Gay s'est précipitée en pleurant chez Adam pour le supplier une nouvelle fois de la libérer. Adam s'est montré charmant, mais Ben a donné libre cours à sa colère. Il est sorti en même temps que le docteur, dans un silence plus orageux que la bataille d'hier. Ben n'a pas dit son dernier mot.

— J'espère que tout ira bien ce soir, répéta J.G. Darcey.

Pendant un moment, les deux hommes furent unis par un même sentiment d'anxiété.

— J'ai un de ces tracs, murmura Darcey.

VI

L'habilleur de Clark Bennington, un petit homme au regard mélancolique, aida le comédien à revêtir son costume et alla se tenir derrière lui.

— Je n'aurai pas besoin de vous avant le changement, déclara Bennington. Allez donner un coup de main à M. Darcey.

L'homme sortit en silence. « Il sait pourquoi je l'ai renvoyé », songea Bennington qui, pour une raison qu'il ne s'expliquait pas, n'avait jamais pu se résoudre à ouvrir une bouteille d'alcool en présence de son habilleur. Quel mal y avait-il à boire une gorgée de cognac avant le début du spectacle ? Adam était probablement le seul à n'avoir pas cette faiblesse, et il ne manquait aucune occasion de le répéter. Bennington, en pensant au directeur du Vulcain, éprouva un mélange de peur et de ressentiment. Il prit sa flasque dans la poche de son manteau et se versa une dose généreuse de cognac.

« Ce qu'il faut, songea-t-il, c'est chasser tout souvenir de cet après-midi. Oublier. Ne penser qu'à mon travail. » Mais, brusquement, il se remémora la façon dont, quinze années auparavant, il avait coutume de se préparer avant une première. Il avait recours à un difficile exercice d'autosuggestion, s'imaginant dans l'état où il serait un peu plus tard en se présentant devant le public. Quand il entrait sur scène, il était alors déjà habité par un rythme et une vie qui avaient pris naissance dans sa loge. Cela demandait une grande concentration, une très forte dépense d'énergie. Mais, en ces années-là, un tel effort ne lui paraissait pas superflu. Helena se tenait à ses côtés et l'encourageait. Il avait maintenant recours à des méthodes plus simples et moins contraignantes : les jeux de physionomie, les pauses et les brusques changements de voix. Il puisait dans son vieil attirail de « trucs » et d'effets scéniques.

Il acheva rapidement son verre, le reposa et mit un peu de crème sur son front. Il vit, sous ses yeux, la peau qui s'affaissait, les rides qui devenaient de plus en plus profondes, gommant la ligne de ses mâchoires, alourdissant le pli de ses lèvres. Dans le rôle qu'il allait interpréter, ce délabrement physique n'était pas bien gênant. Au contraire. Le visage qu'il était censé présenter devait être aussi peu flatteur que possible.

Mais Clark Bennington était autrefois un homme qui ne manquait ni de charme ni de prestance. Helena l'aimait réellement. Elle aurait continué de le soutenir si Adam Poole n'était apparu dans son existence. A cette pensée, Ben fut submergé par une vague de colère et d'angoisse.

Il n'essayait pas de dissimuler la principale raison de ses tourments : le visage terrifié d'Helena qui ne cessait de le hanter, de l'obséder. Il ne parvenait pas à chasser cette image de son esprit. Pour Clark Bennington, les regrets et les remords s'étaient toujours transformés en autant de cauchemars.

La semaine qui venait de s'écouler n'avait été qu'une suite d'épreuves. Il s'était querellé avec tout son entourage. Avec John Rutherford et Adam en particulier, au sujet de cette jeune étrangère devenue habilleuse. Il avait l'impression d'être la victime d'un complot soigneusement élaboré. Il adorait Gay, cette petite créature faite d'innocence et de douceur, sa chair et son sang. Elle lui témoignait de l'amitié, de l'affection même. Jusqu'au jour où il l'avait fait entrer au Vulcain. C'était une gentille petite comédienne, suffisamment douée, en tout cas, pour le rôle infect qui lui était réservé. Ben la revit dans sa scène avec Adam, puis s'enfuyant, consciente de son échec, malheureuse. Comme les autres membres de la troupe, c'était à lui, bizarrement, qu'elle semblait attribuer la responsabilité de sa situation. Sans doute considérait-elle qu'il lui avait forcé la main. C'était vrai, dans un sens. Mais Ben avait le sentiment d'être attaqué de toutes parts. « Seul, songea-t-il. Je suis terriblement *seul.* » Il crut entendre ce dernier mot résonner autour de lui comme s'il l'avait prononcé sur scène.

« Je suis en train de jouer à me faire peur », se reprocha-t-il. Il se demanda si Helena avait téléphoné à Adam pour lui parler de leur dernière entrevue.

Comment réagirait-il ? « Mal », se dit Ben. Une image se forma aussitôt dans son esprit, celle d'Helena pleurant et cherchant du réconfort dans les bras d'Adam. Dans le miroir, il vit son front prendre un teint écarlate. Il essaya de se calmer. Ce n'était pas le moment de s'abandonner à une nouvelle explosion de colère, à quelques heures d'une première et avec tous les ennuis dans lesquels se débattait Gay. Voilà qu'il se remettait à penser à cette prétendue habilleuse. Il se versa une deuxième rasade et reporta son attention sur le miroir.

Son humeur se modifia insensiblement. Il sentit ce changement, en fut heureux et, d'une certaine manière, entreprit de se trouver d'autres motifs d'autosatisfaction. Mentalement, il se permit de jeter un coup d'œil sur une pièce maîtresse, un secret jalousement protégé. Parmi les ennemis dont il était entouré, il en existait un sur qui il exerçait un pouvoir absolu. Il le tenait à sa merci, et ce sentiment de puissance le remplissait d'une chaleur presque égale à celle du cognac. Il songea bientôt à son rôle. Les idées, toutes neuves et lumineuses, se bousculèrent dans son imagination. Il se vit triomphant, au sommet de son art.

Sa main gauche alla vers le flacon d'alcool.

« Encore un verre, se dit-il, et je serai bien. »

VII

Dans sa loge, de l'autre côté du passage, Gay Gainsford contemplait son propre visage sur lequel s'activaient les doigts de Jacko. C'était un maquilleur de grand talent. Durant les répétitions, ses mains l'avaient apaisée et réconfortée. Mais ce soir, elle trouvait leur contact presque insupportable.

— Ce n'est pas encore fini ? demanda-t-elle.

— Un peu de patience. Nous n'avons aucun train à prendre. Tu as dû remarquer ces petites zones d'ombres, sous les joues d'Adam ? Je m'efforce de les créer.

— Mon pauvre Jacko ! fit-elle dans un souffle. Tu aurais voulu te consacrer à d'autres tâches, n'est-ce pas ? Des tâches plus intéressantes et...

— Allons, cesse de t'agiter.

— A deux portes d'ici, continua Gay, se trouve une personne qui n'aurait pas besoin de tant d'efforts. Un simple maquillage suffirait.

— J'adore ce travail. C'est mon occupation préférée.

— Mais vous êtes amis, tous les deux. Tu serais heureux qu'elle obtienne ce rôle, non ?

Jacko appuya ses deux mains sur les épaules de la jeune femme.

— Tais-toi, grommela-t-il. Tu n'as pas à t'inquiéter.

— Je veux une réponse.

— Très bien, je vais te la fournir. Oui, j'aimerais qu'elle joue ton rôle parce que je la trouve un peu irréelle. Son entrée dans ce théâtre ressemble à une apparition, à un songe, et les effets qu'elle a provoqués sont tout simplement fantastiques. Mais elle préfère rester dans les coulisses et c'est toi qui joueras. Nous te faisons confiance et tous nos vœux t'accompagneront.

— Tu es très gentil, commenta Gay.

— Tu n'as pas l'air convaincue. C'est pourtant vrai. Et maintenant, réfléchis un peu. Pense à Edmund Kean et à sa taille de nabot, à Sarah, l'unijambiste. Pense à ces actrices que la nature n'a pas choyées mais que leur public trouvait belles, à ces vieux comédiens qui faisaient oublier leur âge. Tout est là, dans l'esprit. C'est une question d'intériorité, d'effort et de discipline. Que t'a dit Adam ? Regarde en toi et exprime ce que tu vois. C'est exactement ce qu'il faut faire.

— Je ne peux pas, répondit-elle entre ses dents. Je ne peux pas.

Elle se tourna dans son fauteuil. Jacko, d'un geste large et rapide, écarta ses mains.

— Jacko, tu sais bien que cette nuit n'est pas comme les autres. Tu fais semblant d'oublier ce qui s'est passé au soir d'un certain bal des artistes...

— De quelle sottise vas-tu encore me parler ?

— Tu le sais bien. L'histoire du radiateur à gaz. Il y a eu un meurtre... Tout le monde est au courant.

— Silence ! ordonna Jacko. En voilà des idioties ! Je t'interdis d'en parler. Ce ne sont que des rumeurs fantaisistes. Le bal des artistes ne se tient pas à une date fixe, et, si c'était le cas, je ne pense pas qu'une telle assemblée puisse contrôler nos destins. Je ne suis pas content de toi. Tu es vraiment trop bête. Ressaisis-toi, nom d'un chien !

— Il ne s'agit pas seulement de cela. Il y a plus. Je...

Les doigts de Jacko se refermèrent sur ses épaules.

— Reprends-toi. Il faut faire face. Si tu pleures, tu recevras de moi une paire de gifles et ton maquillage sera fichu. Je te défends de pleurer.

Il s'essuya les mains et, doucement, entreprit de masser la nuque de la jeune femme.

— Il y a un certain nombre de choses dont tu dois te souvenir, déclara-t-il, et d'autres qu'il faut oublier. Pense à relaxer tes muscles, à te détendre entièrement. Souviens-toi du personnage que tu incarnes dans la pièce. N'oublie pas que nous te faisons confiance. Adam et moi-même, et aussi ton oncle Ben.

— Ne me parle pas de mon oncle, Jacko. Je n'aurais jamais connu cet univers infernal s'il n'avait eu l'idée de m'y faire entrer. Je sais tout ce qui se dit au sujet de mon oncle et je partage ces opinions. Je ne veux plus le revoir. Je le hais. C'est lui qui a insisté pour que je continue. Je voulais tout abandonner. Ce rôle ne me convient pas, je le déteste. Non, ce n'est pas vrai. C'est moi-même que je déteste pour avoir déçu tout le monde. Oh, mon Dieu ! Que dois-je faire, Jacko ?

Jacko posa les yeux sur sa propre image, de l'autre côté de la table de maquillage. Il esquissa une grimace avant de répondre :

— Tu interpréteras ce rôle, petite sotte. Tu joueras. Il ne faut penser à rien d'autre. Secoue-toi et cesse de te prélasser dans ton apathie.

Les yeux toujours braqués sur le miroir, Jacko gonfla sa poitrine et, d'une voix basse aux intonations shakespeariennes, murmura :

— *Quel démon a peint ces joues de linge ?*
D'où te vient cette face de lait caillé ?

Il s'interrompit brusquement. Sous ses doigts, le cou de Gay Gainsford s'était raidi. Jacko se mit à jurer doucement, en français.

— Qui a écrit ces vers, Jacko ?

— Je les ai inventés.

— Non. C'est faux. Ils sont extraits de *Macbeth*, affirma-t-elle dans un sanglot. *Tu viens de citer Macbeth !*

— Dieu du ciel, puissant et miséricordieux ! s'exclama-t-il. Donnez-moi un peu de patience pour que je supporte cette gamine !

Mais les gémissements de Gay ne firent qu'augmenter d'intensité. En un geste désespéré, elle serra ses deux poings et en martela la table de maquillage. Un pot de crème blanche dansa un moment, se tint en équilibre, puis bascula contre le miroir, y faisant naître un petit faisceau de verre brisé.

Gay pointa un doigt tremblant sur cette minuscule étoile. Dans son regard, il y avait comme une lueur de folie triomphante. Elle saisit sa serviette et la promena brutalement sur son visage fardé. Puis, les joues et le front maculés de noir, elle leva les yeux sur Jacko.

— *Je ne te plais pas ?* lui demanda-t-elle en éclatant d'un rire hystérique.

Quelques instants plus tard, Jacko sortit pour gagner la loge d'Adam Poole, laissant J.G. Darcey — qui avait accouru — tenter vainement de calmer Gay. Les cris stridents de la jeune femme emplissaient maintenant le corridor.

Jacko ignora les portes qui s'ouvraient sur son passage et les visages fardés qu'il rencontrait.

Bennington lui lança de sa loge :

— Qu'y a-t-il encore, bon sang ? Qui fait ce raffut ?

— Écoute, Ben... commença Jacko en s'avançant.

Il s'immobilisa en apercevant le comédien

— Ne bouge pas, veux-tu, enchaîna-t-il. Reste où tu es.

Puis il traversa le passage et entra dans la loge d'Adam. Bob Cringle était assis auprès de ce dernier, tenant une serviette qu'il tordait entre ses doigts.

— Que se passe-t-il ? demanda Poole. C'est Gay ?

— Elle est déchaînée. En pleine crise d'hystérie. J'ai essayé de la raisonner, J.G. aussi, impossible. Personne ne peut l'arrêter. Elle ne veut plus jouer.

— Où est John ? C'est lui qui a déclenché tout ça ?

— Non, je ne le pense pas. Je l'ai vu il y a environ une heure. Il a dit qu'il reviendrait un peu avant dix-neuf heures.

— Ben a aussi parlé à Gay ?

— Elle ne cesse de hurler, mais je sais qu'elle ne veut plus le voir. A mon avis, Ben n'arrangerait rien. Au contraire.

— Il a dû entendre ses cris ?

— Je l'ai prié de rester dans sa loge.

Adam eut un regard acéré pour Jacko. Puis il se leva et sortit. Gay ne riait plus. Elle était secouée de petits sanglots que l'on entendait distinctement. Helena Hamilton lança depuis sa loge :

— Veux-tu que j'aille la voir, Adam ?

— Non, il vaut mieux pas, lui répondit-il en s'éloignant dans le corridor.

Il demeura pendant un long moment en compagnie de Gay. Les cris de cette dernière retentirent à nouveau.

— Non, non et non ! Je refuse ! ne cessait-elle de répéter comme un automate.

En sortant, Adam se rendit auprès d'Helena Hamilton qui était en costume et avait fini de se maquiller. Martyn, le visage livide, se tenait à son côté.

— Je suis désolé, ma chérie, déclara Poole, mais il faudra que tu te passes de ton habilleuse.

La voix d'un jeune homme s'éleva dans le couloir :

— Une demi-heure, messieurs-dames. Une demi-heure.

Poole et Martyn se regardèrent.

— Tout ira bien, murmura-t-il.

6.

Rideau

I

Il était vingt heures moins dix quand Martyn parvint devant l'entrée.

Elle portait les vêtements de Gay Gainsford. Jacko l'avait maquillée très légèrement. Ils l'avaient tous encouragée : J.G. Darcey, Parry Percival, Helena Hamilton, Adam Poole, Clem Smith, les autres habilleurs et jusqu'aux machinistes.

Ces vœux lui avaient été exprimés d'une manière sobre, presque nonchalante. Mais, y percevant une grande sincérité, elle en avait été profondément émue, et toute terrifiée qu'elle fût, elle avait éprouvé un sentiment de réconfort et de gratitude. Bennington ne lui avait rien dit, mais il s'était tenu à l'écart, et Martyn avait trouvé dans cette discrétion une preuve de générosité.

Elle ne ressentait plus l'impression de nausée qui, au début, l'avait submergée, mais sa gorge était encore rêche et douloureuse. Par moments, elle se prenait à penser que son sens de l'ouïe avait dû subir quelque distorsion. Les voix des acteurs lui parvenaient comme à travers un voile de brume. Elles étaient assourdies, lointaines. Mais les battements de son cœur sonnaient à ses oreilles comme un roulement de tambour.

Elle tourna les yeux sur les châssis de décors et les praticables avec leurs légendes en gros caractères — Acte Ier, Plan 2 — puis sur la porte qu'elle était censée ouvrir. A l'autre bout, côté jardin, l'assistant du régisseur écoutait, un doigt sur le script. L'éclairagiste surveillait la scène du haut, son visage disparaissant à moitié dans l'obscurité. Tout semblait démesuré, monstrueux. Martyn attendait, seule.

Elle essaya de réprimer le frémissement de panique qui s'agitait en elle, d'aborder son épreuve avec sérénité, de s'y habituer, d'effacer l'implacable réalité qui l'entourait pour lui substituer une autre réalité : celle de la maison qu'elle habitait dans la pièce. Elle tenta de se soustraire à son être présent pour pénétrer dans cette autre enveloppe que, là-bas, le public attendait. Son cœur battit plus fort. Une sensation de vertige s'empara d'elle. « Je vais m'évanouir », songea-t-elle.

Jacko apparut au coin du mur de fond. « Je ne veux pas qu'il me parle », se dit-elle. Comme s'il devinait cette réticence, il interrompit son avance et attendit.

« Je n'écoutais pas. J'aurais dû écouter, pensa-t-elle. Je ne sais pas où ils en sont. Ni s'il faut tirer ou pousser la porte. Je ne me souviens plus du signal. » Une vague de désespoir la submergea.

Elle jeta un regard éperdu autour d'elle. Adam Poole était à son côté.

— Tout va bien, fit-il. La porte s'ouvre vers l'intérieur. Vous y arriverez, j'en suis sûr. Allez-y.

Martyn n'entendit pas les applaudissements qui accueillirent son entrée sur scène. Elle était déjà entièrement plongée dans son rôle.

II

Seul occupant de la mezzanine, le Dr John Rutherford dominait la scène. Il tournait à la salle une épaule massive, et ses mains gantées reposaient sur la balustrade. Son visage était dans l'ombre, mais la lumière d'un projecteur effleurait la proéminence que formait son vieux plastron. Il était totalement immobile. L'un des critiques présents, un homme aux cheveux grisonnants, affirma que Rutherford lui rappelait le Minotaure de Watt.

Il demeura seul durant la majeure partie du premier acte. Bob Grantley le rejoignit vers la fin de cet acte. Il entra en silence et vint se tenir derrière lui. L'attention de Grantley, pendant un moment, fut partagée entre la scène et les rangées de balcons et de loges qui s'alignaient sous ses yeux. Mais bientôt, subrepticement, il glissa un regard sur la silhouette imposante du docteur. Il trouvait son immobilité vaguement inquiétante. A quoi pouvait-il bien penser ? Bob Grantley retenait presque son souffle.

Sur scène, Clark Bennington, Parry Percival et J.G. Darcey venaient d'entamer le long crescendo préparant l'entrée d'Helena. Grantley se dit soudain que, sur les planches, un acteur ne pouvait s'empêcher de révéler sa vraie nature. Il y avait ainsi comme une gentillesse obstinée, à toute épreuve, dans le jeu du vieux Darcey, une jeunesse intérieure que les couches de maquillage ne parvenaient pas à étouffer. J.G. s'exprimait bien tel qu'il était, un homme d'âge moyen qui, serein ou philosophe, tournait le dos à ses jeunes années. Qu'en était-il de Bennington ? Et de Percival ? Grantley s'interrogeait à leur sujet quand Percival, lancé dans une de ses tirades un peu monotones, pivota sur lui-même et fit face au public. Bennington s'immobilisa, eut un regard pour J.G. et, posément, esquissa une parodie du mouvement que Percival venait d'exécuter. Une vague de rires monta de la salle. Percival se retourna brusquement. Bennington lui sourit avec innocence, provoquant d'autres rires.

Grantley ne distinguait pas le visage du docteur. Il se pencha légèrement et chuchota :

— C'est nouveau, ça ?

John Rutherford ne répondit pas, mais Grantley eût juré que ses grandes mains s'étaient crispées sur la balustrade.

L'apparition d'Helena Hamilton fut accueillie par un tonnerre d'applaudissements. L'action s'accéléra, et l'intensité dramatique alla en s'accentuant avec chacun des mots qu'elle prononçait. La salle parut trouver dans sa présence un regain de chaleur et d'émotion.

« Ils sont tous sur scène, maintenant, se dit Grantley. Seuls manquent Adam et la jeune fille. »

Doucement, il avança une chaise et prit place derrière John Rutherford.

— Ça marche bien, confia-t-il à l'épaule massive du médecin. Vous ne trouvez pas ?

Et parce qu'il se sentait un peu nerveux, il ajouta :

— C'est maintenant qu'on voit la fille, non ?

John Rutherford sortit de son mutisme pour la première fois. Ses lèvres ne remuèrent qu'imperceptiblement. Son murmure sembla monter d'un puits.

— Oserais-je vous prier de vous taire ?

— Excusez-moi, chuchota Grantley.

Non sans irritation, il se demanda s'il y avait le moindre espoir que son illustre voisin daignât l'accompagner au bureau pendant l'entracte, afin de boire une coupe de champagne en compagnie de trois ou quatre journalistes triés sur le volet.

Il songeait encore à cet épineux problème quand

une porte latérale s'ouvrit sur la scène. Une jeune fille aux cheveux courts entra.

Grantley joignit ses applaudissements à ceux du public. John Rutherford demeura immobile.

Les comédiens accélérèrent leur rythme. Adam fit son entrée. Quelques instants plus tard, le rideau tomba sur le premier acte.

Une véritable ovation s'éleva de la salle, et elle en secouait encore les murs quand les lumières furent revenues.

— Cette fille est formidable, bégaya Grantley qu'une intense émotion submergeait. Et Adam ! Un beau spectacle !

Dans sa joie, il abattit une main sur l'épaule de Rutherford. Celui-ci resta de marbre.

Grantley s'éloigna vers le fond de la mezzanine.

— Je dois vous laisser, John, expliqua-t-il. Écoutez, j'ai demandé à quelques amis de me retrouver au bureau pour boire un verre. Ils seraient...

Le docteur se retourna lentement dans son fauteuil.

— Non, merci.

— Ça ne vous engage à rien, John. Vous comprenez, c'est une simple...

— Taisez-vous, interrompit le médecin d'une voix égale. Je vais dans les coulisses, ajouta-t-il en se levant et en tournant le dos à la salle. Je n'irai pas donner la réplique à vos douteuses célébrités. Mais votre invitation me flatte et je vous en remercie. A tout à l'heure.

Il ouvrit la petite porte.

— Vous êtes content, j'espère ? interrogea Grantley. Vous l'êtes *forcément* !

— Vous croyez ?

— Pas même de la petite ? Allons, allons !

— C'est vrai, elle se débrouille bien. Jusqu'à présent. Je m'en vais le lui dire. Vous me laissez passer, Robert ?

Il sortit et Grantley l'entendit plonger dangereusement dans l'escalier menant aux coulisses.

III

Le Dr Rutherford émergea dans un univers kaléidoscopique. Un univers où les murs tombaient et se démantelaient doucement, où les paysages étaient happés vers des hauteurs obscures et où les rampes d'escaliers tournaient et s'écartaient. Une nappe de brume bleue s'élevait du plateau qui était aussi en mouvement. La première toile de Jacko pivotait, cédant la place à une version modifiée qui vint prendre position face au rideau. Des frises et un plafond avancèrent pour l'encadrer.

John Rutherford s'engagea dans l'allée des loges. Il se trouva au milieu de pans de décors et d'accessoires qui accouraient, portés par des mains invisibles. « Attention ! » — « Laissez passer ! » — « *Pardon !* » — Son corps volumineux disparut et reparut à plusieurs reprises. Il continua d'avancer dans une sorte de ruée. Une cloche retentit. La voix du jeune avertisseur chanta :

— Deuxième acte, messieurs-dames. Deuxième acte, s'il vous plaît.

— Lumières, ordonna Clem Smith.

L'univers changeant s'immobilisa. Les projecteurs, l'un après l'autre, se braquèrent sur le plateau. La dernière herse fut mise en place et verrouillée. Les machinistes s'éloignèrent d'un pas nonchalant.

Clem Smith, le dos tourné au rideau, effectua un ultime contrôle.

— Dégagez le plateau, lança-t-il en consultant sa montre.

— Dans six minutes, confia l'assistant à un homme qui escaladait une échelle métallique.

Il porta cette inscription sur son bloc-notes.

— Bon, fit Clem Smith. En place, s'il vous plaît.

J.G. Darcey et Parry Percival apparurent. Ils allèrent prendre position. Helena Hamilton sortit de sa loge. Elle s'arrêta près de la porte qu'elle devait franchir. Une silhouette émergea de l'obscurité et s'approcha d'elle.

— Miss Hamilton, je ne serai pas sur le plateau quand le moment viendra de vous changer, murmura Martyn d'une petite voix. Je peux vous attendre.

Helena se retourna. Pendant un moment, elle considéra Martyn d'un regard étrangement inexpressif. Puis un sourire illumina son visage et elle prit la tête de Martyn entre ses deux mains.

— Ma pauvre enfant, chuchota-t-elle. Ma pauvre et chère enfant.

Elle hésita un instant avant de poursuivre :

— J'ai maintenant... un habilleur.

— Un habilleur ?

— Oui, Jacko. Il est très efficace.

Adam Poole vint les rejoindre. Helena passa un bras sous le sien.

— Elle sera tout simplement parfaite dans sa scène, tu ne crois pas ? lui demanda-t-elle.

— Vous vous en tirez très bien, Kate, fit-il. Continuez comme ça.

Et dans le regard qu'il tourna vers Helena, il y avait un mélange d'amitié, de compassion et, peut-être aussi, un peu de gratitude.

Le Dr John James Rutherford sortit de l'allée et s'adressa à Martyn :

— C'est vous que je cherchais, ma belle. Vous n'étiez pas trop mal, je dois dire, mais vous n'avez encore rien fait. Dans votre prochaine scène, ma jolie...

Adam et Helena l'interrompirent d'une même voix :

— Non, John. Pas maintenant.

Il les considéra d'un regard furibond. Poole hocha la tête et Martyn s'éloigna. Elle entendit John Rutherford s'exclamer :

— Vous n'allez pas vous occuper de cet individu ? Vous avez vu ce qu'il faisait ? Où est-il ? Attendez que je lui mette la main dessus, je le...

— Tout le monde est prêt ? lança Clem Smith.

— Taisez-vous, John, ordonna Poole. Retournez à votre loge, voulez-vous.

Le rideau se leva.

Jusqu'à la fin de ses jours, Martyn allait vainement tenter de se remémorer les instants qui suivirent. Au point qu'elle devait s'interroger sur leur réalité. Elle en aurait peut-être gardé le même souvenir si elle les avait vécus en état d'hypnose ou sous anesthésie partielle.

Cette étrange condition, qui traduisait sans doute la manière dont son corps réagissait à une sorte d'agression, persista jusqu'à sa dernière sortie. Celle-ci avait lieu peu avant le tomber du rideau final. Le personnage qu'elle incarnait était le premier à lâcher prise pour s'effacer et quitter la scène.

Elle sortit et regagna son coin, à l'entrée du passage. Les autres membres de la troupe étaient toujours sur le plateau. Les habilleurs et quelques machinistes se tenaient à distance. Jacko s'était posté à l'extrémité gauche de l'arrière-fond. L'allée principale ainsi que les loges semblaient vides. Martyn était seule. Elle recouvrait peu à peu ses sens. Parry Percival et J.G. Darcey apparurent et vinrent la rejoindre.

— Vous avez été merveilleuse, ma chérie ! s'exclama Parry. Je suis tellement en colère que j'ai peine à m'exprimer de façon cohérente, mais je tenais à vous féliciter.

L'émotion qui l'habitait, constata Martyn, avait toutes les apparences de la fureur. Dans le brouillard qui nimbait encore ses pensées, elle crut trouver le souvenir d'un rire énorme, gargantuesque. Un rire qui, dans sa mémoire, s'associait à Clark Bennington et à Percival.

— Cette fois, la coupe est pleine ! s'exclama ce dernier. J'en ai plus qu'assez et je ne resterai pas les bras croisés. J'en ai par-dessus la tête ! ajouta-t-il en s'éloignant à grands pas dans le corridor.

Martyn, encore un peu étourdie, songea vaguement à gagner la loge pour retoucher son maquillage avant les rappels. Mais ce n'était pas sa loge. C'était celle de Gay. Tandis qu'elle hésitait, J.G. s'approcha. Il posa une main sur son épaule et lui sourit.

— Beau travail, mon petit. Vous avez été parfaite.

Martyn le remercia et, impulsivement, ajouta :

— Gay est-elle encore là, monsieur Darcey ? Faut-il que j'aille lui parler ? J'aimerais beaucoup, mais je comprends ce qu'elle doit ressentir et je ne voudrais pas me montrer indiscrète.

Il la considéra un moment sans répondre.

— Elle est au foyer. Mais n'y allez pas tout de suite. Un peu plus tard, peut-être. Vous êtes gentille.

— Je n'irai que si vous m'en donnez la permission.

Il inclina la tête avec élégance.

— Je suis votre serviteur, mademoiselle, murmura-t-il en s'engageant à son tour dans le passage.

Jacko apparut à cet instant, suivi du machiniste qui devait actionner le pistolet de scène. Son visage s'illumina d'un large sourire quand il aperçut Martyn. Il lui prit les deux mains pour les porter à ses lèvres, et elle rougit de plaisir et de confusion.

— Vous êtes une oasis de fraîcheur et d'innocence dans ce monde pervers, déclara-t-il. Ne touchez pas à votre maquillage. Regagnez votre loge, je vous rejoins dans deux minutes. Allez, sauvez-vous !

Il s'approcha de la toile de fond, y trouva une rainure secrète qu'il entrouvrit pour surveiller le déroulement de la dernière scène. Sans se retourner, il leva un bras vers le machiniste qui tenait le pistolet. Martyn s'engagea dans l'allée au moment où Bennington quittait le plateau. Il la rattrapa.

— Attendez un instant, Miss Tarne.

Tremblant intérieurement, Martyn se contraignit à lui faire face. Il incarnait dans la pièce un personnage violent, et son maquillage était conçu pour souligner la brutalité foncière qui l'habitait. Ses lèvres étaient rouge sang. Ses lourdes paupières, les poches qui gonflaient ses yeux, la fente qui surmontait sa bouche, tout était fardé pour suggérer un mélange de cruauté et de sensualité. Il transpirait abondamment sous la couche de crème grasse qui recouvrait ses joues et son front.

— Je voulais simplement vous dire...

Le machiniste actionna son pistolet. Martyn ne put réprimer un petit cri.

— ... reconnaître le talent, poursuivit Bennington. Ce n'est pas votre faute, bien sûr. Une occasion s'est présentée, vous l'avez saisie. Gay et Adam m'ont dit que vous vouliez partir mais que l'on vous en a empêchée. Vous n'y êtes peut-être pour rien, finalement... Mais là n'est pas la question...

Il s'exprimait d'une manière décousue, se reprenant, cherchant ses mots, comme s'il ne parvenait pas à saisir ses propres pensées.

— Je souhaitais vous dire... que vous n'avez pas à... enfin, vous comprenez... ce que je m'apprête à faire ne doit pas...

Il porta une main sur son front luisant. Jacko reparut à l'entrée du passage. Il saisit le bras de Martyn.

— Venez, ordonna-t-il. Il faut te poudrer aussi, Ben. Excuse-moi.

Bennington gagna sa loge. Jacko poussa Martyn dans la sienne et, laissant la porte ouverte, suivit Bennington.

— Tu transpires, Ben, l'entendit-elle dire.

Il vint la rejoindre au bout d'un moment, la fit asseoir et entreprit d'exécuter ce qu'il appela de légères retouches sur ses joues et sa coiffure. Les pas de J.G. Darcey et de Percival résonnèrent dans le corridor et s'éloignèrent vers le plateau. Un moteur électrique ronronna au loin. De temps à autre, une voix assourdie troublait le silence des coulisses. Martyn promena un regard absent sur la trousse de Gay Gainsford, sur son peignoir et sur les bibelots porte-bonheur qui garnissaient la table. Il lui tardait de voir Jacko terminer ses « légères retouches ».

Le dernier rideau fut bientôt annoncé.

— Venez, dit Jacko.

Il la conduisit dans les coulisses où un petit groupe attendait déjà, composé de Percival, Darcey et Clem Smith. Deux habilleurs et quelques machinistes se tenaient un peu à l'écart. Ils suivaient tous la dernière scène mettant en présence Helena Hamilton et Adam Poole.

Dans cette scène, John Rutherford achevait de formuler sa thèse et la résumait. Le personnage incarné par Adam se trouvait devant un choix difficile. Il lui fallait prendre une décision. Allait-il rester et essayer d'établir une nouvelle forme d'existence sur les ruines de celle qu'il avait lui-même détruite ? Ne devait-il pas plutôt retourner sur son île et tenter, dans un milieu moins complexe, de développer les valeurs auxquelles il croyait ? Ce dilemme, qui constituait la trame de toute la pièce, s'exprimait en termes de relations humaines et personnelles. C'était un thème qui pouvait s'interpréter comme une scène d'amour classique. Mais il pouvait aussi être abordé de manière à faire toucher au public toutes ses implications. Ce fut cette dernière illustration qui apparut avec éclat dans le jeu des deux acteurs. La pièce s'achevait sur leur serment d'amour et une promesse mutuelle de se consacrer à la plus exaltante des tâches.

Adam Poole entama la dernière réplique et les doigts de l'éclairagiste volèrent sur son pupitre. Le plateau se transforma entièrement. Il parut se dissoudre, se liquéfier, prendre la forme d'une dépouille, d'un nuage éthéré. Un autre paysage naquit au fond, un paysage inondé de lumière. Ce fut sur cet univers que le rideau tomba.

Les applaudissements ébranlèrent les murs de la salle et semblèrent monter en flots grondants vers la scène.

— En place, cria Smith.

Le Dr Rutherford quitta sa loge et plongea dans l'escalier. Les comédiens s'avancèrent en ligne, main dans la main.

— Où est Ben ? demanda Poole.

Cette question déclencha un de ces moments de panique propres aux milieux du théâtre. Martyn, qui se trouvait entre Percival et Darcey, vit un jeune garçon s'élancer dans les loges, suivi par le regard furibond de Clem Smith. Une voix juvénile s'éleva bientôt dans l'allée :

— Monsieur Bennington ! Monsieur Bennington ! Venez vite, on vous attend !

— Non ! lança Poole. On ne peut pas attendre. Rideau, Clem !

Un océan de visages et de mains apparut sous les yeux de Martyn. Entraînée vers cette mer houleuse, elle avança, s'inclina en même temps que ses collègues, sentit les doigts de Darcey et de Percival resserrer les siens, salua une nouvelle fois et fit quelques pas en arrière tandis que le rideau retombait.

— Alors ? hurla Adam Poole en direction des coulisses.

Des poings martelaient une porte, au fond de l'allée.

— Il espère peut-être que le public va le réclamer ? suggéra Percival.

— Il doit être ivre, maintenant, murmura Darcey. Il a bu deux ou trois autres verres après sa sortie.

— Eh bien, qu'il continue de dormir ! Je ne verserai pas de larmes s'il ne devait plus se réveiller !

— Vas-y, Clem, ordonna Poole.

A deux reprises, le rideau se leva et retomba. A l'entrée du passage, Clem Smith répétait sans cesse :

— Il ne répond pas. Il s'est enfermé à clé. Cet enfant de salaud refuse d'ouvrir !

Darcey et Percival sortirent, entraînant Martyn, et le rideau se leva une nouvelle fois. Mais seuls Helena et Adam se présentèrent devant le public.

Martyn s'éloigna un peu plus en voyant Adam s'approcher. Il s'arrêta, la dominant de sa haute taille, et lui prit la main.

— Venez, Kate.

Darcey et Percival commencèrent à applaudir.

Poole conduisit Martyn vers le devant de la scène. Elle le suivit, non sans résistance, et l'entendit murmurer :

— Vous le méritez amplement.

Profondément émue et troublée, elle n'aurait pas pensé à saluer s'il ne le lui avait demandé. Elle obéit machinalement, s'interrogeant sur les rires approbateurs qui montaient avec les applaudissements. Elle jeta un regard à Poole et vit qu'il s'inclinait devant elle en souriant. Elle ne put que baisser la tête, et ils regagnèrent les coulisses.

Il y eut un autre appel. Le Dr Rutherford sortit de l'ombre et s'avança. Martyn croyait entendre les battements de son propre cœur. Elle éprouvait, plus fort et plus intense que la joie qui la submergeait, un immense sentiment de gratitude.

Le Dr Rutherford s'arrêta au milieu de la scène. Il faisait penser à un vieux lion, avec ses cheveux ébouriffés, son costume démodé, la main gantée dont il soutenait son ventre proéminent. Dans la salle, le silence se fit soudain presque total. Seul un tambourinement s'entendait au fond de l'allée des loges. Clem Smith eut un bref conciliabule avec son assistant, puis s'éloigna en agitant un trousseau de clés.

— Mesdames et messieurs, commença le Dr Rutherford, permettez-moi de vous exprimer ma profonde reconnaissance, à vous et aux acteurs. Je ne sais si vous avez tiré de cette pièce la substance qu'elle prétend offrir. Si vous y êtes parvenus, alors nous avons tout lieu de nous féliciter mutuellement comme cela se fait en pareilles occasions. Si tel n'est pas le cas, je refuse, en ce qui me concerne, de désigner un coupable.

Il y eut quelques rires dans la salle.

— Le plus beau des épilogues, à mon avis, continua le Dr Rutherford, est celui d'une pièce écrite par William Shakespeare pour un jeune comédien. Je ne suis personnellement ni jeune ni comédien, mais j'aimerais vous citer quelques lignes en guise de conclusion : « S'il est vrai que le bon vin... »

— Vous ne sentez rien ? murmura Percival entre ses dents.

Martyn, qui buvait les paroles de l'écrivain, jeta un regard indigné à son voisin. Elle fut étonnée de découvrir une expression d'effroi sur le visage de Percival.

— ... Par conséquent, poursuivit John Rutherford, il ne m'appartient pas de demander...

— C'est du gaz ! lança une voix dans les coulisses.

IV

Plus tard, les acteurs eurent tous le même sentiment : ils n'avaient pas compris, à temps, qu'un désastre venait de s'abattre sur le Vulcain. Le rideau tomba sur les derniers mots du Dr Rutherford. Il y eut une nouvelle vague d'applaudissements, Poole sortit du plateau en courant, suivi par le reste de la troupe. Il rencontra Clem Smith qui tenait toujours son trousseau de clés.

Une odeur de gaz emplissait les coulisses.

Curieusement, peu de commentaires furent échangés en ce début de crise. Les acteurs s'étaient rassemblés et regardaient à droite et à gauche. Nul n'osait poser la question qui était dans les esprits.

— Il faut empêcher les visiteurs d'entrer, Clem, indiqua Poole. Tu n'as qu'à les envoyer au foyer.

L'assistant du régisseur se dirigea rapidement vers le téléphone. Bob Grantley surgit dans l'encadrement d'une porte, un sourire épanoui sur le visage.

— *Un triomphe !* s'exclama-t-il. John ! Ella ! Adam ! Mon Dieu, vous avez tout simplement...

Il s'interrompit brusquement et son sourire se figea.

— Ne reste pas ici, Bob, reprit Adam. Va t'occuper des autres. Demande à nos invités de continuer sans nous. Ben est souffrant. Il faut faire ouvrir toutes les portes. Nous avons besoin d'air.

— Une fuite de gaz ? interrogea Grantley.

— Vite, continua Poole. Emmène-les dehors. Explique-leur la situation. Ben est malade. Ensuite tu m'appelleras, je ne bouge pas d'ici. Fais vite, Bob.

Grantley sortit sans un mot.

— Où est-il ? interrogea le Dr Rutherford.

— Adam ? fit Helena Hamilton.

— Retourne sur le plateau. Il vaut mieux que tu ne restes pas ici, crois-moi. Kate te tiendra compagnie. Je vous rejoindrai dans un moment.

— Vous venez, docteur ? lança Clem Smith.

Il y eut un bruit de bousculade dans le corridor. Le Dr Rutherford ordonna :

— Ouvrez les portes de la remise.

Puis il disparut derrière la toile de fond.

Adam poussa Helena vers une entrée de scène et referma derrière elle. Un courant d'air froid souleva quelques pans de décors.

— Allez-y aussi, Kate. Ça ne vous ennuie pas de rester avec elle ? Kate...

Le Dr Rutherford reparut, suivi de quatre machinistes qui portaient le corps inerte de Clark Bennington. La tête du comédien pendait entre ses épaules, sa bouche était grande ouverte.

Adam esquissa un pas de côté, mais il ne put dissimuler ce spectacle aux yeux de Martyn.

— Ce n'est rien, fit-il. Allez rejoindre Helena.

— Qui parmi vous a des notions de secourisme ? demanda John Rutherford. Je veux bien commencer, mais je ne tiendrai pas longtemps.

L'assistant du régisseur leva la main.

— J'étais surveillant de plage, indiqua-t-il.

— Je peux essayer, enchaîna Jacko.

— Moi aussi, ajouta Poole.

— Mettons-le dans la remise. Fermez ces portes et ouvrez celles qui donnent sur l'extérieur.

Agenouillée après d'Helena qui lui abandonnait sa main, Martyn entendit s'éloigner les pas des sauveteurs. Les portes claquèrent derrière eux.

— Ils sont en train de le soigner, expliqua Martyn. Le Dr Rutherford est là.

Helena hocha la tête d'un air pénétré. Son visage était dépourvu de toute expression et elle frissonnait.

— Je vais chercher votre manteau, reprit Martyn.

Celui-ci se trouvait dans la loge improvisée, de l'autre côté du plateau. Quelques instants plus tard, elle aidait Helena à le revêtir.

La voix de J.G. Darcey s'éleva dans les coulisses :

— Quelqu'un a vu Gay ? Elle est toujours au foyer ?

Au grand étonnement de Martyn, ce fut Helena qui répondit à cette question :

— Oui, elle y est encore.

Après un moment de silence, J.G. déclara :

— Il ne faut pas qu'elle reste au foyer. Mon Dieu...

Ses pas s'éloignèrent dans le corridor.

Parry Percival annonça brusquement qu'il allait se sentir mal.

— Mais où aller ? interrogea-t-il sur un ton vague. Où ?

— Dans votre loge, bon sang ! répliqua la voix de Clem Smith.

— Elle doit être pleine de gaz. Oh mon...

Il y eut des bruits étranglés.

— Je n'ai pas pu... Je suis vraiment désolé, murmura Percival.

— Je veux savoir ce qui s'est passé, fit soudain Helena. Martyn, allez dire à Adam que j'aimerais le voir.

Au moment où Martyn atteignait la porte, celle-ci

s'ouvrit et le Dr Rutherford entra, suivi d'Adam Poole. Rutherford, qui avait ôté sa veste, présentait un spectacle des plus étonnants avec sa chemise blanche empesée, son pantalon noir et ses bretelles rouges.

— Je regrette, Ella, mais je ne t'apporte pas de bonnes nouvelles, déclara Poole. Nous sommes en train de tout essayer. J'ai envoyé chercher un appareil à oxygène. Ce sont des machines très efficaces. Mais, il vaut mieux que tu le saches tout de suite, la situation n'est pas brillante. Son cœur ne bat plus...

Helena tendit une main.

— Adam, que s'est-il passé ?

Il hésita un moment puis, hochant la tête, répondit d'une voix douce :

— Très bien, Ella. Je vais te dire. Apparemment, Ben s'est enfermé à clé après sa sortie. Ensuite il a coupé et rouvert le gaz. Clem l'a trouvé étendu sur le plancher. Une veste recouvrait sa tête qui était près du radiateur. Il ne devait pas être dans cette position depuis bien longtemps.

— Ce théâtre, murmura-t-elle. Ce théâtre maudit.

Poole esquissa un geste d'agacement, comme s'il s'apprêtait à protester. Mais il se ravisa et, sur le même ton, reprit :

— Oui, bon, ça l'a peut-être influencé, mais il aurait... agi d'une manière ou d'une autre si telle était sa décision.

— Mais pourquoi ? interrogea-t-elle. Quelle raison avait-il de le faire ?

Le Dr Rutherford marmonna quelque chose et sortit. Ils l'entendirent ouvrir et refermer les portes de la remise. Poole se laissa tomber sur une chaise et prit la main d'Helena. Martyn fit mine de s'éloigner, mais il la retint.

— Non, Kate, ne partez pas.

Elle alla se tenir près de la porte.

— Évitons ce genre de spéculations, Ella. Il peut encore être sauvé. Si nous n'y parvenons pas, alors nous nous poserons la question de savoir pourquoi il a agi ainsi. Mais il filait un mauvais coton. Il avait perdu toute maîtrise de lui-même et en était conscient.

— On ne peut pas dire que je l'aie beaucoup aidé, n'est-ce pas ? Mais j'ai essayé. C'est vrai, j'ai essayé.

— Oui, je le sais. Il faut que je te dise une chose, Ella. Si Ben ne s'en tire pas, nous devrons appeler la police.

Helena porta une main à son front, comme si elle ne comprenait pas le sens de cette remarque.

— La police ? Non, mon chéri, non ! Ils seraient capables de penser... Oh ! chéri, chéri ! Ils pourraient... avancer toutes sortes d'explications !

Une porte s'ouvrit et Gay Gainsford entra, suivie de J.G. Darcey.

Elle portait une robe de ville. Manifestement, elle avait trouvé le temps de se maquiller. Une étrange expression se lisait sur son visage, une expression faite de triomphe et d'indifférence. Elle ouvrit la bouche pour parler, mais un accès de toux l'en empêcha.

— Si personne n'y voit d'inconvénient, Gay pourrait attendre ici ? suggéra Darcey.

— Oui, bien sûr, approuva Helena.

Il sortit et Poole le suivit en indiquant qu'il allait revenir.

— Je m'en doutais ! s'exclama Miss Gainsford. A l'instant où j'ai senti l'odeur de gaz, j'ai *su* ! La vérité m'est apparue immédiatement. Et je suis restée assise. Que pouvais-je faire d'autre ?

Elle toussa derechef et ajouta :

— Oh ! que j'ai mal ! Que j'ai mal !

— Je t'en prie, Gay ! s'exclama Helena. Cesse de gémir et explique-toi !

— C'était fatal. Je m'y attendais. Je savais que cette nuit ne serait pas comme les autres.

— Dois-je comprendre, fit Helena dans un murmure où perçait une note d'ironie, dois-je comprendre que tu avais tout prévu et que tu es restée au foyer, le doigt levé, te répétant que c'était la fatalité ?

— Mais, tante chérie... Excuse-moi... Ella chérie, ne trouves-tu pas cela extraordinaire ?

Helena esquissa un geste de lassitude. Gay la considéra un moment puis, semblant obéir à un pur élan de compassion, alla s'agenouiller à ses pieds.

— Je suis désolée, ma chérie, affirma-t-elle. Terriblement désolée. Ne sommes-nous pas ensemble dans cette épreuve ? Ben était mon oncle et ton époux.

— C'est vrai, soupira Helena.

Elle eut un regard pour Martyn et secoua la tête avec résignation. Gay s'assit en tailleur et appuya une joue sur la main d'Helena. Laquelle main, après un temps, lui fut retirée.

Il y eut un long silence. Martyn ne cessa de se demander en quoi elle pouvait se rendre utile. Des voix s'élevèrent au loin et se perdirent. Gay Gainsford, considérant peut-être qu'elle avait gardé sa position suffisamment longtemps, se laissa glisser petit à petit loin de sa tante par alliance, poussa un long soupir et s'installa sur le divan.

Les minutes s'égrenèrent dans un silence presque total. Helena Hamilton allumait cigarette après cigarette, Gay soupirait avec une agaçante régularité. Les pensées de Martyn erraient tristement, caressant son triomphe éphémère.

Il y eut de nouveaux bruits, venant cette fois de l'extérieur. Deux hommes apparurent. Ils allèrent aussitôt s'enfermer dans la remise.

— Qui sont ces gens ? demanda Helena. Jacko pourrait peut-être nous le dire.

Martyn se leva.

— Je vais voir.

Elle trouva Jacko dans les coulisses, en compagnie de Darcey et de Percival. Ce dernier venait de se tourner vers Jacko pour déclarer :

— Il va de soi que personne n'a envie d'assister à la réception. Mais pourquoi resterions-nous ici puisque nous ne servons à rien ? Autant rentrer chez nous.

— En admettant que tu puisses sortir, la police te ferait vite revenir, indiqua Jacko.

Il aperçut Martyn et alla à sa rencontre. Des gouttes de sueur perlaient à son front et à sa lèvre supérieure.

— Comment ça va, mon petit ? interrogea-t-il. Triste fin pour une si belle soirée. Mais ce n'est rien. Vous vouliez me parlez ?

— Miss Hamilton aimerait vous voir.

— Alors je vous accompagne. C'est l'heure, de toute façon.

Il lui prit le bras et ils regagnèrent le plateau ensemble. En le voyant entrer, Helena se mit debout.

— Jacko ?

Comme il ne répondait pas, elle fit un pas dans sa direction.

— Vous avez des nouvelles ?

Jacko leva ses deux mains — des mains si belles et délicates qu'elles semblaient appartenir à un autre homme — et en caressa les cheveux, puis les joues de la comédienne.

— Nous avons tout essayé. Mais il n'y a plus rien à faire maintenant. Ben nous a quittés.

Gay éclata en sanglots. Helena posa sa tête sur l'épaule de Jacko, et, quand il l'entoura de son bras, murmura :

— Aide-moi, Jacko. Aide-moi à regretter. Je ne sens qu'un grand vide.

Au-dessus de sa tête, le visage de Jacko, ruisselant de sueur, grotesque et primitif, avait l'inscrutable fixité d'un masque.

7.

Désastre

I

Clem Smith appela la police dès que le Dr Rutherford eut confirmé la mort de Bennington. Cinq minutes plus tard, un brigadier accompagné d'un agent se présenta devant l'entrée des artistes. Rutherford les conduisit à la remise, puis ils se rendirent à la loge de Bennington où ils demeurèrent seuls pendant un long moment.

Entre-temps, les membres de la troupe avaient commencé à débattre d'un problème qui était à leurs yeux important : où devaient-ils aller ? Clem Smith proposa le foyer qui était la pièce la mieux chauffée. Les émanations de gaz, ajouta-t-il maladroitement, s'étaient maintenant dissipées, et l'on pouvait allumer le radiateur sans craindre une explosion. Cette suggestion suscita des cris de protestation de la part de Gay Gainsford et de Parry Percival qui l'estimèrent choquante et particulièrement indélicate. J.G. se déclara du même avis que Miss Gainsford. L'assistant du régisseur parla des bureaux et Jacko se prononça pour la salle. Le Dr Rutherford, qui, de tous, semblait le moins affecté, observa que « pour l'homme sage, tout endroit sur terre est une demeure et un havre ». Ce qui, remarqua Parry Percival d'un ton acide, « peut nous mener partout et nulle part ».

Adam Poole finit par demander s'il était possible d'allumer la chaudière et un machiniste fut dépêché au sous-sol. L'air commença bientôt à tiédir. Dans un silence presque total, les comédiens s'installèrent autour du plateau et entreprirent de se démaquiller. Ils écoutèrent aussi.

Ils entendirent les deux hommes regagner le passage ensemble, puis se séparer. La porte du milieu s'ouvrit et le plus jeune des policiers entra.

Il était grand de taille et fort séduisant.

— Le brigadier m'envoie vous dire qu'il est allé téléphoner à Scotland Yard, expliqua-t-il. Il vous prie tous de bien vouloir attendre qu'il ait obtenu des instructions. Il sait combien cela peut vous incommoder et il s'en excuse. Mais il est également persuadé que vous ferez preuve de compréhension.

Souriant d'un air sincèrement navré, il esquissa un pas en arrière et fit mine de s'éloigner.

— Pas si vite, fiston ! lança le Dr Rutherford.

— Monsieur ? répondit le jeune agent sur un ton affable.

— Vous m'intriguez. Comme on dit, vous parlez trop bien. Jurez-vous toujours avec grâce et n'y a-t-il jamais le moindre petit grain de poussière sur vos chaussures ?

Le jeune policier ne sembla que légèrement interloqué par cette question.

— Mes souliers, monsieur, répondit-il, sont payés par le contribuable, et ma manière de jurer est définie par le Code.

Le visage du Dr Rutherford s'éclaira d'un sourire qui, en la circonstance, était presque indécent.

— C'est bien ce que je pensais, affirma-t-il. Un jeune homme de bonne famille !

— Je voulais dire, monsieur, que nous prêtons serment sur la Bible quand il faut témoigner devant un tribunal. Mais il me semble que vous venez de citer un auteur célèbre et, dans ce domaine, je crains de ne pouvoir vous égaler. Si vous voulez bien m'excuser, acheva le jeune policier avec un sourire courtois. Je dois...

Il s'apprêtait une nouvelle fois à se retirer quand son brigadier entra.

— Bonsoir, mesdames et messieurs, commença-t-il. Nous regrettons beaucoup de devoir vous retenir, croyez-le. Triste affaire, assurément. Dans des cas comme celui-ci, il nous faut procéder à ce qu'on appelle les vérifications d'usage. Mes supérieurs vont nous rejoindre dans un instant et, je l'espère, vous serez en mesure de regagner vos domiciles. Je vous remercie de votre compréhension.

Il s'avança sur le plateau, échangea des propos inaudibles avec son collègue et s'éloigna vers la remise dont on entendit la porte se refermer. Le jeune agent prit une chaise qu'il posa dans l'entrée d'avant-scène. Puis il s'assit et regarda calmement autour de lui. Ses yeux s'arrêtèrent sur Martyn. Il lui sourit. Ce fut comme un geste d'amitié, un clin d'œil entre jeunes. Martyn s'aperçut au bout d'un moment que Poole l'observait d'un air peu amène. Elle se sentit rougir et une vague de colère monta en elle.

Les comédiens avaient tous achevé de nettoyer leur visage. Helena Hamilton, d'une main qui tremblait un peu, avait réussi à masquer la pâleur de ses joues et à ombrer ses paupières. Les hommes présentaient tous le même teint livide qu'accentuait la lumière crue des projecteurs.

Parry Percival lança soudain :

— J'avoue ne pas comprendre pourquoi on nous retient ici.

Le jeune agent allait lui répondre quand des pas résonnèrent devant l'entrée des artistes.

— Ce sont sûrement nos inspecteurs, indiqua-t-il en se dirigeant vers la sortie.

Le brigadier le rejoignit. Il y eut une brève conversation, puis une voix se détacha des autres :

— Vous deux, allez avec Gibson. Je vous retrouve dans un moment.

Le jeune policier revint et fit entrer un homme de haute taille, en costume de ville.

— Je vous présente l'inspecteur principal Alleyn, déclara-t-il.

II

Martyn, dans ses pérégrinations à travers les quartiers du West End, avait rencontré plusieurs hommes ressemblant à l'inspecteur Alleyn. Non loin du théâtre St-James, elle les avait vus sortir de clubs ou de restaurants connus, de magasins chics ou de boutiques un peu extravagantes. Leur démarche et la manière dont ils étaient vêtus suggéraient une idée relativement précise de leur état. Mais, constata Martyn, le visage de l'inspecteur Alleyn ne permettait pas une telle association. C'était un visage d'intellectuel, sobre, presque ascétique.

Martyn avait coutume d'attribuer une couleur à chaque voix humaine qu'elle entendait. Ainsi, la voix d'Helena Hamilton était dorée et celle de Gay Gainsford rose. La voix d'Adam Poole était violette et celle de Darcey brune. Quand Alleyn prit la parole, elle décréta que sa voix était du bleu roi le plus clair.

— Vous comprendrez, j'en suis persuadé, commença-t-il, que dans des situations comme celle-ci, notre travail consiste à vérifier si les apparences sont conformes à la réalité. Pour y parvenir, il nous faut procéder à un examen détaillé des lieux tels que nous les avons trouvés. Cela prend toujours un certain temps, mais si, comme je l'espère, tout se déroule normalement, ce ne sera pas long et vous pourrez regagner vos domiciles. Suis-je assez clair ?

Il promena son regard autour de lui.

— Oui, bien sûr, répondit Adam Poole. Nous comprenons. J'imagine que vous allez prendre nos dépositions ? Dans ce cas, puis-je vous demander de commencer par Miss Hamilton ?

— Miss Hamilton ? fit Alleyn.

— C'est moi, intervint Helena. Je m'appelle Helena Hamilton. Je suis la femme du défunt.

— Je vous demande pardon. Je l'ignorais. Oui, cela doit pouvoir se faire. Le mieux, à mon avis, serait que je vous voie ensemble. Si tout est parfaitement clair, nous nous contenterons de ce premier entretien. Et maintenant, si vous voulez bien m'excuser, je vais jeter un coup d'œil sur les lieux. Je vous retrouverai dans un moment. Il y a un médecin parmi vous, m'a-t-on dit. Le Dr Rutherford ?

John Rutherford s'éclaircit la voix.

— C'est vous ? Peut-être vous joindrez-vous à nous ?

— Indubitablement, répondit le docteur. Ainsi en avais-je moi-même décidé.

— Bien, fit Alleyn d'un air vaguement amusé. Puis-je compter sur vous pour me montrer le chemin ?

Au moment où ils atteignaient la porte, Jacko lança :

— Un instant, s'il vous plaît, monsieur l'inspecteur.

— Oui ?

— Je demande l'autorisation d'aller préparer un peu de soupe. Nous avons un petit coin-cuisine dans ce qui sert aussi de chambre pour le gardien de nuit. J'y ai laissé une boîte de potage. Nous avons tous un peu froid, nous sommes fatigués et affamés. Je m'appelle Jacques Doré. Je suis l'homme à tout faire dans ce théâtre, et ma soupe, en général, passe pour être comestible.

— Mais certainement, indiqua Alleyn. Le coin-cuisine, c'est dans ce petit cagibi qui se trouve près de la remise, avec un évier et une arrivée de gaz ?

— Comment pouvez-vous le savoir ? s'étonna Percival. Vous n'avez pas eu le temps de visiter le théâtre !

— J'y suis déjà venu et je me souviens des lieux, expliqua Alleyn. Docteur Rutherford, je vous suis.

Ils sortirent. Gay Gainsford, qui allait désormais prendre l'habitude d'exprimer à haute voix les sombres pensées que les autres partageaient avec elle mais préféraient garder secrètes, demanda sur un ton rêveur :

— Il a dit qu'il était déjà venu ? *Quand ?*

Sa question ne recevant aucune réponse, elle annonça sur un ton péremptoire et dramatique :

— J'ai tout compris ! C'est lui qui a enquêté sur l'autre affaire.

Elle attendit un instant, vérifiant que tous les regards étaient braqués sur elle.

— C'est pour cette raison qu'il est revenu, conclut-elle en posant une main sur le bras de J.G. Darcey.

— Calme-toi, ma chérie, murmura ce dernier d'une voix mal assurée.

— Gay ! fit Adam Poole.

— Mais je ne suis pas malade ! s'écria-t-elle. Je me sens très bien. Comment expliquez-vous sa description du cagibi ? Il n'y a pas trente-six solutions !

Elle promena autour d'elle un regard à la fois satisfait et effrayé.

— Ai-je besoin d'ajouter que la dernière affaire était un *meurtre* ?

— Magistral, commenta Jacko. La chute ne pouvait être mieux amenée. Envoyez le rideau ! Mesdames et messieurs, je vous demande de vous joindre à moi pour applaudir cette petite comédienne exceptionnelle.

Il sortit en levant les yeux au ciel.

— Jacko n'est vraiment pas gentil, confia Gay à Darcey. Après tout, Ben *était* mon oncle.

Son regard croisa celui d'Helena Hamilton. Elle ajouta rapidement :

— Et aussi ton mari, ma chérie.

III

Les machinistes avaient porté le corps de Bennington dans la remise. Ils l'avaient allongé sur l'une des tables à tréteaux utilisées d'habitude pour les accessoires, puis recouvert d'un drap venu du magasin des costumes.

La remise était une pièce tout en longueur, avec un plancher en ciment et des murs nus sur lesquels s'appuyaient de vieux pans de décors. Une ampoule solitaire et poussiéreuse était suspendue au-dessus de la table.

Quatre hommes en manteau et chapeau sombres entouraient ce catafalque improvisé. Ils avaient, sans s'en rendre compte, pris place aux quatre coins de la table et semblaient tenir une veillée funèbre. Leurs visages étaient presque entièrement plongés dans l'ombre. Un cinquième homme, tête nue, demeurait légèrement en retrait. Celui qui, de prime abord, ne se distinguait des autres que par sa haute taille fit un pas en avant. Il tendit une main gantée pour soulever le drap, exposant un visage couvert de crème grasse. Il ôta son chapeau. Trois de ses compagnons se découvrirent à leur tour, un peu maladroitement.

— Eh bien, Curtis ?

Le médecin légiste se pencha sur la tête du défunt qu'il dissimula aux regards des autres. Il prit dans sa poche une lampe électrique et la braqua sur le visage inerte.

— Seigneur Dieu ! murmura-t-il. Il est effrayant, vous ne trouvez pas ? Quel horrible maquillage !

Derrière lui, le Dr Rutherford répliqua :

— Cher ami, ce maquillage est essentiel pour ma pièce. En fait, il devrait être encore plus repoussant. Mais, *vanitas, vanitatum...* Sur mes ordres, on l'a laissé exactement dans l'état où il était. Je me suis dit que vous préféreriez cela.

— Vous avez bien fait, murmura le Dr Curtis.

— L'odeur est encore très perceptible, observa un homme de forte carrure.

— C'est toujours comme ça, enchaîna le brigadier.

— Nous avons essayé le massage cardiaque, le bouche-à-bouche, un masque à oxygène, mais il n'y avait rien à faire, ajouta le Dr Rutherford. Je le savais, du reste. Il n'y avait aucun espoir de le sauver.

— Eh bien, tous les indices semblent concorder, Alleyn, déclara Curtis en se redressant. Ça ne demande pas une autopsie approfondie, à mon avis, mais nous effectuerons les examens habituels.

— Passez-moi votre torche, voulez-vous.

Alleyn se pencha sur la table.

— Son maquillage est très épais, commenta-t-il au bout d'un moment. Il mettait toujours beaucoup de poudre ?

— Il en avait besoin, répondit le Dr Rutherford. Il transpirait comme un porc. Alcool, déficience cardiaque...

— Est-ce vous-même qui le suiviez, docteur ?

— Non, je n'exerce plus la médecine. Son alcoolisme était de notoriété publique et je l'ai souvent entendu parler de douleurs cardiaques. Il avait une insuffisance valvulaire, je crois. J'ignore qui était son médecin traitant. Sa femme pourra vous le dire.

Le Dr Curtis replaça le drap sur la tête du défunt.

— C'est ce qui explique peut-être la rapidité du décès, observa-t-il.

— Certainement.

— Il y a une marque sous la joue, reprit Alleyn. Vous voyez ? La couche de maquillage est moins épaisse. C'est une ecchymose, à votre avis ?

— Je l'avais remarquée aussi, affirma Curtis. Oui, on dirait une trace de coup, en effet. Nous serons fixés quand le visage aura été nettoyé.

— Bien. Je vais jeter un regard sur la loge, annonça Alleyn. Qui l'a découvert ?

— Le régisseur, indiqua Rutherford.

— Vous pourriez peut-être nous l'envoyer quand vous irez rejoindre les autres ? Je vous remercie, docteur. Nous sommes heureux d'avoir pu obtenir votre concours. Vous serez convoqué pour l'enquête préliminaire.

— Naturellement, grommela le Dr Rutherford en se dirigeant vers la porte.

Le brigadier s'empressa de lui ouvrir celle-ci et il ajouta d'un air absent :

— Merci.

En s'éloignant, il avait l'air vaguement contrarié.

— Je vais essayer de lui remonter le moral, annonça Curtis.

— Oui, c'est cela, fit Alleyn.

En se rendant à la loge de Bennington, ils croisèrent Jacko et un machiniste qui se dirigeaient vers la scène, portant une boîte de soupe fumante et plusieurs gobelets. Fred Badger se trouvait dans son cagibi, en compagnie de deux ou trois autres hommes. Tous tenaient des gobelets de soupe.

— Ça sent bon, murmura l'inspecteur Fox sur un ton rêveur.

Le jeune agent qui avait pris place à l'entrée du plateau se leva pour ouvrir la porte à Jacko et au machiniste qui l'accompagnait. Puis il referma derrière eux.

— Faites attention, grommela Fox.

— Oui, inspecteur, répondit le jeune policier en dépliant son calepin.

Clem Smith les attendait dans la loge de Bennington. Toutes les lampes étaient allumées. Les vêtements de ville de Bennington et le costume qu'il avait porté durant le premier acte étaient suspendus à une patère. Son nécessaire de maquillage s'étalait sur une serviette. Divers objets s'éparpillaient sur la coiffeuse, comme si leur propriétaire s'était absenté momentanément et qu'il allait, d'un instant à l'autre, revenir pour les ranger. Sur le plancher, tout près du radiateur, gisait un manteau qui dégageait encore une forte odeur de gaz.

Le visage de Clem Smith était livide et, sous ses épais cheveux noirs, un pli soucieux barrait son front. Il serra la main que lui tendit Alleyn et sembla, l'espace d'un moment, s'interroger sur l'opportunité de ce geste.

— On est tous un peu secoués, vous comprenez, grommela-t-il avec un petit geste désemparé.

— Pouvez-vous nous dire ce qui s'est passé ? demanda Alleyn.

— Oh ! ce n'est pas difficile, soupira le régisseur. Il est sorti de scène dix minutes à peu près avant le dernier rideau. Il a dû venir directement ici. Quand les acteurs se sont alignés pour le premier rappel, il n'était pas avec eux. Je n'ai rien remarqué, au début, je surveillais l'éclairage. Lorsque je me suis aperçu de son absence, tout le monde était sur scène et on ne pouvait plus attendre. J'ai donc envoyé le rideau pendant que le coursier frappait à cette porte. Elle était fermée à clé et personne ne répondait à ses appels. Il est revenu en courant me dire qu'il y avait une forte odeur de gaz. J'avais trouvé le docteur à ce moment, et il se préparait à prononcer son discours. J'ai alors demandé à mon assistant de me remplacer, j'ai pris mon trousseau de clés et je suis venu ici.

Il s'humecta les lèvres et plongea une main dans sa poche.

— On peut fumer, maintenant ? questionna-t-il.

— Il serait plus prudent d'attendre encore un peu, répondit Alleyn. Désolé.

— Bon. J'ai donc ouvert la porte. Je suis presque tombé à la renverse, tellement l'odeur était forte. Je ne sais pas pourquoi, mais je m'attendais à le trouver assis devant sa coiffeuse. Il était étendu là, près du radiateur. On ne voyait que ses pieds et la moitié de son corps. Le reste disparaissait sous son manteau qui était fixé derrière le radiateur. Cela formait une espèce de tente, vous comprenez ? Le gaz était ouvert, j'entendais le sifflement...

Clem s'interrompit un instant.

— A m'entendre, on pourrait penser que je suis resté cloué sur place, reprit-il. Mais ce n'est pas vrai, je vous l'assure. J'ai peut-être hésité deux ou trois secondes avant d'entrer...

— Je sais. Le temps paraît anormalement long dans ce genre de circonstances.

— Vraiment ? Oui, bon. Je suis donc entré et j'ai soulevé le manteau. Ben était étendu sur le côté. Sa bouche était... Le tuyau avait été débranché et... sifflait près de sa bouche. J'ai fermé le robinet puis... je l'ai tiré par les pieds. Enfin, j'ai essayé. Il... collait à la moquette. Jacko... Jacques Doré est venu m'aider.

— Un moment, fit Alleyn. Est-ce vous qui avez renversé ce pot sur la table de maquillage ? Vous, ou bien M. Doré ?

Clem se tourna vers la coiffeuse.

— Le pot de poudre, là ? demanda-t-il. Non, je ne me suis pas approché de la coiffeuse, et j'étais déjà presque devant la porte quand Jacko m'a rejoint. C'est Ben lui-même qui a dû le renverser.

— Bien. Continuez, je vous prie.

— Nous avons étendu Ben dans le passage et nous avons fermé cette porte. Il y a une fenêtre au bout du couloir, une seule. Nous l'avons ouverte et nous y avons transporté Ben. Mais je pense qu'il était déjà mort. J'en suis même sûr. J'ai vu de nombreuses victimes de ce genre d'intoxication, pendant la guerre.

— En tout cas, vous avez réagi exactement comme il le fallait, déclara l'inspecteur principal.

— Je suis heureux de vous l'entendre dire, fit Clem avec une évidente sincérité.

Alleyn examina la serrure.

— Elle a l'air solide, remarqua-t-il d'un air absent.

— Elle est neuve, indiqua le régisseur. M. Poole a fait faire d'importants travaux quand il a pris la direction de ce théâtre. Avant, toutes les serrures étaient cassées ou rouillées. Les artistes ne pouvaient pas fermer leur loge à clé. Toujours est-il...

Après un moment d'hésitation, il ajouta sur un ton mal assuré :

— Tout a été repeint et rénové.
— Y compris les installations de gaz ?
— Oui, affirma Clem en détournant son regard. Elles sont neuves également.
— Il y avait bien deux loges à la place du foyer actuel, n'est-ce pas ?
— Oui.
— Il y a aussi de nouvelles cloisons et des grilles d'aération dans les loges ?
— Oui, répéta Clem qui semblait mal à l'aise. C'est peut-être ce qui explique l'utilisation du manteau.
— Apparemment, on a voulu faire vite. Très bien, monsieur Smith. Je vous remercie. J'irai parler aux autres gens dans un petit moment. Voulez-vous le leur dire, s'il vous plaît ? Ce ne sera pas long. On vous demandera peut-être de signer une déposition reprenant les déclarations que vous venez de faire. Vous ne serez pas mécontent de quitter cette pièce, j'imagine.
L'inspecteur Fox remit son calepin dans sa poche et accompagna Smith jusqu'à la sortie. Clem s'éloigna d'un air visiblement soulagé.
— C'est du tout cuit, inspecteur, vous ne trouvez pas ? questionna Fox. Il n'y a personne, ajouta-t-il en jetant un regard dans le corridor. Je vais laisser la porte ouverte.
— Cela paraît très simple, en effet, répondit Alleyn. Mais il ne faut pas se fier aux apparences. N'oublions pas qu'un meurtre a déjà été commis dans ce théâtre. Vous n'avez pas suivi l'affaire du Jupiter, Gibson ?
— Non, inspecteur. C'était, me semble-t-il, un assassinat maquillé en suicide ?
— Oui. La configuration des lieux n'est plus la même, il y a eu un certain nombre de modifications. Mais la victime se trouvait de ce côté-ci du passage,

dans ce qui était alors une loge et qui fait partie maintenant du foyer des artistes. Les deux radiateurs à gaz étaient installés de part et d'autre de la cloison. Le meurtrier a fermé son robinet, ce qui a éteint le feu dans cette pièce, puis il l'a rouvert. L'homme qui occupait cette loge était ivre, il est mort sans s'en apercevoir. Ce sont des traces de maquillage laissées sur le tuyau qui nous ont permis de confondre l'assassin.

— Il n'était pas très futé, l'artiste, commenta Fox.

— Le théâtre est resté fermé pendant longtemps, poursuivit Alleyn. Trois ou quatre ans, si je me souviens bien. Et puis Adam Poole l'a repris, lui a donné son nouveau nom et l'a rénové. Il n'a produit, me semble-t-il, qu'une seule autre pièce avant celle-ci.

— La précédente affaire n'est peut-être pas sans rapport avec celle qui nous occupe, opina Fox. Le défunt, même inconsciemment, a pu s'en inspirer pour mettre fin à ses jours.

— Vous voulez dire que c'est une sorte de... superstition ? hasarda Gibson.

— Pas exactement, déclara Fox avec emphase. Mais c'est un peu ça, oui. Les acteurs sont des gens très superstitieux, Fred. Très superstitieux. Si, pour une raison ou pour une autre, il avait décidé de se suicider...

— L'idée de compromettre certains de ses collègues n'était peut-être pas absente de son projet, intervint Alleyn. Et si, de l'autre côté de cette cloison, il y a un autre radiateur à gaz...

— Le même que celui-ci, précisa Fox.

— En effet. Que fait Bennington, alors ? Il recrée le même décor, à quelques détails près, ne laisse derrière lui aucune note ni la moindre indication pouvant donner à penser qu'il avait l'intention de se suicider. Qui occupe la loge voisine, compère Fox ?

— Un certain Parry Percival.

— Bien. Bennington met fin à ses jours, laissant M. Parry Percival dans la situation où se trouvait le meurtrier du Jupiter. Drôle de suicide, compère Fox.

— Évidemment, au point où nous en sommes, nous ne pouvons rien affirmer encore, observa Fox.

— Exactement. Nous allons devoir y regarder de plus près. Qu'y a-t-il dans votre inventaire, Gibson ?

Le brigadier Gibson ouvrit son bloc-notes et commença à en énumérer le contenu.

— Table de maquillage ou coiffeuse, annonça-t-il en se mettant presque au garde-à-vous. Un miroir, une boîte contenant des postiches, du rouge à lèvres, une substance appelée « pâte faciale », sept bâtons de blanc gras et un pot intact rempli de poudre. Étagère : une serviette en guise de nappe. Sur la serviette, un plateau contenant six bâtons de blanc gras. A droite du plateau, une bouteille contenant un produit appelé « poudre liquide », un pot de poudre renversé. Derrière le pot de poudre, un paquet de coton hydrophile.

— Bien, fit Alleyn en se penchant sous la table. Il n'y a rien, là. Poursuivez.

— A gauche du plateau : un paquet de cigarettes entamé et une boîte de cinquante, ouverte mais intacte, une boîte d'allumettes, un cendrier, une serviette maculée de gras. Derrière le miroir, une flasque d'alcool, pleine au sixième environ, et un verre utilisé récemment.

Alleyn jeta un coup d'œil derrière la glace.

— Il aurait pu trouver une meilleure cachette, grommela-t-il. Continuez, Gibson.

— Poudre en grande quantité répandue sur la table et sur le plancher. Mur gauche : des vêtements. Je n'ai pas fouillé les poches, inspecteur. Sur la moquette, il n'y a que la poudre et des restes de papier brûlé.

— Eh bien, fouillez ces poches et dites-moi que

je me trompe, ordonna l'inspecteur principal d'un air vaguement irrité.

Fox et Gibson levèrent sur lui un regard placide.

— Ne faites pas attention, reprit-il. Je suis un peu cafardeux.

Il alla s'agenouiller près du manteau.

— L'odeur de gaz est la plus obscène que je connaisse, maugréa-t-il. Je ne comprends pas que l'on puisse se donner la mort de cette façon.

Il palpa le tissu et ajouta :

— De la poudre partout. Où se trouvait ce manteau ? Sur la patère, là-bas, sans doute. N'oubliez pas d'examiner la penderie. Il faut faire venir Bailey, Fox. Et aussi Thompson. Oh, la barbe !

— Je vais téléphoner, annonça Fox en sortant.

Alleyn pencha la tête d'un côté, scrutant l'intérieur du radiateur.

— Il y a des bouts de papier encore intacts, déclara-t-il. Nous comparerons avec l'écriture de Bennington. Il y a aussi des traces de poudre sur la grille.

— C'est peut-être de la poussière qui était dans l'air, avança Gibson.

— Oui, comme le gaz. Nous nous en tiendrons là, pour l'instant. Nous attendrons que les gars du labo aient relevé les empreintes et pris des photos. Vous avez fini, Gibson ?

— Oui, inspecteur. Il n'y a pas grand-chose dans les poches. Quelques factures, un vieux ticket de courses, un carnet de chèques, etc. A propos, nous n'avons trouvé qu'un mouchoir sur le cadavre.

— Bon, venez. Je commence à en avoir assez de cette odeur.

Pourtant, il alla se tenir dans l'embrasure de la porte, promenant autour de lui un regard songeur.

— J'aurais voulu me laisser convaincre par tout ce que je vois, murmura-t-il comme s'il s'adressait aux murs de la pièce. Mais je ne peux pas. Non, les apparences sont beaucoup trop apparentes et je n'aime pas du tout cela. Venez, Gibson, allons parler à ces messieurs les experts.

IV

Ils avaient tous vidé leurs gobelets de potage et se sentaient un peu mieux. Jacko avait apparemment ajouté à sa soupe un ingrédient qui, selon les mots de J.G. Darcey, « allait droit au but ».

Martyn commençait à s'interroger sur la manière dont elle-même et ses collègues avaient réagi à la mort de Bennington. « Je ne pense pas qu'un seul de nous soit réellement triste, songea-t-elle. Pauvre homme ! Peut-être a-t-il simplement voulu sortir d'une solitude dont il devait souffrir. »

Martyn fut surprise et un peu choquée d'entendre Helena Hamilton exprimer ses propres pensées. La comédienne était demeurée jusque-là immobile et silencieuse, les yeux baissés, perdue dans quelque lointaine méditation. Il y avait dans son attitude de l'abandon et de la mélancolie, mais aussi une sérénité profonde et une grâce infinie.

Sans lever la tête, elle déclara :

— Mes chers amis, essayons de ne pas nous mentir ou de nous jouer je ne sais quelle comédie. Je serai honnête. Je ne l'aimais pas. Je sais que c'est triste, mais pourquoi le cacher ? Pourquoi taire ou enjoliver la réalité qui est en chacun de nous ? Nous sommes tous choqués, mal à l'aise et terriblement fatigués. Évitons les mensonges et les faux-semblants. Personne ne s'y tromperait.

— Mais je l'aimais, moi ! s'écria Gay.

J.G. Darcey posa un bras sur ses épaules.

— Vraiment ? fit Helena dans un murmure. C'est possible. Dans ce cas, ma chérie, il vaut mieux garder ton chagrin pour toi. Je crains qu'il ne soit guère partagé.

— Nous comprenons, Ella, déclara Poole.

Sans la regarder, elle lui tendit une main qu'il prit dans la sienne.

— Quand on est fatigué, on a tendance à parler plus que d'habitude, affirma-t-elle. C'est vrai pour moi, en tout cas. Je me laisse aller. Cela signifie peut-être que je manque de personnalité, que j'ai un caractère superficiel. Vous savez, je commence à me dire que s'il est une émotion dont je sois vraiment capable, c'est l'affection, j'ai une grande capacité d'affection. Mes amours ne sont qu'épisodes passagers.

— Tu donnes peut-être ton affection de la même manière que d'autres femmes dispensent leur amour, observa Jacko d'une voix très douce.

Gay et Parry Percival lui jetèrent un regard étonné.

— C'est bien possible, commenta Poole.

— Ce que je voulais dire, mais je me perds un peu, c'était ceci, continua Helena. Ne devrions-nous pas sortir de ce mutisme prétendu chagriné pour regarder les choses en face, nous poser des questions sur l'avenir, nous demander ce qu'il convient de faire ? Adam, mon chéri, je me suis dit que s'ils se taisaient, c'était peut-être par respect envers moi. De quoi faut-il parler ? Comment se présente la situation ?

Poole alla poser une chaise contre le rideau et y prit place. Le Dr Rutherford parut à cet instant.

— Ils sont en train d'interroger Clem Smith dans... Smith est avec eux, annonça-t-il. J'ai discuté avec le médecin légiste. Il n'a aucun sens de l'humour, mais il connaît son métier. Il avoue que je ne pouvais rien faire d'autre, ce qui me réchauffe le cœur. Et ici, quel est l'objet du débat ?

— Nous nous apprêtions à examiner la situation telle qu'elle se présente maintenant, expliqua Poole. Helena pense que cela mérite un échange de vues et nous partageons tous ce sentiment.

— Un échange de vues à propos de quoi ? De Ben ? De nous ? Concernant Ben, je ne vois pas ce qu'il y aurait à dire, ma chère Ella. Tout le monde sait à quoi s'en tenir à ce sujet. Il s'est administré une forte dose d'anesthésique et, avant de perdre totalement conscience, s'est donné la mort comme il en avait l'intention. Pour un homme qui semblait décidé à provoquer le chaos et la destruction, je trouve qu'il s'est montré plutôt raisonnable.

— Je vous en prie, chuchota Gay. *Je vous en prie !*

Pendant un moment, le Dr Rutherford la contempla en silence. Puis il demanda :

— Qu'y a-t-il, Mélancolie ? De quoi vous plaignez-vous ?

Helena, Darcey et Parry Percival protestèrent d'une même voix.

— Écoutez, John, intervint Poole, si vous ne pouvez pas vous taire, ayez au moins la décence de mieux choisir votre vocabulaire.

Forte de ce soutien unanime, Gay lança :

— Vous poussez l'inélégance jusqu'à oublier que Ben était mon oncle !

— Ne parlons pas d'élégance ! répliqua le Dr Rutherford.

Il marqua une pause, semblant réfléchir, puis ajouta :

— Soit. Si vous avez envie de vous défouler, ce n'est pas moi qui vous en empêcherai. Il n'en demeure pas moins que votre oncle a joué un tour pendable. Un sale tour. Il faut que vous le sachiez. Mais vous alliez entamer un débat. Je vous en prie, commencez. Je ne dis plus rien.

— Tout le monde vous en saura gré, enchaîna Poole. Bon. Ella, il me semble que Ben s'est... a choisi cette solution pour plusieurs raisons. Tu voudrais que je sois tout à fait franc, je le sais, et je vais m'y efforcer.

— Oh oui ! approuva-t-elle. Mais...

Leurs regards se croisèrent. Martyn crut voir la tête d'Adam Poole esquisser un imperceptible mouvement de dénégation.

— Oui, mon chéri, reprit Helena. Dis-nous franchement ce que tu penses.

— Bien. Comme nous le savons tous, Ben n'était pas un homme très modéré. Pendant ces derniers mois, nous avons pu observer combien il s'abandonnait à ses excès qui portaient atteinte non seulement à sa santé physique mais aussi à son caractère et à ses qualités d'acteur. Je suis persuadé qu'il en était lui-même conscient. C'était un homme profondément malheureux. Son passé de grand comédien le hantait et le faisait souffrir. Comme moi-même, vous avez remarqué le petit manège auquel il s'est livré durant la représentation...

— A ce sujet, interrompit Percival, je voudrais... Oh, et puis... ça n'a plus d'importance.

— Exactement, renchérit Adam. Il avait atteint un état d'instabilité chronique, exacerbée. Nul n'ignore qu'il traversait des crises de dépression. Je pense qu'il a agi comme il l'a fait à un moment de désespoir et d'abattement. J'ai le sentiment qu'il aurait fini par accomplir ce geste un jour ou l'autre, d'une manière ou d'une autre. Et, pour moi, tout le problème est là. C'est un drame, une tragédie, mais c'est aussi presque un fait divers, une petite histoire d'une dérisoire simplicité. Je ne sais si vous partagez mon opinion.

— Oui, bien sûr, commenta Darcey en jetant un regard à Helena. Sauf s'il s'est produit un événement que nous ignorons et qui aurait pu constituer un motif supplémentaire.

Les yeux d'Helena s'arrêtèrent un moment sur Poole avant d'aller vers Darcey.

— Adam a raison, déclara-t-elle. Ben s'est vu soudain sous son vrai jour. Il s'est rendu compte de son état de délabrement physique et mental et son réflexe a été un désespoir que nous ne pouvons peut-être pas imaginer. Ben était seul, horriblement seul.

— Oh ! mon Dieu ! s'exclama Gay.

Elle ajouta quand tous les regards se furent tournés vers elle :

— Je ne me le pardonnerai jamais. Jamais !

Le Dr Rutherford gémit et secoua la tête d'un air désabusé.

— Je l'ai trahi, reprit la jeune comédienne. Je n'ai été pour lui qu'une source de déception. Je suis la cause de sa perte.

— *Par tous les saints de la Terre et de l'Univers !* commença le Dr Rutherford dans un hurlement qu'interrompit l'entrée de Clem Smith.

Clem hésita un moment puis, les yeux sur Helena, annonça d'un air gêné :

— Je les ai laissés dans la loge. L'inspecteur dit qu'il ne vous fera pas attendre.

— Tout est donc pour le mieux ! s'écria Percival. Je veux dire qu'on ne va pas nous faire subir toutes sortes de formalités, ajouta-t-il rapidement. Nous allons pouvoir rentrer chez nous. Enfin...

— Je n'en sais trop rien, répondit Clem. L'inspecteur Alleyn m'a simplement indiqué qu'il viendrait dans un moment.

Il se retira dans un coin et porta à sa bouche le

gobelet de soupe qu'il tenait. Les autres le regardèrent en silence.

— Il t'a interrogé ? demanda Jacko. Que voulait-il savoir ?

— Ce que nous avons fait depuis...

— Rien d'autre ?

— Eh bien... si. A vrai dire... il semblait s'intéresser aux travaux de rénovation du théâtre.

— Ceux effectués dans les loges en particulier, j'imagine ?

— Oui, murmura Smith. C'est ça.

Il y eut un long silence.

— Et alors ? fit Jacko subitement. Où est le problème ? Ella nous a donné l'exemple, avec un grand courage, et Adam vient d'exprimer son point de vue. Chacun de nous devrait en faire autant. Il est possible que je ressemble à une autruche, mais je n'ai pas l'intention de me conduire comme cet animal. A quoi pensons-nous en ce moment ? A une petite histoire désagréable, celle du Jupiter. Gay en parle avec l'air de quelqu'un qui ouvrirait un placard dissimulant un squelette. Pourquoi ? Ces messieurs se souviennent du meurtre commis au Jupiter et ils sont de la police. N'est-il pas normal qu'ils veuillent inspecter les loges ? En fait, ils souhaitent tout simplement vérifier qu'il s'agit d'un suicide et non pas d'un nouvel assassinat. Et puisque nous sommes tous persuadés qu'il s'agit d'un suicide, il me semble que nous devrions les laisser faire leur travail. Nous n'avons aucune raison de nous torturer.

— Je partage entièrement cet avis, déclara Poole.

— Ça va nous faire une de ces publicités ! murmura Darcey.

— Mon Dieu, mon Dieu ! s'écria Percival. La publicité ! Personne n'y avait pensé !

— Vraiment ? demanda Poole.

— Franchement, Adam, gémit Percival, je ne sais pas... j'aimerais qu'on me dise où j'en suis. Ella, ma chérie, tu dois comprendre, toi. Enfin... je songeais à la pièce. Allons-nous continuer ?

— Oui, répondit Helena. Nous ne nous arrêterons pas. Adam, s'il te plaît.

— Il faut que je réfléchisse, Ella. C'est une question...

— Nous poursuivrons. C'est décidé, nous irons de l'avant.

Martyn crut entendre le soupir de soulagement poussé par Darcey et Percival.

— Je suis la doublure, murmura Darcey.

Percival émit un son vague qui pouvait passer pour une manifestation de plaisir ou de chagrin.

— Tu sens bien le rôle, J.G. ? demanda Helena.

— Je le *connais,* indiqua-t-il d'une voix sourde.

— Je répéterai quand tu le voudras. Nous avons tout le week-end.

— Merci, Ella.

— Ta propre doublure est tout à fait à la hauteur, ajouta Clem.

— Bon.

Martyn eut l'impression que les acteurs puisaient du réconfort dans cet échange consacré à leur métier. Mais Adam Poole ne semblait pas partager le sentiment général. En l'observant, elle se souvint du portrait accroché à un mur du foyer : il y paraissait distant et soucieux.

Une discussion des plus animées s'engagea bientôt sur la nouvelle distribution. Clem Smith, Jacko et Percival parlaient tous en même temps quand Gay s'exclama d'une voix passionnée :

— C'est insupportable ! Vous êtes plus horribles les uns que les autres !

Ayant réussi à capter leur attention, elle poursuivit dans un silence total :

— Comment pouvez-vous parler de théâtre ? En ce moment ! Comme s'il ne s'était rien passé ! Alors qu'il se trouve là, derrière cette porte ! Froid et oublié ! C'est le spectacle le plus cruel que j'aie jamais vu. Je ne remettrai plus les pieds dans ce théâtre maudit. Rien ni personne ne pourra m'y faire revenir quand je serai sortie. Quelqu'un parmi vous consentira peut-être à m'indiquer la date des obsèques ? Il se trouve que je suis à peu près tout ce qu'il avait comme famille.

Un concert de protestations accueillit ce discours. Mais la voix de Gay, forte et pleine d'assurance, domina toutes les autres.

— Je n'ai pas besoin de vos explications, lança-t-elle. Je comprends très bien.

Ses yeux s'arrêtèrent sur Martyn. Elle pointa sur elle un doigt vengeur.

— Vous avez tout fait pour obtenir ce rôle misérable, reprit-elle. Vous l'avez, maintenant. C'est peut-être bien vous la vraie responsable de ce qui vient de se passer.

— En voilà assez, Gay ! intervint Poole. Tais-toi, veux-tu ?

— Non ! Je ne me laisserai pas bâillonner ! Mon oncle a été poussé au suicide et je tiens à le faire savoir !

Ce fut à cet instant que l'inspecteur principal Alleyn fit son entrée sur la scène.

V

Avait-il entendu les derniers mots de Gay Gainsford ? C'était plus que probable... Mais rien dans son attitude ou l'expression de son visage ne permettait de l'affirmer.

— A mon regret, commença-t-il, je ne suis pas venu vous annoncer la bonne nouvelle que vous attendiez tous. Je me pose encore un certain nombre de questions à propos de cette malheureuse affaire. Je sais que vous êtes tous fatigués et profondément bouleversés. Je ne puis que vous réitérer mes excuses. Les circonstances de la mort, voyez-vous, ne sont pas aussi claires que vous avez pu le penser.

Il se tourna vers Helena Hamilton.

— Comme vous devez vous en douter, nous n'avons pas manqué d'associer cette mort à celle survenue dans ce même théâtre, il y a quatre ou cinq ans, dans des conditions à peu près semblables. Vous y avez, j'en suis sûr, pensé dès le début.

— Naturellement, répondit Helena. Nous en parlions à l'instant.

Autour d'elle, il y eut quelques regards embarrassés. Alleyn ne parut pas les remarquer. Il poursuivit :

— C'est normal. Nous en avons également discuté entre nous. Vous vous êtes peut-être, comme nous-mêmes, demandé si le souvenir de cette autre affaire aurait pu influencer votre défunt mari ?

— J'en suis persuadée, affirma-t-elle. C'est aussi l'avis de mes camarades.

Les autres comédiens acquiescèrent. Seul le Dr Rutherford ne manifesta pas son approbation. Martyn vit avec effarement que son menton était retombé sur sa poitrine, que ses yeux s'étaient fermés et que ses lèvres remuaient comme celles d'un dormeur. Il était assis au fond du plateau. L'inspecteur Alleyn ne le verrait peut-être pas, songea-t-elle.

— Existe-t-il un fait précis pouvant étayer cette opinion ? demanda Alleyn.

— Non. Mais je sais que Ben ne cessait de penser à l'autre affaire. Il n'aimait pas ce théâtre, monsieur l'inspecteur. Voyez-vous, les comédiens sont très sensibles au climat qui les entoure, à l'atmosphère. Nous parlons énormément des salles dans lesquelles nous jouons et, vous allez trouver cela parfaitement absurde, nous essayons de nous faire une idée de leurs « personnalités ». Mon mari n'appréciait pas l'atmosphère de ce théâtre qu'il trouvait désagréable. Et il le disait fréquemment. Il donnait l'impression de subir une sorte de fascination malsaine. Nous avions décidé tacitement de ne jamais évoquer l'histoire du Vulcain. Mais Ben en parlait souvent. Pas à nous, mais à des gens qui avaient été impliqués dans l'autre affaire.

— Je vois, commenta Alleyn.

Il demeura silencieux pendant un moment, semblant attendre. Le jeune agent tourna une page de son bloc-notes.

— Quelqu'un d'autre a peut-être aussi remarqué cette préoccupation chez M. Bennington ?

— Oh oui ! lança Gay avec une emphase où perçait une note de tristesse. Moi. Il m'en a parlé plus d'une fois, mais quand il s'est aperçu que cela me perturbait profondément — car, voyez-vous, je suis terriblement sensible à l'atmosphère, je ne peux pas m'en empêcher... à l'instant même où j'ai mis les pieds dans ce théâtre... vous allez vous moquer de moi, bien sûr, mais ces choses ne s'expliquent pas —, eh bien...

— Il avait donc senti que cela vous perturbait, lui rappela Alleyn.

— Oui, et il ne m'en a plus parlé. J'étais sa nièce.

Nous entretenions des relations tout simplement merveilleuses.

— Il n'a donc plus soulevé ce sujet, résuma Alleyn. Bien.

Il tenait un programme à la main. Il y jeta un coup d'œil.

— Vous êtes Miss Gainsford, si je ne m'abuse ?

— En effet. Mais mon vrai nom est Bennington. Je suis la fille du seul frère qu'il ait eu. Mon père est mort durant la guerre et, vous savez, oncle Ben pensait vraiment que nous étions *très très* proches l'un de l'autre. C'est pourquoi j'ai été si profondément affectée le jour où j'ai compris qu'il était extrêmement malheureux.

— Quelles raisons vous ont fait penser qu'il était malheureux, Miss Gainsford ?

J.G. Darcey s'interposa rapidement :

— Il n'y a aucune raison précise, Gay ? Ce n'était qu'une sorte d'intuition, n'est-ce pas ?

— Eh bien...

Helena intervint à son tour.

— Monsieur l'inspecteur, déclara-t-elle, personne, dans ce théâtre, ne vous dira que mon mari était un homme heureux. Avant que vous n'entriez sur ce plateau, j'étais en train de souligner combien il était essentiel pour nous d'être francs avec nous-mêmes, et aussi avec vous bien entendu. Mon mari buvait énormément, à tel point qu'il a fini par se ruiner physiquement et professionnellement. Je ne pouvais pas l'aider, car...

Son visage était maintenant livide. Mais elle n'hésita qu'une fraction de seconde.

— Nous ne vivions plus comme un couple, reprit-elle. Nous coexistions, si j'ose m'exprimer ainsi, mais nous n'avions aucune vie conjugale. Ce soir, il s'est très mal comporté sur scène. Il a valorisé son propre rôle au détriment des autres acteurs, et je pense qu'il a été horrifié en se rendant compte de ce qu'il avait fait. Il était ivre, ce soir. Je pense que, soudain, il s'est regardé et n'a pu supporter cette vision de lui-même. J'en ai l'intime conviction.

— Ces choses, on les devine, on les sent venir, déclara Gay. Du moins, c'est mon cas.

— Je n'en doute pas un instant, fit Alleyn avec courtoisie.

Gay rougit légèrement. Au moment où elle allait poursuivre, il enchaîna :

— Naturellement, si quelqu'un parmi vous se souvient d'un fait divers, d'une remarque entendue ou de tout autre événement tendant à prouver qu'il avait ce genre de préoccupation, cela nous serait d'un grand secours.

Martyn, brusquement, s'entendit dire :

— Il me semble... peut-être...

Alleyn lui fit face et son sourire la rassura.

— Oui ? l'encouragea-t-il. Je vous prie de m'excuser, mais je n'ai pas eu le temps de me familiariser avec tous les noms.

Il baissa une nouvelle fois les yeux sur son programme, puis la regarda. Gay Gainsford émit un petit rire. Darcey posa une main sur la sienne et murmura quelques mots inaudibles à son oreille.

— Miss Martyn Tarne, annonça Poole. Elle est, ou devrait être, notre héroïne, ce soir. Miss Gainsford étant souffrante, Miss Tarne, qui était sa doublure, a pris son rôle et l'a interprété au pied levé. Nous sommes très fiers d'elle et nous nous apprêtions à le lui dire.

Le cœur de Martyn battit douloureusement dans sa poitrine. « Si je parviens à retrouver ma voix, ce sera un vrai miracle », songea-t-elle.

— Vous avez dû vivre une aventure à la fois terrifiante et exaltante, Miss Tarne, commenta Alleyn.

Martyn hocha la tête en déglutissant.

— Vous alliez me faire part d'un souvenir qui vous paraît susceptible de nous aider ? continua-t-il.

— Ce sont des mots qu'il a prononcés en sortant de scène, dans le dernier acte.

— Si je comprends bien, c'était son ultime sortie ?

— Oui.

— Je vous écoute, Miss Tarne.

— Je vais essayer de me rappeler les termes qu'il a utilisés, commença Martyn sur un ton circonspect. Je me trouvais à l'entrée du couloir et je me dirigeais vers ma... vers la loge de Miss Gainsford quand il est venu me rejoindre. Il s'exprimait d'une manière décousue, étrange. Il ne finissait pas ses phrases. Mais je garde un souvenir très précis de ses derniers mots qui m'ont laissée un peu perplexe. Il a dit : « Ce que je vais faire ne doit pas vous conduire à penser... » Puis il s'est interrompu avant d'ajouter : « N'allez pas croire... » De nouveau, il n'a pas achevé sa phrase. Jacko... M. Doré est venu me demander à cet instant de regagner ma loge pour faire retoucher mon maquillage. Je pense qu'il a aussi parlé du sien à M. Bennington.

— Je lui ai dit qu'il transpirait, intervint Jacko. Et il est allé dans sa loge.

— Seul ? demanda Alleyn.

— J'ai jeté un coup d'œil pour être sûr qu'il m'avait entendu. Je lui ai répété qu'il devait se poudrer. Ensuite je suis entré dans la loge de cette enfant.

— M. Bennington a-t-il tenu d'autres propos en votre présence, Miss Tarne ?

— Pas que je me souvienne. Voyez-vous, j'étais moi-même un peu étourdie.

— La grande aventure ?

— Oui, c'est cela, répondit-elle en le remerciant d'un petit sourire. Il me semble qu'il a évoqué ma performance sur scène. Je savais qu'il n'appréciait pas ma nomination à la place de sa nièce. Il en était déçu et très contrarié. Mais il n'a fait preuve d'aucune inimitié envers moi. Il cherchait à me faire comprendre qu'il ne m'en voulait pas personnellement. C'est ce que je pense, en tout cas. Mais je ne peux pas l'affirmer catégoriquement. Les seuls propos dont je me souvienne avec exactitude sont ceux que je vous ai répétés.

— Bien. Je vous remercie, Miss Tarne. Avez-vous également entendu la remarque en question, monsieur Doré ?

Jacko répondit sans hésitation :

— Mais certainement. Je m'étais déjà engagé dans le passage et il s'exprimait à haute et intelligible voix.

— Vous êtes-vous interrogé sur le sens de cette remarque ? Vous êtes-vous fait une opinion à ce sujet ?

— J'avais du travail et j'étais très content de cette jeune fille. Je ne me suis pas posé de question. Je me suis peut-être demandé s'il allait faire une scène parce que sa nièce n'avait pas joué. Il maîtrisait parfaitement l'art de provoquer des esclandres. C'est un trait de famille, apparemment. Je me suis dit qu'il n'avait peut-être pas l'intention de mêler cette enfant à l'un de ses éclats, qu'il ne voulait pas ternir son succès.

— Vous a-t-il paru soucieux, contrarié ?

— Oh oui. Contrarié. Sans aucun doute.

— Abattu, en quelque sorte ?

— *Le visage défait ?* questionna une voix dans l'arrière-plan. *Les yeux rougis de pleurs ? Était-il désemparé ?*

Alleyn se déplaça de manière à pouvoir distinguer John Rutherford. Il enchaîna :

— Ou bien encore : *Son apparence ne parlait-elle que de sa suffisance ?*

— Ah ! s'exclama le Dr Rutherford en se redressant dans son fauteuil. Les temps auraient-ils changé à ce point ? Des agents de police qui manient le persiflage avec bonheur ! Des inspecteurs qui citent Shakespeare avec autorité ! Je suis confondu et ne sais plus quoi dire.

Il s'administra une prise de tabac et reprit sa position première.

— Ne faites pas attention, monsieur l'inspecteur, murmura Helena en souriant. Ce n'est qu'un vieillard un peu imbu de sa personne. Il a lu je ne sais où qu'une citation du Barde fait toujours bonne impression. L'ennui est qu'il se perd dans ses références.

— Nous sommes beaucoup trop complaisants avec lui, affirma sombrement Jacko.

— Nous lui témoignons une amitié excessive, ajouta Poole.

— Je ne vous dirai pas ce que je pense de votre amitié, lança le Dr Rutherford.

Percival soupira ostensiblement et Darcey interrogea :

— Où en étions-nous ?

Alleyn considéra Jacko d'un air amusé.

— Oui, monsieur Doré ?

— Je ne dirais pas que Ben était très contrarié ou démesurément perturbé, déclara Jacko. Mais, chez lui, c'était devenu un état presque chronique. Je partage l'opinion de Miss Hamilton. Ben savait que, jour après jour, il s'usait un peu plus, physiquement et mentalement. Il avait décidé de mettre fin à ses jours et souhaitait rassurer Miss Tarne, lui dire que son acte n'était pas lié au succès ou à l'échec de sa nièce. Ce n'est qu'une théorie, bien sûr. Si elle devait se confirmer, elle prouverait qu'il avait une réelle bonté d'âme.

— Je ne pense pas qu'il soit absolument nécessaire de parler d'échec, objecta Darcey. Gay ne pouvait tout simplement pas jouer.

— J'espère que vous vous sentez mieux à présent, Miss Gainsford, déclara Alleyn.

Gay leva ses deux bras en un geste éloquent, puis les laissa retomber.

— Quelle importance ? fit-elle. Mieux ? Oh oui, je me sens mieux.

Imitant parfaitement Helena Hamilton, sans regarder J.G., elle lui tendit une main qu'il prit dans la sienne.

— Beaucoup mieux, confirma-t-il.

« Seigneur, il est amoureux d'elle, songea Martyn. Pauvre J.G. »

Alleyn les contempla pendant un moment d'un air méditatif avant de se tourner vers les autres.

— L'impression que je retire de notre conversation, résuma-t-il, est que pas une seule personne ici présente n'a été véritablement surprise en apprenant la mort de M. Bennington. Si vous le permettez, je vais récapituler vos opinions telles que vous les avez exprimées. Une manière de fixer les idées. Miss Hamilton, vous nous avez dit que votre mari portait un intérêt quasi morbide à l'affaire du Jupiter. En accord sur ce point avec M. Doré, vous affirmez que M. Bennington avait décidé de se donner la mort, ne pouvant supporter l'usure ou le délabrement physique et mental qu'il observait en lui-même. Miss Gainsford, si je la comprends bien, estime qu'il était profondément perturbé par l'atmosphère régnant dans ce théâtre, et aussi par le fait qu'elle n'allait pas pouvoir jouer ce soir. Le récit de Miss Tarne, qui restitue peut-être les derniers mots prononcés par M. Bennington, donne à penser qu'il cherchait à lui communiquer un message. Il voulait, semble-t-il, lui faire comprendre qu'elle n'était pas visée par l'action qu'il allait entreprendre. M. Doré soutient cette interprétation et confirme les propos entendus par Miss Tarne. C'est le seul élément tangible dont nous disposons jusqu'à présent sur les intentions du défunt.

Poole leva la tête. Son visage était d'une pâleur extrême, et une boucle de cheveux noirs était tombée sur son front, le faisant ressembler, songea Martyn, à un portrait de Michel-Ange.

— Il existe un autre élément, inspecteur, déclara-t-il. C'est l'acte en soi, ce que Bennington a fait.

— Entre les propos qu'il a tenus et le moment où il a été découvert, répondit Alleyn sur un ton posé, il s'est écoulé un intervalle d'environ huit minutes.

— Attendez un peu, commença Parry Percival. Je... oh, et puis... ça n'a peut-être pas d'importance.

— Parle, Narcisse, parle donc, lança le Dr Rutherford. L'inspecteur ne te mordra pas.

— Fermez-la, vous ! s'exclama Percival.

Cet éclat fut suivi d'un silence étonné. Parry se leva et s'adressa aux comédiens.

— Vous essayez tous de vous montrer francs et raisonnables à propos de ce suicide, déclara-t-il. Vous avez à cœur de prouver votre droiture et votre honnêteté. Tout le monde a bonne conscience, la sérénité règne. Le docteur va jusqu'à se permettre le luxe de me lancer une de ses petites piques habituelles. Je sais ce qu'il pense de moi et cela ne me dérange pas. Étant bien placé pour dire qu'il se trompe, je laisse à chacun de vous le soin de se faire une idée de sa perspicacité. Mais à mon tour d'être franc. S'il faut être pédéraste pour compatir au sort d'un homme malheureux au point de se donner la mort, s'il faut être pédéraste pour se sentir physiquement et mentalement malade à cette idée, alors oui, je préfère être un pédéraste qu'un homme normal. Voilà ce que je voulais dire !

Le silence qui suivit ne fut troublé que par le bruit d'un stylo courant sur une feuille de papier : le jeune agent consignait imperturbablement les propos qui s'échangeaient autour de lui.

Le Dr Rutherford se mit péniblement sur ses pieds et alla s'arrêter devant Percival.

— Votre raisonnement manque singulièrement de consistance, déclara-t-il. En guise d'arguments, vous nous présentez vos états d'âme. Quant à ma perspicacité, je vous pose la question : si vous êtes un homme normal comme vous voudriez nous le faire croire, pourquoi diable n'agissez-vous pas en conséquence ?

Il prit le comédien par le bras et se tourna vers les autres, à la manière d'un conférencier.

— Voici un petit phénomène qui ne manque pas d'intérêt, proclama-t-il. Je demande votre attention. Vous avez devant vous un acteur qui, il y a un peu plus d'une heure, s'est fait ridiculiser en public par le défont. Qui a été moqué et bafoué à la joie de mille nigauds trépidants ? Qui s'est laissé piétiner par le défunt en pleine représentation ? Qui, avant sa dernière sortie, a trouvé sur son chemin le pied méprisant du défunt ? Qui, devant une salle de benêts ravis, est tombé sur sa figure enfantine ? Voici le phénomène en question, mesdames et messieurs, le prodige qui veut maintenant...

— Assez ! lança Poole. Ça suffit, John.

Le Dr Rutherford se tourna lentement et lui sourit.

— Je parle sérieusement, John. Vous allez vous taire, maintenant.

Parry se libéra d'une secousse et fit face à Poole.

— Tu es censé diriger ce théâtre et...

Adam ne le laissa pas poursuivre.

— Inspecteur, fit-il, je pense vraiment que cette discussion est en train de dégénérer. Si, comme nous tous, vous estimez qu'il s'agit d'un suicide...

— Je ne le pense pas, déclara tranquillement Alleyn.

Un tumulte indescriptible accueillit cette simple phrase. Alleyn eut un regard pour le jeune agent, puis il se leva.

— Un instant.

La cacophonie s'interrompit.

— Je vous le dis en toute franchise, reprit Alleyn, je ne suis pas du tout certain que ce soit un suicide.

Martyn eut conscience d'une sorte de soulagement. Sur les visages qui l'entouraient, elle ne décela pas le moindre signe d'étonnement. Ils étaient pâles, immobiles et silencieux. Clem Smith, au bout d'un moment, déclara sur un ton peu convaincu :

— Il était très maladroit, vous savez... La mécanique, les robinets... il ne pouvait...

Sa voix s'éteignit dans un murmure.

— Comme c'est étrange, fit Jacko. Nous ne nous résignons pas à prononcer le mot qui est dans tous les esprits. Un meurtre, continua-t-il en articulant à la façon d'un comédien.

Ce fut à cet instant qu'un machiniste, fidèle à sa routine, leva le rideau sur la salle déserte.

8.

Fin de spectacle

I

Promenant les yeux sur ses collègues, Martyn devinait leur fatigue et l'anxiété qui les habitait. Le mot prononcé par Jacko semblait absurde. Pourtant, ce vocable avait fait naître une vague de peur irraisonnée sur le plateau. Martyn sentait autour d'elle comme un frémissement de terreur, se propageant, s'intensifiant.

Le silence fut rompu par Adam Poole.

— Est-ce à dire que vous excluez totalement la possibilité d'un suicide ? questionna-t-il.

— Pas du tout, répondit Alleyn. Je continue d'espérer que, grâce à vos témoignages, nous réussirons à mettre en évidence au moins une probabilité de suicide, ce qui nous permettrait de classer l'affaire momentanément. Mais nous disposons déjà d'un certain nombre d'éléments indiquant qu'il ne s'agit pas d'un suicide. Il ne nous est donc pas possible d'attendre l'enquête judiciaire. Nous allons poursuivre nos investigations.

— Vous avez des éléments de preuve, inspecteur ?

— Oui.

— Des éléments... convaincants ?

Alleyn sembla réfléchir.

— Suffisamment convaincants, déclara-t-il.

— Quels sont-ils ? demanda le Dr Rutherford.

— Il suffit de savoir, répliqua Alleyn avec l'ombre d'un sourire, qu'ils sont suffisamment convaincants.

— Ce n'est pas une réponse, mais quelle élégance !

— Qu'attendez-vous de nous, inspecteur ? questionna Helena. Nous sommes tous profondément et sincèrement persuadés que Ben s'est donné la mort. Nous le connaissions et savions qu'il était malheureux. Que pouvons-nous ajouter à cela ?

— Nous apprendrons beaucoup, vous savez, une fois que nous aurons établi avec précision ce que vous faisiez et où vous vous trouviez entre le moment où il est sorti de scène et le moment où il a été découvert. L'inspecteur Fox est en train de consigner les témoignages des machinistes. Je me propose de recueillir ceux des comédiens.

— Je vois, commenta-t-elle.

Elle s'inclina légèrement.

— Vous allez donc nous interroger pour savoir lequel, parmi nous, a tué Ben ?

Gay Gainsford et Parry Percival commencèrent à protester d'une même voix. Mais Helena leva une main et ils se turent.

— C'est bien cela, inspecteur Alleyn ?

— Oui, effectivement. Voulez-vous que nous commencions par vous-même ?

— Très bien, acquiesça Helena. Durant l'intervalle que vous avez mentionné, je me trouvais sur le plateau. Avant la sortie de Ben, il y a une scène réunissant J.G... je veux dire M. Darccy là-bas, Parry, Adam, Ben et moi-même. J.G. et Parry sortent les premiers, puis Ben les suit. Adam et moi finissons la pièce.

Alleyn se tourna vers Poole.

— Vous étiez donc ensemble pendant ce laps de temps ?

— Je sors pour un moment, juste après lui, précisa Adam. Le hasard se montre parfois d'une bien cruelle ironie. Voyez-vous, le personnage qu'il incarnait doit justement se suicider en quittant le plateau. Je sors quand j'entends la détonation. Les deux autres hommes sont déjà dehors. Je reviens presque immédiatement, mais je reste près de la porte, celle de gauche. Je fais mon entrée sur un signe de Miss Hamilton.

— Cela prend combien de temps, à peu près ?

— Voulez-vous que nous rejouions la scène devant vous ? proposa Helena.

Elle se leva et alla s'arrêter au milieu du plateau. Elle joignit ses deux mains, les porta à ses lèvres et s'immobilisa. Ce n'était plus la même femme.

Comme si Clem Smith leur en avait donné l'ordre, Martyn, Jacko et Gay quittèrent le plateau. Parry et J.G. prirent position au pied du petit escalier, et Adam Poole gravit les cinq marches pour s'arrêter, dominant Helena. Les comédiens se trouvaient ainsi en place, comme s'il s'agissait d'une répétition. Le Dr Rutherford demeura néanmoins vautré dans son fauteuil, respirant profondément, ignoré de tous.

— On commence depuis la sortie de Ben, Clem, annonça Poole.

Après un court silence, Helena pivota sur elle-même pour s'adresser à l'être invisible qui se tenait sur sa gauche.

— *Je n'ai qu'une seule chose à dire, mais cela nous concerne tous les trois.*

Elle se tourna vers Parry et Darcey.

— *Vous permettez ?*

— *Je n'y comprends rien et cela m'est égal,* dit Parry.

— *Ma part de responsabilité est grande et je ne*

cesse d'y penser, déclara J.G. Darcey. *J'ai envie d'être seul.*

Ils sortirent l'un après l'autre, laissant Helena, Adam et le fantôme de Bennington.

Helena s'adressa à celui-ci :

— *Tout est clair, maintenant. Tu dois bien comprendre que c'est la fin ?*

— *Oui*, répondit la voix de Clem. *Je comprends. Adieu, ma chérie.*

Tandis que les yeux des comédiens se braquaient sur la sortie de gauche, Alleyn prit un chronomètre dans sa poche. Helena esquissa un mouvement, comme pour retenir une personne invisible, et Adam posa une main sur son bras. Ils mimèrent le retour de Ben, puis son départ. Les expressions de leurs visages laissaient penser que la porte s'ouvrait et se refermait derrière lui.

— *Maintenant, il faut que je te parle,* déclara Poole.

Ils échangèrent quelques mots à voix basse. Jacko, dans les coulisses, fit claquer ses mains en un simulacre de détonation. Martyn, néanmoins, ne put s'empêcher de tressaillir. Adam sortit par la porte de gauche.

Helena effectua un certain nombre de mouvements tout en se déplaçant sur le plateau. Ses gestes ressemblaient à un exercice, mais son visage en reflétait la vraie signification. Au bout d'un moment, elle alla s'arrêter devant la fenêtre et se contraignit à jeter un regard sur l'extérieur. Poole entra.

— Je vous remercie, lança Alleyn en remettant le chronomètre dans sa poche. Cinquante secondes. Voulez-vous revenir sur le plateau ? Merci.

Quand tous les comédiens eurent regagné leurs places, il demanda :

— Quelqu'un a-t-il vu M. Poole, quand il attendait devant l'entrée ?

— La porte se trouve dans un renfoncement, expliqua Poole. J'étais donc plus ou moins dissimulé aux regards.

— On aurait pu vous remarquer depuis les coulisses, observa Alleyn en se tournant vers Percival et Darcey.

— Nous sommes retournés directement à nos loges, indiqua Percival.

— Ensemble ?

— J'étais devant. Miss Tarne se tenait à l'entrée du passage, je me suis arrêté pour lui parler. J.G. est venu derrière moi, je crois.

— Pouvez-vous confirmer cela, Miss Tarne ?

— Oui, je m'en souviens, répondit Martyn. Ils m'ont bien parlé.

— Qu'ont-ils fait ensuite ? Ils se sont éloignés dans le passage ?

— Oui.

— Celui que M. Bennington et vous-même avez emprunté un peu plus tard ?

— Oui, c'est cela.

— Après, M. Doré est venu vous rejoindre et vous avez gagné votre loge ?

— En effet.

— Ainsi, M. Bennington est entré dans sa loge, vous, monsieur Percival, étiez dans la vôtre qui est juste à côté, M. Darcey se trouvait dans la sienne, au fond du couloir, tout comme Miss Tarne. Ou plutôt, Miss Tarne était dans la loge de Miss Gainsford, en compagnie de M. Doré qui l'a rejointe après avoir échangé quelques mots avec M. Bennington. Nous sommes d'accord ?

Ils acquiescèrent vaguement, l'air mal à l'aise.

— Combien de temps êtes-vous restés dans vos loges respectives ?

— Je pense avoir dit que j'avais retouché le

maquillage de cette jeune fille avant de la raccompagner au plateau.

— Il me semble que les deux autres sont sortis avant nous pour regagner la scène, déclara Martyn. Je me rappelle avoir entendu leurs pas dans le couloir. C'était avant l'annonce du dernier rideau. Nous sommes sortis après, Jacko, non ?

— C'est exact, mon enfant. Vous commenciez un peu à vous réveiller, n'est-ce pas ? Les petits nuages roses s'éloignaient déjà ?

Martyn approuva de la tête. Elle se sentait un peu ridicule. Poole vint poser une main sur son épaule.

— Cela signifie, annonça-t-il, que l'enfant prodige détient un alibi.

Martyn, presque sans s'en rendre compte, s'appuya sur sa poitrine. Elle sentait sa main descendre le long de son bras et dut lutter pour ne pas fermer les yeux tandis qu'une vague de bien-être déferlait sur son cœur ébloui.

Alleyn les contempla en silence, et Martyn se dit qu'il était en train de s'interroger sur leur ressemblance. Poole, devançant la question de l'inspecteur principal, expliqua :

— Nous avons un certain lien de parenté, mais je ne suis pas autorisé à en parler. Elle n'est pas fière de cette relation.

Pour tout commentaire, Alleyn esquissa un demi-sourire. Gay Gainsford se tourna vers Darcey.

— Chéri, fit-elle à haute voix, crois-tu que je puisse obtenir la permission d'aller chercher mes cigarettes ?

— Tiens, Gay, offrit Helena.

Darcey avait déjà ouvert son étui et le lui présentait. Son autre main demeurait dans sa poche. Il y avait dans son attitude une élégance qui semblait inconciliable avec ses traits tirés et anxieux.

— Où avez-vous laissé vos cigarettes ? interrogea Alleyn.

— C'est sans importance, répondit Gay rapidement. J'ai ce qu'il faut, maintenant, je vous remercie. Excusez-moi de vous avoir interrompu.

— Mais où sont-elles ?

— Je ne sais pas vraiment...

— Où étiez-vous, durant la représentation ?

— Je vous répète que c'est sans importance, fit-elle non sans irritation. Je finirai bien par les retrouver.

— Gay se trouvait au foyer des artistes, intervint Jacko.

— Lamprey va vous les chercher.

Le jeune agent se leva aussitôt.

— Bien, monsieur l'inspecteur, lança-t-il d'une voix claire avant de sortir.

— Vous étiez donc au foyer ? questionna Alleyn. Pendant toute la représentation ?

J.G. se tenait en face d'elle, le dos tourné à Alleyn. Il tendit son briquet. Gay se redressa. La cigarette tremblait dans sa main. Elle souffla un petit nuage de fumée, puis se mit à tousser violemment.

— Gay ne se sentait pas bien, expliqua Darcey. Elle est allée se reposer au foyer. Je devais la ramener chez elle après le spectacle.

— Quand êtes-vous sortie du foyer, Miss Gainsford ?

Gay semblait incapable de parler tant elle s'étranglait. D'un geste brusque, elle tendit sa cigarette à Darcey et enfouit son visage dans un mouchoir. L'agent Lamprey revint à cet instant. Il fit mine de lui remettre son paquet de cigarettes, mais elle secoua la tête avec véhémence et il le donna à J.G. Darcey. Puis, de sa propre initiative, il alla chercher un verre d'eau.

— Si son visage est rouge ou violacé, tenez-la par

les talons, conseilla le Dr Rutherford depuis son fauteuil.

Seules ses lèvres avaient remué. Ses yeux demeurèrent fermés.

Comme si elle craignait d'être soumise à ce traitement, Gay accepta de boire quelques gorgées d'eau et recouvra une apparence moins agitée.

L'inspecteur principal avait observé cette scène d'un air songeur.

— J'espère que vous vous sentez mieux à présent, Miss Gainsford. J'aimerais que vous tentiez de vous souvenir de l'instant où vous avez quitté le foyer. Voulez-vous essayer ? demanda-t-il.

Gay secoua la tête et, d'une voix éteinte, murmura :

— Je ne me rappelle plus. Est-ce important ?

— Je t'en prie, Gay ! s'exclama Helena sur un ton des plus irrités. Cesse de faire l'imbécile, veux-tu ! Tu n'es pas en train de t'étrangler, tes yeux ne sont même pas rouges ! Bien sûr que c'est important. Tu étais au foyer, c'est-à-dire dans le voisinage immédiat de Ben. Réfléchis !

— Tu n'imagines tout de même pas... fit Gay d'un air affolé. Oh ! tante Ella... Excuse-moi, ça m'a échappé. Ella, c'est vraiment affreux, ce que tu insinues...

— Ma chère Gay, interrompit Adam, ni Ella, ni l'inspecteur Alleyn, ni aucune personne ici présente ne croit que tu es entrée dans la loge de Ben et que tu l'as assommé d'un direct du gauche avant d'ouvrir le robinet du gaz. Nous aimerions simplement savoir ce que tu as fait.

J.G. Darcey, qui s'était à moitié levé pour protester, se laissa retomber sur sa chaise.

— De votre côté, monsieur Poole, ajouta Alleyn, vous nous expliquerez aussi les raisons qui vous font parler d'un direct du gauche.

II

Adam se tenait derrière Martyn. Elle sentait qu'il se raidissait et crut que son propre cœur s'arrêtait. Mais quand il répondit, sa voix était égale et ne trahissait pas le moindre embarras. Martyn en fut presque choquée.

— Vous ne vous en rendez peut-être pas compte, inspecteur, mais vous me fournissez l'occasion d'utiliser l'un des clichés que l'on trouve le plus fréquemment dans les romans policiers. Je n'en savais rien. C'est vous qui venez de me l'apprendre !

— Dans votre profession, répliqua Alleyn, cela s'appelle une pirouette. Vous voudriez me faire croire que vous êtes parvenu à cette théorie de direct du gauche par simple déduction ?

— Si Ben a été tué, ce dont je doute, son assassinat n'a pu être préparé que de cette manière.

— Certainement pas, fit Alleyn qui semblait prendre goût à cet échange. Vous oubliez la méthode employée avec succès dans ce même théâtre.

— Avec succès, dites-vous ? L'auteur de cette méthode n'a-t-il pas été arrêté ?

— Oh, c'est une autre histoire, répondit Alleyn sur un ton léger. Il sous-estimait un peu nos propres méthodes.

— Cela prouve que son plan d'action ne valait pas tripette.

— Ou bien qu'il fallait l'améliorer, riposta Alleyn. Qu'en pensez-vous, monsieur Darcey ?

— Moi ? fit J.G. d'un air interloqué. Je ne sais pas. Je vous prie de m'excuser, mais je n'ai pas suivi votre conversation.

— Peut-être songiez-vous encore à ce direct du gauche ?

— Comme tout le monde, je pense qu'il s'agit d'un suicide, indiqua Darcey.

Il était assis au côté de Gay, les jambes croisées devant lui, les mains dans les poches. Son attitude pleine d'une élégante nonchalance faisait penser à un parlementaire écoutant le réquisitoire d'un membre de l'opposition.

— Nous ne savons toujours pas quand Miss Gainsford est sortie du foyer, observa Alleyn.

— Oh, la barbe ! s'exclama Percival. C'est vraiment lassant ! J.G., tu t'es bien arrêté pour jeter un regard dans le foyer avant le rappel ? Tu ne t'en souviens pas ? Tu dois pouvoir dire si elle y était ou non. Gay, ma chérie, y étais-tu ?

Gay ouvrit la bouche pour répondre, mais Darcey la devança :

— Oui, bien sûr. Que je suis bête. Gay était étendue sur le divan, monsieur l'inspecteur. Elle dormait. Je n'ai pas voulu la déranger.

Il passa une main sur ses cheveux admirablement coiffés et poursuivit :

— C'est tout de même extraordinaire que j'aie pu oublier cela. Elle dormait, bien sûr. Plus tard, quand... eh bien, quand on a découvert le corps, j'ai demandé où était Gay, et quelqu'un m'a dit qu'elle se trouvait au foyer. Je suis donc allé la chercher, je n'étais pas tranquille, voyez-vous... Elle dormait encore à ce moment-là, et il y avait du gaz partout. Je l'ai ramenée ici.

— Vous souvenez-vous de l'instant où vous vous êtes assoupie, Miss Gainsford ? questionna Alleyn.

— J'étais fatiguée, monsieur l'inspecteur. Épuisée moralement et physiquement. Je le suis toujours, du reste.

— Était-ce, par exemple, avant le début du dernier entracte ?

— Euh... non. J.G. est venu me voir au cours du deuxième entracte. N'est-ce pas, chéri ? Et j'étais encore très fatiguée ?

— Oui, ma chérie.

— Il m'a fait prendre des cachets d'aspirine, et je me suis endormie. J'étais si fatiguée, si...

— En dehors de M. Darcey, avez-vous vu d'autres personnes durant le deuxième entracte ?

Gay eut un regard pour Darcey.

— Franchement, je me perds un peu. Ne me demandez pas d'être précise, j'en serais incapable.

— Monsieur Darcey ?

— A ma connaissance, personne en dehors de moi-même n'est entré au foyer durant le second entracte, répondit J.G.

— Tu m'excuseras de te contredire, mon cher J.G., déclara Percival, mais je t'assure que tu te trompes. Ben est entré au foyer durant le second entracte.

— Mon Dieu ! s'exclama Helena sur un ton désespéré. Que nous arrive-t-il ?

— Ella, ma chérie, je suis vraiment navré, ajouta Percival avec sincérité.

— Mais pourquoi donc ? Quelle raison as-tu d'être navré ? Pour quelle raison Ben n'irait-il pas voir sa nièce au cours de l'entracte ? N'était-il pas sur scène pendant l'ensemble du troisième acte ? Tu n'as pas à t'excuser si tu es sûr de ton fait, Parry. Tu n'as dit que la vérité. Tu es aussi de cet avis, Adam ?

Poole considérait Darcey avec une sorte d'étonnement incrédule.

— Oui, tout à fait, répondit-il lentement.

— Et vous, monsieur Darcey ? s'enquit Alleyn.

— Très bien, Parry, tu peux tout dire, murmura Darcey.

— Il n'y a pas grand-chose à ajouter. De toute façon, je ne vois pas ce que cela apporterait de nouveau. C'était juste avant le début du troisième acte. Helena, Martyn et Adam étaient sortis. Ce sont eux qui commencent l'acte. J'entre sur scène peu après, Ben me suit, puis c'est le tour de J.G. J'ai voulu voir comment cela se passait. Je venais de m'engager dans l'allée, quand Ben est sorti de sa loge pour entrer au foyer.

— Lui avez-vous parlé ? questionna Alleyn.

— Non, répondit Percival. Je ne lui ai pas parlé. J'ai poursuivi mon chemin et je suis allé rejoindre Jacko, Clem et les deux habilleurs qui attendaient.

— C'est vrai, confirma Clem Smith. Je m'en souviens. J'ai envoyé chercher Ben et J.G. à peu près cinq minutes plus tard.

— Étiez-vous encore au foyer quand on est venu vous chercher, monsieur Darcey ?

— Oui.

— Avec M. Bennington ?

— Il avait regagné sa loge.

— Je ne comprends vraiment pas pourquoi tu as fait tant de mystère, J.G., déclara Helena.

— La raison se trouve peut-être dans la poche gauche de votre pantalon, monsieur Darcey ? suggéra Alleyn.

J.G. se leva.

— Puis-je vous parler en particulier ?

— Bien sûr. Allons au foyer, si vous voulez, proposa Alleyn.

III

Fox les rejoignit au foyer. En présence des deux hommes, J.G. Darcey retira la main qu'il enfouissait dans la poche de son pantalon et l'ouvrit lentement, la paume tournée vers le bas. C'était une belle main, mais dont les phalanges étaient rouges et écorchées. Quelques gouttes de sang avaient suinté par-dessus la couche de poudre dont on avait recouvert la peau.

— Je me suis conduit stupidement, je l'avoue, déclara J.G. Mais je ne voyais pas la nécessité d'en parler. Évidemment, cela n'a aucun rapport avec... sa mort.

— Je veux bien vous croire, et cela restera entre nous, promit Alleyn. Mais je vous conseille la franchise, désormais.

J.G. hocha la tête en soupirant.

— Il y a une marque sur la joue du défunt, sur le côté droit. Elle a pu être laissée par ce direct du gauche dont parlait M. Poole. Nous pourrions vous demander de placer votre poing gauche sur cette marque pour vérification. Si vous me dites que vous n'en êtes pas l'auteur, il faudra vous livrer à cette expérience.

— Oh non ! répondit J.G. en frissonnant. Je préfère avouer.

— M'expliquerez-vous aussi les raisons qui vous ont poussé à le frapper ?

— Oui. Oui, bien sûr, soupira-t-il. Vous permettez que je m'assoie ? Je suis un peu fatigué.

— Faites.

Darcey se laissa tomber sur le fauteuil qui, successivement, avait servi de lit à Martyn et à Gay Gainsford. Dans la clarté pâle du foyer, son visage était d'une blancheur de craie.

Alleyn lui fit face. Fox prit place derrière lui, ouvrit son bloc-notes et l'aplatit sur la table, puis chaussa ses lunettes. Une lampe escamotée répandait un faisceau de lumière jaune sur le portrait d'Adam Poole, lui conférant une présence et une réalité presque tangibles.

— Ma déclaration peut se résumer en une seule phrase, commença Darcey. J'ai frappé Ben dans cette pièce, au cours du deuxième entracte. Je n'ai pas cogné très fort et il n'est pas tombé. Ça l'a tellement surpris qu'il est ressorti sans un mot. J'étais un bon poids moyen dans ma jeunesse, mais il y a des années que je ne me suis pas servi de mes poings. J'avoue que cela ne m'a pas déplu.

— Comment décririez-vous son état ?

— Désagréable au possible. Oh, vous voulez dire s'il était sobre ? Il était plein, monsieur l'inspecteur, complètement ivre. Ben buvait comme un trou. Il n'était pas réellement éthylique, mais je ne l'ai jamais vu dans un état tout à fait normal. Ce soir, il avait atteint son degré avancé, celui où il devenait agressif, provocateur et totalement imprévisible. Il s'était comporté d'une manière inqualifiable durant le premier acte et le deuxième acte de la pièce.

— Pouvez-vous être plus précis ?

— Il s'est conduit comme un acteur pris de boisson, c'est-à-dire en se valorisant au détriment des autres, en cherchant les effets faciles, sans aucun respect pour le texte. Je suis étonné, poursuivit Darcey d'un air songeur, qu'il n'ait pas déjà eu affaire à Adam ou au Dr Rutherford... ou à ce pauvre Parry. Ben s'est montré vraiment infect.

— L'avez-vous frappé à cause de son comportement sur scène ?

Darcey baissa les yeux sur ses ongles et parut réfléchir.

— Non, répondit-il au bout d'un moment. J'aurais dit oui si j'avais pensé que vous en resteriez là. Mais vous allez sans doute parler à Gay, et elle est tellement perturbée...

— Dois-je comprendre que Miss Gainsford était à l'origine de votre... geste ?

— Oui.

— Je suis désolé, fit Alleyn, mais vous devez vous douter que nous aimerions en savoir un peu plus.

— Bien sûr, soupira Darcey en contemplant les éraflures qui marquaient sa main. Cependant... Eh bien... il m'est difficile et très désagréable d'évoquer ce fâcheux incident. J'espère seulement que vous vous contenterez de mon récit et que, si possible, vous laisserez Gay en paix. C'est bien pour cette raison que j'ai demandé à vous parler en particulier.

Il se tourna pour glisser un regard en direction de Fox.

— L'inspecteur Fox est d'une discrétion quasi pathologique, le rassura Alleyn.

— Heureux de l'apprendre. Bon, eh bien, comme elle vous l'a dit, j'avais réussi à trouver un tube d'aspirine et j'étais venu le lui apporter, ici, pendant le deuxième entracte. Gay occupait cette chaise. Elle était encore très éprouvée. Et elle pleurait. Vous avez peut-être deviné les raisons pour lesquelles elle n'a pu jouer ?

— Pas vraiment. J'aimerais que vous me les expliquiez si cela ne vous ennuie pas.

Darcey obéit en esquissant une grimace. Il était visiblement mal à l'aise. Mais, au bout d'un moment, il parut se détendre et même recouvrer un peu de son aisance. Il commença par décrire le rôle de Gay ainsi que ses répétitions laborieuses. Visiblement, il partageait l'opinion générale sur les talents de la jeune comédienne.

— Elle aurait rempli son contrat d'une manière... disons honnête si on l'avait un peu aidée, affirma-t-il. Mais le jeu était faussé dès le départ. C'est une ingénue, vous comprenez, et on lui a confié un rôle de composition. Comme distribution, on pouvait faire mieux. Adam s'est efforcé de calmer le Dr Rutherford, mais elle savait ce qu'il pensait d'elle. Elle ne voulait pas de ce rôle. Elle était parfaitement heureuse de son petit théâtre de banlieue, mais Ben l'a obligée à venir ici. Elle s'est aperçue bien vite que le rôle n'était pas dans ses moyens et le lui a dit. Mais il s'est obstiné et a refusé de la laisser partir. Je pense qu'il a agi ainsi par pure vanité.

« Il tenait absolument à démontrer qu'il ne s'était pas trompé. Ben, j'ai le regret de le dire, était un homme extrêmement suffisant. Gay est une petite créature innocente, fragile, tout en douceur et en sensibilité. Elle allait droit à la dépression nerveuse. Et l'apparition de Miss Tarne n'était pas faite pour arranger les choses. D'abord habilleuse de Miss Helena Hamilton, elle est devenue doublure puis, mystérieusement, cousine éloignée d'Adam. Vous avez dû remarquer leur étrange ressemblance, mais vous ignorez peut-être que la pièce était bâtie justement, en grande partie du moins, sur cette ressemblance. C'en était trop pour Gay. Elle était déjà profondément ébranlée, à bout de nerfs. Ce soir, elle a craqué. Elle a dit qu'elle ne voulait plus, ne pouvait plus continuer. Quand je suis allé la voir au cours du premier entracte, elle s'était un peu calmée. Mais dans l'acte suivant, Miss Tarne a joué véritablement comme une grande comédienne. C'était remarquable. Ben devait être furieux, soit dit en passant. Et Gay a entendu tout le monde chanter les louanges de Miss Tarne. Naturellement, ça l'a beaucoup affectée. Elle était en larmes quand je suis revenu la voir.

Il se pencha en avant et posa la tête sur ses deux mains. Sa voix parut s'altérer.

— Je... j'ai beaucoup d'affection pour elle, reprit-il. Elle s'est habituée à ma présence. Quand je suis entré, elle a couru vers moi et... je ne vous dirai pas ce que j'ai ressenti. Ces choses ne s'expliquent pas.

Elle était là, blottie dans mes bras, et elle pleurait... et, mon Dieu, oui, je l'aime... Et Ben est apparu à ce moment. Il s'est précipité sur elle comme un forcené. Il était fou furieux. J'ai essayé de le raisonner... d'endiguer ce flot de paroles qui... Je ne dis pas qu'il hurlait, non... En fait, il s'exprimait dans une sorte de murmure. Il a commencé à parler de son épouse, Helena. Apparemment, ils s'étaient... querellés durant l'après-midi et... Ben a utilisé le genre de langage que Shakespeare a prêté au roi Lear et à Othello, si vous voyez ce que je veux dire...

— Je comprends.

— Gay se cramponnait encore à moi. Il s'est mis alors à lui jeter les mêmes mots... Je ne veux pas entrer dans les détails. Je lui ai mis mon poing dans la figure. Si j'ai dit quelque chose, je ne m'en souviens plus. Lui s'est contenté de me regarder d'un air étonné. Puis il est sorti en se tenant la joue et on est venu me chercher pour le dernier acte. J'ai donc retrouvé Ben sur le plateau et j'ai pu voir le bleu qu'il avait sur la joue.

— Comment s'est-il comporté au cours du dernier acte ?

— Vis-à-vis de moi-même, il s'est conduit de la manière que j'attendais, celle d'un collègue avec qui on n'est pas en bons termes. Il ne m'a pas regardé une seule fois dans les yeux. Il s'adressait à mon front, à mes oreilles... Cela ne se voit pas de la salle. Il a joué relativement bien jusqu'au moment où ce pauvre Parry s'est trompé de place. Ben lui a tout simplement fait un croc-en-jambe et Parry est tombé. C'était un peu avant sa dernière sortie. Quand je l'ai revu, il était mort et on le transportait à la remise. Voilà. Je ne suis pas sûr de vous avoir convaincu, mais j'espère que vous traiterez Gay avec ménagement.

Alleyn demeura silencieux. Il contempla le jeune-vieil acteur pendant un moment. J.G. était occupé à allumer une cigarette, mettant dans cette tâche l'économie de mouvement et l'élégance qui faisaient partie de son répertoire. Sa tête était légèrement inclinée. Alleyn vit avec quel soin il avait réparti ses cheveux argentés sur son crâne. Quel âge avait-il donc ? Cinquante ans ? Cinquante-cinq ? Soixante ? Était-il victime de cet impitoyable été indien que traversent parfois les gens « d'un certain âge » ?

— J'ai une dernière question à vous poser, monsieur Darcey. Je crains que vous ne la trouviez pour le moins gênante. Pouvez-vous m'en dire un peu plus sur... ce que vous avez appelé une querelle opposant M. Bennington à son épouse ?

— Non, sûrement pas ! s'exclama J.G. avec humeur.

— Il a évoqué ce sujet en présence de Miss Gainsford, si je ne m'abuse ?

— Vous ne pouvez pas interroger Gay à ce propos. Il n'en est pas question.

— Dois-je vous rappeler que je suis officier de police, monsieur Darcey ?

Alleyn marqua une pause. J.G. Darcey possédait un sens des convenances bien plus développé que celui de Miss Gainsford, songea-t-il.

— Pensez-vous que M. Bennington ait discuté de ce sujet avec d'autres personnes ? demanda-t-il.

— Dans l'état où il était, ce ne serait pas étonnant.

— Eh bien, nous allons devoir nous en assurer, commenta Alleyn.

— Écoutez, inspecteur, je ne serais pas surpris qu'il ait inventé cette histoire de toutes pièces, mais il est possible qu'elle soit vraie. Dans ce cas, elle concernerait uniquement Ben et son épouse. Et si je ne vous répète pas ce qu'il a dit, c'est par égard pour Helena. Comme vous le savez, au moment crucial, elle se trouvait sur scène en compagnie d'Adam Poole. Il est donc inutile d'orienter votre enquête dans cette direction si c'est pour chercher un mobile.

— La... querelle que vous avez évoquée pourrait constituer un mobile de suicide.

J.G. fronça les sourcils.

— Je ne comprends pas.

— Le coup de poing que vous avez administré à M. Bennington l'a peut-être réveillé ? suggéra Alleyn. Il aurait alors éprouvé un sentiment de honte et de remords en revenant à lui. Il y a déjà un moment — n'est-ce pas ? — qu'ils vivent en séparation de corps ?

— Je constate que vous savez lire entre les lignes, répondit J.G.

— Disons plutôt qu'il s'agit d'une intuition. Je vous remercie, monsieur Darcey. Je ne vous importunerai pas davantage, pour le moment.

J.G. se dirigea lentement vers la sortie. Il s'arrêta, parut hésiter, puis déclara :

— Si vous cherchez un mobile, vous le trouverez, en quelque sorte, un peu partout dans ce théâtre. Ben n'était pas un homme sympathique. Il s'est gagné l'inimitié de tout son entourage. Le petit Parry lui-même était fou de rage et parlait de vengeance après ce qu'il lui avait fait. Il est vrai que les acteurs sont coutumiers de ces mini-crises. Au soir d'une première, les nerfs sont à fleur de peau.

— Oui, c'est possible.

— Puis-je raccompagner Gay ?

— Non, je dois malheureusement vous retenir encore un peu. Désolé.

IV

— Eh bien ? fit Alleyn quand J.G. fut sorti. Qu'avez-vous découvert de votre côté, compère Fox ?

Fox tourna plusieurs pages de son bloc-notes.

— Des preuves d'innocence, si on peut dire. Les doublures sont hors de cause, aucune n'a quitté la salle avant la fin de la pièce. *Idem* pour les deux habilleurs, le régisseur et son assistant, ainsi que pour les machinistes. Ils étaient soit à leur poste de travail, soit de part et d'autre de la scène. Leurs déclarations, prises individuellement, se recoupent.

— C'est déjà ça.

— Il n'y a aucune habilleuse, ajouta Fox. Cela semble un peu curieux.

— Miss Tarne était l'unique habilleuse de la troupe, mais elle a changé d'emploi. Ce soir, elle a fait ses premiers pas dans ce qui paraît être une brillante carrière. Entre nous, ça me paraît plutôt bizarre. L'image que je me faisais d'une habilleuse ne correspond pas du tout à celle d'une actrice en puissance. Je ne pense pas que Miss Tarne soit coupable, mais elle est venue supplanter la nièce de M. Bennington que je trouve à la fois irritante, stupide et non dénuée d'une certaine malice. Tout le contraire de Miss Tarne qui est charmante, intelligente et très jolie.

— C'est une cousine éloignée de M. Poole, d'après ce que j'ai compris.

— Il y a toutes sortes de relations plus ou moins obscures dans cette affaire, familiales, matrimoniales, inavouables... Enfin. L'habilleur de Bennington vous a-t-il appris quelque chose ?

— Rien d'intéressant, soupira Fox. Apparemment, le défunt n'aimait pas l'avoir constamment à ses côtés parce qu'il buvait en cachette. Il est resté dans la loge jusqu'à dix-neuf heures environ. Son patron lui a ensuite ordonné de sortir et de ne pas revenir avant le premier entracte. Ce n'est pas le travail qui va tuer cet homme, soit dit en passant. D'après ce que j'ai compris, l'essentiel de ses tâches, quand il n'aidait pas Bennington à s'habiller, consistait à découper des morceaux de coton pour les besoins du maquillage. C'est ce qui m'a permis de vérifier l'heure de son dernier passage dans la loge : c'était juste après que le défunt fut sorti pour le troisième acte. Il a jeté les boules de coton restées sur la table et découpé de nouvelles bandes. En temps normal, il aurait aidé M. Bennington à mettre son costume de bal et serait rentré chez lui.

— C'est le genre bavard, votre homme ?

— Non, non. Il a juste ce qu'il faut de force pour couper du coton et aider son maître à s'habiller. Pas pour parler. Mais il m'a confié une de ses opinions personnelles : M. Bennington avait des ennuis de santé. Après, il était visiblement exténué. L'autre habilleur, Cringle, est un petit malin, lui. Il est au service de M. Poole.

— Vous l'avez laissé partir ?

— Oui, inspecteur. Les machinistes aussi. Nous savons où les trouver en cas de besoin, mais ils ne nous sont d'aucune utilité pour l'instant. J'ai aussi libéré l'assistant du régisseur. Sa femme doit accoucher d'un moment à l'autre et, de toute façon, il n'a pas quitté le trou du souffleur.

— Cela nous permettra de concentrer nos efforts sur une clientèle réduite. Commençons par une visite des lieux. Vous venez, compère Fox ?

Ils s'engagèrent dans l'allée. Du pouce, Fox montra la loge de Bennington.

— Gibson est en train de tout passer au peigne fin. S'il y a quelque chose à trouver, il le trouvera. En dehors des tampons d'ouate, l'habilleur n'a rien débarrassé du tout.

Dépassant la loge de Bennington, ils entrèrent dans celle de Parry Percival. Ils y trouvèrent les brigadiers Thompson et Bailey, spécialistes respectivement de la photographie judiciaire et des empreintes digitales.

— Alors, Bailey ? demanda Alleyn.

Le brigadier eut un regard pour son supérieur.

— Vous avez raison, inspecteur, fit-il en commençant à ranger son matériel. Il y avait toute une série d'empreintes.

— Et à côté ?

— La loge du défunt ? J'ai trouvé des empreintes, les siennes, sur la grille et le tuyau. Il y a de la peinture rouge à l'extrémité du flexible, la même que celle relevée sur la bouche du défunt.

— Avez-vous tenté l'expérience ?

— Celle des deux radiateurs ? Oui, inspecteur. Quand le brigadier Gibson a fermé ce robinet, le feu s'est éteint dans la loge du défunt. Exactement comme dans la précédente affaire.

— On verra bien, commenta Alleyn. Personnellement, je n'y crois pas beaucoup.

Il jeta un regard absent sur la liasse de télégrammes qui garnissait le casier de Parry Percival, puis sur son costume de bal.

— *Très* original, observa-t-il. Qui occupe la pièce voisine ?

— M. J.G. Darcey, répondit Thompson.

Ils entrèrent dans la loge de J.G. Celle-ci était rangée avec soin et ne recelait apparemment aucun objet digne d'intérêt. Alleyn considérait, en effet, que le portrait de Miss Gainsford était tout à fait dénué d'intérêt.

Dans la dernière pièce, côté gauche, du couloir, ils découvrirent la machine à coudre utilisée par Martyn ainsi que des restes de tissu et plusieurs esquisses de costumes. Alleyn se contenta d'un regard circulaire et traversa le passage pour jeter un coup d'œil derrière la porte d'en face.

— Elles ressemblent davantage à des cellules quand elles ne sont pas occupées, laissa-t-il tomber en allant vers la loge de Miss Gainsford.

Il s'arrêta sur le pas de la porte et Fox vint se tenir à son côté.

— Celle-ci, comme vous pouvez le voir, mon cher Fox, est atteinte de schizophrénie, annonça-t-il. Elle a une double personnalité. A ma droite, un manteau quelque peu voyant, un chapeau fantasque, des gants, un sac à main, du vrai croco sans doute, un grand flacon d'eau de toilette, quantité de bibelots et de fétiches, un bouquet de fleurs envoyé par la direction et des orchidées... D'où viennent-elles, selon vous ?

Il retourna la carte d'accompagnement.

— Oui. Hélas ! oui, avec les baisers de son dévoué J.G. A ma gauche, un autre manteau, mais nettement moins luxueux que le premier, une paire de chaussures soigneusement cirées, des gants qui font penser à Cendrillon, une jupe grise, un béret et un chemisier jaune. Un sac qui, j'en suis persuadé, contient un minuscule porte-monnaie et... quoi d'autre ? poursuivit-il en plongeant une main dans la pochette. Un passeport néo-zélandais, délivré cette année même, nous apprenant que Miss Tarne est âgée de vingt ans et qu'elle exerce le métier d'actrice. Mais alors comment expliquer cet emploi d'habilleuse ? Était-ce le résultat d'un appel lancé à son célèbre cousin ? Il aurait pu lui donner le rôle carrément ou, à tout le moins, la nommer doublure. Elle lui ressemble comme une goutte d'eau et je jurerais qu'il éprouve pour elle une très forte attirance. Qui plus est, le vieux Darcey lui-même reconnaît qu'elle est bourrée de talent.

Il tourna les feuillets du passeport.

— Elle a débarqué en Angleterre il y a dix-sept jours. Cela explique peut-être un certain nombre de bizarreries. De toute manière, ça n'a pas d'importance. Allons à côté.

Cringle avait laissé la loge de Poole dans un ordre parfait. Les télégrammes étaient épinglés en rangées sur un mur. Une serviette recouvrait le nécessaire de maquillage. Une cigarette avait été à moitié extraite de son paquet et une allumette était prête, posée sur une boîte. Un portrait d'Helena s'appuyait sur le miroir, à côté d'une pendulette reposant sur une carte. Alleyn retira délicatement celle-ci et lut l'inscription qu'elle portait : « A toi, ce soir, demain et toujours. Dieu te garde. Helena. »

— Le mélange des genres est poussé à un très haut niveau, murmura-t-il. Cette pendule est d'origine française, Fox. D'après vous, quel cadeau le jeune homme a-t-il choisi ?

— Pas un diadème, à mon avis, répondit Fox. Ce serait trop commun.

— Passons à côté.

La loge d'Helena avait un air de conservatoire. Une nouvelle table avait été installée pour accueillir les bouquets de fleurs. Jacko avait rangé les télégrammes et mis les robes sous leurs housses de plastique.

— Ce flacon de parfum a dû coûter une petite fortune, déclara Alleyn. « A Helena. Adam. » Je peux me tromper, mais c'est le genre de présent que l'on offre à la va-vite quand on a les moyens : cher, facile, évident. Ceci, en revanche, est différent. Venez voir, Fox.

C'était un collier composé de six anneaux de jade et de six médaillons en bois. Ces dernières pièces étaient finement sculptées et chacune d'elles représentait le profil d'un membre de la troupe. Sur la carte, il y avait une date et une initiale : « J. »

— C'est un travail d'artiste, observa Fox. M. Doré, je parie.

— Oui, murmura Alleyn. Une œuvre d'amour... J'espère qu'elle l'a appréciée.

Il souleva le double portrait d'Adam Poole.

— Il a un visage remarquable. Les yeux sont largement espacés, le menton est ferme, la bouche généreuse mais délicate. Ce visage me rappelle un dessin de Holbein. Il y en a un autre au foyer, exécuté par Doré. Très bon aussi. C'est un peu l'homme à tout faire, Doré. Il crée les costumes, maquille les visages, se charge des décors et... aime de loin l'actrice vedette.

— Vous le pensez vraiment ?

— Oh oui, compère Fox, indiqua Alleyn en promenant un doigt irrité sur l'arête de son nez. Bon. Gibson a fait le nécessaire, dans ces loges ?

— Oui, inspecteur. Il a fouillé les poches, les valises et tous les cartons. Sans résultat.

— Bien. Laissons les oiseaux regagner leurs nids. Nous les verrons séparément. Ils peuvent se changer s'ils en ont envie. La petite Gainsford n'a pas attendu, bien sûr... Oh zut ! Il faut que je voie si elle confirme les déclarations de Darcey. Elle me hérisse, cette jeune femme.

— Voulez-vous que je m'occupe d'elle, inspecteur ?

— Vous pouvez rester et prendre vos notes. Je la recevrai au foyer. Non, attendez un peu. Allez retrouver les autres et envoyez Lamprey avec elle. Dites-leur qu'ils peuvent se changer dans leurs loges et faites en sorte qu'ils s'y rendent l'un après l'autre et non pas ensemble. Je ne veux pas qu'ils discutent entre eux. Essayez de glaner quelques détails sur Bennington, ce qu'il a fait ces jours derniers. Je ne crois pas beaucoup à la théorie du suicide, Fox. Mais nous n'avons pas le commencement d'une preuve montrant qu'il s'agit d'un meurtre. Cherchez, compère Fox. Cherchez.

Fox sortit d'un pas tranquille. Alleyn traversa l'allée et ouvrit la porte de Bennington. Il découvrit le brigadier Gibson, à plat ventre devant le radiateur qu'il examinait.

— Du nouveau ? questionna-t-il.

— Il y a une tâche brune, au fond. Le métal est plus foncé qu'ailleurs.

— Oui, je l'ai remarquée. Un dépôt quelconque ?

— Peut-être.

— Faites un prélèvement si c'est possible.

— J'ai retrouvé les bandes de coton que l'habilleur a jetées. Elles étaient dans la poubelle. Il y a aussi des bouts de papier brûlé, mais trop petits pour qu'on puisse en tirer quelque chose. De la poussière, pratiquement.

— Bon. Mettez les scellés sur cette loge quand vous aurez fini. Et ne laissez pas repartir le fourgon mortuaire sans me prévenir.

— Oui, inspecteur.

Alleyn retourna au foyer des artistes. Il entendit approcher Miss Gainsford, suivie de l'agent Lamprey. Sa voix, résonnante et maniérée, faisait penser à une comédie de boulevards du début du siècle.

— Je trouve *héroïque,* affirma-t-elle, que l'on accepte de commencer au bas de l'échelle comme vous le faites. Vous devez vous ennuyer à pleurer. Naturellement, vous travaillez...

— L'inspecteur principal Alleyn vous attend au foyer, Miss Gainsford, interrompit Lamprey.

— Vous êtes parfait, très cher. N'avez-vous jamais songé à faire du théâtre ?

Miss Gainsford parut s'arrêter au milieu du corridor. Alleyn entendit son subordonné murmurer :

— Je passe devant. Excusez-moi.

La porte s'ouvrit.

— Miss Gainsford est là, inspecteur.

— Très bien, Mike. Faites-la entrer et préparez le bloc-notes.

La jeune comédienne s'avança.

— Je suis donc la première que vous interrogez ? lança-t-elle avec une nonchalance affectée. Dois-je considérer cela comme un honneur ou comme la preuve que je figure en haut de votre liste de suspects ?

— Je commence par vous, répondit Alleyn, parce que vous vous êtes déjà changée. Asseyez-vous, Miss Gainsford.

Elle obéit, prit une cigarette dans son sac et se tourna vers Lamprey en esquissant un geste éloquent.

— Le règlement ne l'interdit pas, j'espère ?

Alleyn se pencha pour lui allumer sa cigarette tandis que Lamprey, rougissant, s'éloignait vers la table.

— Miss Gainsford, vous étiez ici pendant la représentation, enchaîna rapidement Alleyn. Au cours du dernier entracte, vous avez reçu la visite de M. J.G. Darcey et de votre oncle. Confirmez-vous que M. Bennington a tenu des propos qui lui ont valu un coup de poing de la part de M. Darcey ?

— C'était spectaculaire et tout à fait inattendu ! Un vieil homme boxant un autre vieil homme !

— Vous confirmez donc que M. Darcey a frappé le défunt ?

— J'en ai littéralement perdu ma voix ! Eux aussi, du reste. Pas un seul mot ne fut prononcé.

— C'est votre conversation d'avant et non pas d'après qui m'intéresse, Miss Gainsford. Qu'a dit votre oncle pour susciter la colère de M. Darcey ?

— J.G. était mécontent, répondit-elle sur un ton boudeur, parce que je ne pouvais pas jouer.

— Cela ne semble guère justifier un coup de poing.

— J.G. tient énormément à moi. Il me traite comme un objet précieux.

— On ne peut pas dire qu'il ait ménagé votre oncle.

— Ben était déchaîné.

Miss Gainsford parut hésiter comme si ces mots lui avaient échappé.

— Soyons francs, reprit-elle. Il n'était pas dans son état normal, le pauvre chéri.

— Vous voulez dire qu'il était ivre ?

— Oui.

— Et qu'il s'est montré agressif ?

— Je comprends ce qu'il ressentait.

— A-t-il parlé de Miss Hamilton ?

— De toute évidence, J.G. a déjà répondu à cette question. Pourquoi me la poser à nouveau ?

— Pour confirmation.

— Répétez-moi ce qu'il vous a dit, nous verrons bien...

Alleyn la considéra d'un regard songeur. Il y avait de l'impertinence sur son visage, mais aussi une peur qu'elle ne parvenait pas à dissimuler.

— Je ne peux malheureusement pas satisfaire votre requête, indiqua-t-il. Vous devez avoir hâte de rentrer chez vous, Miss Gainsford, et il nous reste encore beaucoup à faire. Si vous acceptez de me relater cette conversation, j'en serai heureux. Si vous refusez, j'en prendrai note et ne vous retiendrai pas plus longtemps.

Visiblement interloquée, elle entrouvrit les lèvres, les referma et se contraignit à sourire d'un air faussement nonchalant.

— Oh ! mais je vais tout vous dire, lança-t-elle. Je ne vois pas ce qui m'en empêcherait. Mais il n'y a vraiment pas grand-chose à dire. Je ne comprends pas que ma chère tante — elle préfère que je l'appelle Ella — en fasse tout un plat. Cela se résume à ceci : en rentrant de son club, oncle Ben, ce pauvre chéri, a trouvé Helena dans une situation... disons engageante et... eh bien, vous devinez le reste. Franchement, même après toutes ces années de séparation, on ne saurait parler d'un... d'une agression. Vous n'êtes pas de cet avis, inspecteur ? Quoi qu'il en soit, elle s'est mise à hurler et il a eu une réaction un peu brutale. En revenant ici, il était ébranlé, le pauvre, et J.G. me tenait dans ses bras. Je ne sais pas ce qu'il a pu imaginer, mais il a eu des mots désagréables pour les femmes en général et pour tante Ella et moi-même en particulier. J.G. a vu rouge et l'a boxé. Voilà toute l'histoire. Comme vous pouvez le constater, il n'y a pas de quoi fouetter un chat.

— Pensez-vous que d'autres membres de la troupe soient au courant de cet incident ?

Cette question sembla étonner la jeune comédienne.

— Évidemment, répondit-elle. Adam et Jacko, en tout cas. Pour oncle Ben, c'était presque une affaire d'État. Mais même s'il n'avait rien dit, *elle* en aurait parlé à Adam, vous ne croyez pas ? Et à Jacko naturellement. Tout le monde se confie à Jacko. D'autant plus qu'il était devenu son habilleur. Oui, je suis sûre qu'elle lui a tout dit.

— Bien. Je vous remercie, Miss Gainsford. Ce sera tout.

— Vraiment ? fit-elle en se levant. Je peux rentrer chez moi ?

— Non, je dois malheureusement vous demander d'attendre encore un peu.

Lamprey ouvrit la porte.

— Je savais que l'atmosphère de ce théâtre était maléfique, déclara Miss Gainsford. Je l'ai su dès le premier jour, ajouta-t-elle en sortant.

Alleyn poussa un soupir.

— Dites-moi, Mike, les jeunes femmes de votre génération sont-elles toutes comme celle-là ?

— Je ne le pense pas, inspecteur. Elle représente ce que l'on pourrait appeler une image composite, vous ne trouvez pas ?

— Oui, c'est aussi mon avis. Elle hésite entre plusieurs genres et se perd de temps en temps.

La voix agitée de Parry Percival s'éleva dans le corridor. Celle du brigadier Gibson lui répondit placidement.

— Allez voir ce que c'est, Mike.

Avant que Lamprey n'eût atteint la porte, celle-ci fut poussée brutalement et Percival entra.

— Je vous prie de m'excuser, inspecteur, haleta-t-il, mais je viens de me souvenir d'un détail important. J'étais tellement perturbé que je n'y ai plus pensé. En regagnant ma loge, j'ai senti une odeur de gaz et j'ai éteint mon radiateur. J'aurais dû vous en parler plus tôt. Je le comprends, maintenant.

— Ce que vous venez de comprendre, monsieur Percival, répondit Alleyn, c'est que nous avons peut-être découvert vos empreintes digitales sur votre radiateur.

9.

L'ombre d'Otto Brod

I

Parry demeura immobile, se pinçant les lèvres comme pour leur redonner un peu de couleur.

— J'ignore tout des empreintes digitales, affirma-t-il. Je n'ai jamais rien lu sur le crime et les criminels, j'ai regagné ma loge aussitôt après la dernière sortie. J'allais retourner sur le plateau pour le premier rappel quand j'ai senti une odeur de gaz. Nous sommes tous un peu superstitieux, vous comprenez... De plus, il faisait très chaud. J'ai donc éteint mon radiateur.

— Cela s'est passé après que Bennington vous eut fait un croc-en-jambe, n'est-ce pas ?

— Je viens de vous le dire. C'était après ma dernière sortie et avant le rappel. Je n'étais...

Il s'avança lentement et se laissa tomber sur une chaise.

— Vous ne pensez tout de même pas que j'aie pu... Mon Dieu ! fit-il d'un air profondément étonné. Regardez-moi ! Je suis totalement inoffensif. Je suis incapable de méchanceté.

— Pour quelle raison vous ne m'avez pas signalé plus tôt cette histoire de gaz ?

— Comme j'ai essayé de vous l'expliquer, je... je panique facilement. Le docteur m'avait contrarié et je n'étais pas content de moi. J'ai vu Ben quand ils l'ont transporté dans la remise. Je n'ai jamais pu supporter la vue d'un mort.

— Y avait-il une forte odeur de gaz dans votre loge ?

— Non, non. Mais nous sommes tous un peu obsédés par l'autre affaire et j'ai tout de suite pensé à une fuite. J'ai fermé le robinet et je suis retourné sur le plateau. Cela m'est complètement sorti de la tête. Je m'en suis souvenu quand j'ai de nouveau senti la même odeur. C'était au moment où le docteur commençait son discours.

— Je comprends.

— Et puis, de toute façon, si j'avais voulu... si j'avais commis cet horrible forfait, pensez-vous que je sois stupide au point de laisser mes empreintes derrière moi ?

— Ne venez-vous pas de me dire que vous ignoriez tout de ces choses ? demanda Alleyn d'un ton égal.

— Oh, mon Dieu ! chuchota Parry. Vous me faites peur et ce n'est pas juste. Vous m'effrayez.

— Il n'y a aucune raison d'avoir peur quand on se sait innocent.

— Comment pouvez-vous être aussi sûr de vous ? Ne vous arrive-t-il jamais de commettre des erreurs ?

— Si, bien sûr. Mais nous parvenons toujours à rectifier le tir et à trouver ce que nous cherchons. Dans ce genre d'affaires, tout au moins.

— Quel... genre d'affaires ? murmura Percival dont les lèvres tremblaient.

— Celles qui peuvent donner lieu à une inculpation pour meurtre.

— Je refuse de le croire ! s'exclama le comédien. Vous vous trompez sur notre compte, monsieur l'inspecteur. Les acteurs sont des gens simples, dépourvus de méchanceté. Nous ne sommes pas suffisamment compliqués pour nous entre-tuer.

— Nous avons du mal à vous comprendre, pour l'instant, fit Alleyn avec un demi-sourire. Y a-t-il d'autres détails que vous auriez oublié de me signaler ?

Parry secoua la tête et se leva. Tout comme Martyn avant lui. Alleyn se dit qu'il avait passé l'âge de la prime jeunesse.

— Non, pas que je sache.

— Vous pouvez regagner votre loge pour vous changer.

— La seule idée d'y retourner me remplit d'horreur. Mais je serais heureux de pouvoir mettre d'autres vêtements.

— Verriez-vous un inconvénient à ce que Lamprey vous fouille ? Nous ferons de même avec vos collègues.

Parry écarquilla les yeux.

— Pour quelle raison y verrais-je un inconvénient ?

Sur un signe d'Alleyn, Lamprey s'avança en esquissant un sourire rassurant.

— Je ne vous ferai pas de mal, monsieur Percival.

Parry leva ses deux bras un peu à la manière d'une ballerine, arquant les mains au-dessus de sa tête. Il y eut un bref silence.

— Je vous remercie, monsieur, dit Lamprey. Un étui à cigarettes, un briquet et un mouchoir, monsieur l'inspecteur.

— Bien. Raccompagnez M. Percival à sa loge, voulez-vous ?

— Ma question vous paraîtra stupide, bien entendu,

mais je la poserai quand même, annonça Parry. J'aimerais savoir si vous m'avez cru.

— Pour l'instant, je n'ai aucune raison de ne pas vous croire, monsieur Percival, répondit Alleyn.

Quand Lamprey fut de retour, il trouva son supérieur occupé à bourrer sa pipe tout en sifflotant entre ses dents.

— Voyez-vous, Mike, grommela l'inspecteur principal, dans notre métier, les affaires les plus compliquées sont souvent les plus simples. Il y a dans cette maison un détail qui m'échappe et qui, pourtant, est évident comme le nez au milieu de la figure. Je suis certain que ce détail existe et qu'il ne demande qu'à être relevé. Pourquoi ? Parce qu'il y en a un autre. Mais celui-là, Fox et moi-même pouvons le voir sans difficulté.

— Puis-je savoir lequel, monsieur l'inspecteur ?

— N'avez-vous rien remarqué de votre côté ?

— S'agit-il de quelque chose ayant trait au comportement de feu M. Bennington ?

— Oui. Réfléchissez, Mike. Un homme décide de se suicider. C'est un acteur, et son maquillage est celui d'un monstre. Que fait-il ? S'il est vaniteux — et nous savons que Bennington l'était — il pensera sûrement à nettoyer son visage. Il n'y touchera pas s'il se fiche de son apparence. Mais il n'ira pas se poudrer soigneusement comme s'il avait l'intention de rejoindre ses collègues pour le rappel.

II

Il était un peu plus de minuit. Étendu sur un divan, le Dr Rutherford dormait profondément. Ses ronflements cessaient de temps à autre. Il poussait alors un petit gémissement, se soulevait pour prendre une pincée de tabac, puis s'assoupissait à nouveau. Helena s'abandonnait dans un fauteuil rembourré, les pieds posés sur un tabouret. En dépit de ses paupières baissées, Martyn se dit qu'elle se contentait de somnoler. Clem Smith, à l'aide de vieux rideaux, s'était confectionné un lit près de l'escalier. Jacko avait recouvert Helena de son manteau de fourrure, puis s'était installé auprès d'elle, fermant les yeux et les entrouvrant à la manière d'un excentrique et fidèle chien de garde.

J.G. et Gay Gainsford furent convoqués successivement et vinrent reprendre leurs places respectives, J.G. en silence, Gay lançant autour d'elle des remarques qui demeurèrent sans écho. Elle finit par s'endormir à son tour, sous le regard vigilant de l'inspecteur Fox. Parry Percival se mit brusquement sur ses pieds et, avant que Fox n'eût réagi, s'élança en gesticulant vers les coulisses où l'on entendit sa voix et celle du brigadier Gibson. Fox ne quitta pas sa chaise et il y eut un nouveau et long silence.

Adam Poole et Martyn se regardèrent pendant un moment. Le directeur du Vulcain traversa le plateau et rejoignit la jeune femme qui était assise loin de Fox. Il attira une chaise et y prit place.

— Kate, murmura-t-il, je suis sincèrement navré. Vous avez des cernes sous les yeux, vos lèvres sont fatiguées, vos mains trahissent votre anxiété et vos cheveux, même s'ils restent beaux, n'ont plus leur éclat. Ce n'est pas ici que vous devriez être, mais dans le grenier de Jacko, dormant comme un enfant et rêvant à une salle qui vous applaudit. Je suis désolé, Kate.

— C'est gentil de penser à moi, mais vous avez d'autres sujets de préoccupation.

— Je suis heureux de pouvoir les oublier momentanément.

— Je ne suis donc pas tout à fait inutile.

— Vous voyez ce lourdaud de policier, vous, chuchota Adam. Il nous observe ?

— Oui, et son air absent me semble quelque peu suspect.

— Je ne pense pas qu'il puisse nous entendre. Si je prends votre main, il se dira que je vous fais la cour et regardera ailleurs.

— Je n'en suis pas sûre, murmura Martyn tandis que les lèvres d'Adam effleuraient la paume de sa main.

— Me croiriez-vous si je vous disais que je n'ai pas l'habitude de courtiser les jeunes femmes de ma troupe ?

Martyn, presque involontairement, tourna les yeux vers Helena.

— Oui, bien sûr, soupira-t-il. Je ne nie rien. Mais c'est une autre histoire. Une histoire presque oubliée maintenant. D'un côté comme de l'autre. Elle tombe peu à peu dans l'oubli, Kate.

— Je ne peux pas m'empêcher de penser que le moment est mal choisi pour jouer cette scène, chuchota Martyn sans le regarder. Je doute qu'il soit nécessaire de la jouer, du reste.

— Je ne crois pas me tromper, Kate. Non, c'est impossible. Nous nous aimons. Nous nous sommes aimés presque au premier regard. Dans votre poignet, un petit oiseau s'agite follement. N'est-ce que l'effet de votre peur ?

— C'est vrai que j'ai peur. Je voulais vous demander conseil. C'est désormais impossible.

— Je répondrai à toutes vos questions et vous donnerai mon avis chaque fois que vous le solliciterez.

Mais de grâce, les forces publiques nous surveillent, essayez de ne pas rougir.

— Il m'a dit quelque chose, ce matin-là...

— Quel matin ? Celui où je vous ai vue pour la première fois ?

— Quand on a pris les photos, expliqua Martyn d'une voix à peine audible. J'étais allée dans sa loge.

— Je m'en souviens. Vous êtes aussi venue dans la mienne.

— Il m'a dit quelque chose. J'ai trouvé cela étrange. L'inspecteur voudrait que nous fouillions nos mémoires...

— De quoi s'agit-il, Kate ?

Martyn se pencha sur son oreille pour lui confier quelques mots.

— Oui, vous devriez peut-être leur en parler, commenta-t-il. Oui, je crois qu'il le faut. Je m'en occupe dans un instant, mais j'ai une dernière remarque. Je suis heureux que cette scène ait pu être jouée, même dans des circonstances aussi inadéquates. Techniquement, elle est ratée, mais elle n'en acquiert que plus de valeur. Êtes-vous étonnée, Martyn ? Regardez-moi.

En levant les yeux, elle découvrit sur son visage une expression qui ressemblait à de la souffrance. Elle tendit une main, presque à son insu, et la posa sur sa joue.

— Mon Dieu, murmura Adam en se mettant debout pour traverser le plateau.

« Inspecteur, fit-il, Miss Tarne vient de se souvenir d'un incident survenu il y a trois jours. Nous pensons tous les deux que cela pourrait vous aider dans votre enquête. Que faut-il faire ?

Il y eut quelques murmures vagues. J.G. ouvrit les yeux. Fox était déjà sur ses pieds.

— Merci beaucoup, monsieur, répondit-il. L'inspecteur Alleyn est occupé en ce moment. Je suis persuadé... Oui ? Qu'y a-t-il ?

Lamprey venait d'entrer. Les comédiens apprirent de lui que leurs loges étaient maintenant accessibles. Helena et Darcey se redressèrent. Jacko se souleva sur un coude. Clem, Gay et le Dr Rutherford se rendormirent aussitôt le message délivré.

— Vous conduirez cette jeune femme auprès de l'inspecteur dans deux minutes, Lamprey, reprit Fox. Mesdames et messieurs, vous pouvez regagner vos loges.

Il accompagna Helena et les deux hommes jusqu'à la porte et se retourna vers Poole.

— Monsieur ?

— Je viens, annonça Adam, les yeux sur Martyn.

Fox attendit stoïquement et Poole le rejoignit au bout d'un moment. Lamprey s'approcha de Martyn.

— Je vous conduirai dans un petit instant auprès de l'inspecteur, Miss Tarne. Vous devez être lasse de camper sur ce plateau.

Martyn lui sourit vaguement. Il eut un regard amusé pour Gay et les trois hommes endormis.

— Vous êtes néo-zélandaise, d'après ce que j'ai compris. Je suis allé dans votre pays quand j'étais petit.

— Vraiment ?

— Nous habitions une maison au sommet d'une montagne, le mont Silver. Cela vous dit quelque chose ?

Il y eut un déclic dans la mémoire de Martyn.

— Oh oui ! fit-elle. J'ai entendu parler des Lamprey. Bien sûr, ajouta-t-elle tandis que le souvenir se précisait.

— Nous sommes revenus en Angleterre quand j'avais à peu près huit ans. Plus tard, mon oncle fut tué dans notre appartement et l'on confia l'enquête à l'inspecteur Alleyn. J'ai trouvé le métier de policier intéressant et cette idée ne m'a plus quitté. Vous venez ? L'inspecteur va vous recevoir maintenant.

Il l'escorta jusqu'au foyer des artistes, dépassant sans un mot le brigadier Gibson qui semblait monter la garde. Chemin faisant, il bavardait, non plus comme un représentant de l'ordre mais comme s'il la raccompagnait au terme d'une soirée agréable. Martyn se surprit à lui répondre avec la même gaieté.

Alleyn l'attendait.

— Entrez, Miss Tarne, fit-il sur un ton affable. On me dit que vous souhaitez nous faire part d'un renseignement au sujet de cette triste affaire. Asseyez-vous, je vous prie.

Martyn prit place sur sa vieille chaise, en face du radiateur, le dos tourné à la table. En levant les yeux sur le portrait d'Adam, elle s'aperçut que Lamprey s'était assis et avait ouvert son bloc-notes. Leurs regards se croisèrent dans le miroir.

L'inspecteur Fox entra et alla s'installer au fond de la pièce.

— Je vous écoute, Miss Tarne. De quoi s'agit-il ? demanda Alleyn.

— Vous trouverez cela peut-être insignifiant, commença Martyn, et je me reprocherai de vous avoir dérangé inutilement. Cependant, je me suis dit que... on ne sait jamais...

— Vous avez parfaitement raison. Avant de tomber sur la bonne piste, comme on dit, nous en suivons de très nombreuses qui ne nous mènent nulle part. Soyez donc tranquille, nous avons l'habitude.

— Eh bien, voilà : quand je suis entrée dans ce théâtre pour la première fois... c'était avant-hier... non, puisqu'il est minuit passé... c'était le jour d'avant...

— Mardi ?

— Oui, mardi. Ce matin-là, j'étais allée dans la

loge de M. Bennington chercher les cigarettes de Miss Hamilton. Son comportement m'a semblé un peu étrange, mais je me suis dit que... eh bien, qu'il avait remarqué ma ressemblance avec M. Poole. Il a mis un certain temps avant de retrouver l'étui à cigarettes. En fouillant les poches d'une veste, il a fait tomber une enveloppe que j'ai ramassée. J'ai eu l'impression qu'il tenait à me la montrer. Il avait l'air presque triomphant. Il a parlé d'autographes et m'a demandé si je les collectionnais. Il a indiqué l'enveloppe que je tenais encore en ajoutant qu'une certaine personne paierait très cher pour l'obtenir. Ce sont, j'en suis certaine, les mots qu'il a employés.

— Avez-vous jeté un regard sur la lettre ?

— Oui. Elle était adressée à M. Bennington et portait un timbre étranger. L'écriture aussi semblait d'un autre pays. Je l'ai posée sur la table, mais il a continué à en parler en la montrant du doigt. Le nom de l'expéditeur était inscrit au dos.

— Vous en souvenez-vous ?

— Oui. Il a tant insisté...

— Bravo, fit Alleyn d'une voix mesurée.

— C'était « Otto Brod », et l'adresse un théâtre de Prague. Je ne me rappelle pas le nom de ce théâtre, pas plus que celui de la rue. Je devrais, pourtant. C'était un nom français. Théâtre de... quelque chose. Je perds la mémoire !

— Qu'y avait-il dans l'enveloppe à votre avis ?

— Une seule feuille de papier, je crois. Elle n'était pas très épaisse.

— Vous dites que M. Bennington semblait triomphant ?

— Oui, j'ai eu cette impression. Son comportement était bizarre. Il était en train de boire du cognac, je crois. Il y avait un verre sur la table et il a fait mine de dissimuler le flacon derrière son miroir.

— A-t-il tenu d'autres propos ? soulevé un autre sujet ? Si possible, j'aimerais que vous me répétiez chacun de ses mots.

Martyn se reporta en arrière. Elle se revit dans la loge et revit J.G. sortant et la laissant seule avec Bennington qui la regardait et lui parlait d'un étui à cigarettes. Un autre souvenir, enfoui jusqu'alors dans sa mémoire, jaillit soudain, cruel celui-là.

— Il a parlé de l'étui à cigarettes pour dire qu'il ne l'avait pas offert lui-même à Miss Hamilton.

— A-t-il dit qui le lui avait offert ?

— Non, pas que je me souvienne, répondit Martyn. Il a simplement tenu à préciser que ce n'était pas lui.

— Vous a-t-il semblé tout aussi... bizarre à ce moment ?

— Il m'a paru mal à l'aise tout au long de notre conversation. Je pense qu'il était très malheureux.

— Vous l'avez pourtant décrit comme étant triomphant.

— Certaines victoires peuvent être amères.

— Très juste. Certaines le sont, en effet. Encore une chose, Miss Tarne : selon vous, les deux sujets étaient-ils liés dans son esprit ? La lettre avait-elle un rapport quelconque avec l'étui à cigarettes ?

— Je ne le pense pas, non.

Alleyn eut un soupir résigné.

— Vous en avez pris des notes, Mike ! fit-il en se tournant vers son subordonné. Transcrivez tout cela, voulez-vous ? Miss Tarne pourra relire ses déclarations et nous signaler d'éventuelles erreurs ou mauvaises interprétations. Je vous prierai de patienter quelques instants, Miss Tarne. Cela vous évitera d'avoir à revenir.

L'idée que Martyn se faisait d'une enquête judiciaire avait changé de fond en comble. Alleyn lui offrit une cigarette et présenta la flamme de son briquet.

La consultation était finie, songea-t-elle. Le célèbre praticien s'efforçait de mettre sa patiente à l'aise.

— J'ai entendu les propos tonitruants de Lamprey, déclara-t-il sur le ton de la conversation. Vous êtes donc néo-zélandaise ? Depuis combien de temps travaillez-vous au Vulcain ?

— Trois jours et une nuit.

— Et vous êtes déjà presque une star ! Quel début de carrière !

— En fait...

Martyn hésita. Pour la première fois depuis son entrée au Vulcain, elle sentit qu'elle pouvait parler d'elle-même. Elle ne songea pas un seul instant qu'elle allait se confier à un officier de police.

— Ce n'est pas facile à expliquer, poursuivit-elle. J'ai débarqué en Angleterre il y a seulement un peu plus de quinze jours. On m'avait volé mon argent sur le bateau et il a fallu que je trouve du travail.

— Avez-vous signalé ce vol à la police ?

— Non. Le commissaire de bord a dit que cela ne servirait à rien.

Alleyn esquissa une petite grimace désabusée.

— Ce n'est pas flatteur pour un policier, soupira-t-il.

— Je suis désolée...

— Ce n'est rien. Vous étiez donc pratiquement sans ressources. Et, bien entendu, vous avez pensé à votre cousin.

— Justement... commença Martyn en se sentant rougir. Eh bien, c'était précisément ce que je voulais éviter. Je ne souhaitais pas le voir. Il ne savait pas que j'existais... Voyez-vous...

Il y avait, dans l'attirail professionnel d'Alleyn, un ensemble d'attitudes et d'expressions du visage qui encourageaient les confidences. Fox avait dit un jour de son supérieur qu'il était capable de manifester un vif intérêt pour la vie et les aventures d'un mollusque, pour peu que le style narratif en fût soigné. Il écouta donc le récit de Martyn avec la plus grande attention jusqu'au moment où la jeune femme en vint à décrire son entrée au Vulcain. Il ne sembla guère s'étonner qu'elle voulût dissimuler ses liens de parenté avec Adam Poole. Martyn avait entrepris de relater sa conversation avec Bob Grantley quand la voix du brigadier Gibson s'éleva dans le corridor. Un coup fut frappé à la porte et Gibson entra.

— Excusez-moi, inspecteur, fit-il. Pouvez-vous recevoir le veilleur de nuit ? Il a l'air de penser que c'est important.

Fred Badger apparut derrière lui, l'écarta sans ménagement et s'avança. Il semblait furieux.

— C'est vous le patron ? lança-t-il à Alleyn.

— Oui.

— Bon. Alors écoutez-moi. Cette jeune femme n'a rien à vous dire, laissez-la tranquille. Ce qu'elle a fait ne vous regarde pas, vu ? C'est moi le responsable ici et elle avait ma permission.

— Attendez... commença Alleyn.

— C'est défendu ? poursuivit Badger. Et alors ? Elle pensait pas à mal, que j'sache ! Non mais !

— De quoi s'agit-il ? demanda Alleyn en se tournant vers Martyn.

— De ma première nuit au théâtre, je crois. Je l'ai passée ici. Je ne savais pas où aller. M. Badger a eu la gentillesse de m'y autoriser.

— Je comprends. Où avez-vous dormi ?

— Ici même. Dans ce fauteuil.

— Comme un enfant, ajouta Badger. A poings fermés. J'ai jeté un coup d'œil en faisant ma ronde. Elle était dans les bras de Morphée. Si l'innocence existe, vous l'avez devant vous. Et si quelqu'un vous dit le contraire, qu'il vienne me voir. Mon nom est Badger.

« Faites votre rapport à la direction si ça vous chante, je partirai sans regret. C'est pas le boulot qui manque.

— Ce ne sera pas nécessaire, monsieur Badger.

— Bon.

S'adressant à Martyn, le veilleur de nuit continua :

— Vous n'êtes pas obligée de répéter ce que je vous ai dit, mademoiselle. Tout ça, c'est du passé.

Il se tourna vers Alleyn.

— Elle est innocente. Vous ne pouvez rien lui reprocher.

Alleyn le contempla pendant un moment.

— Merci. Vous pouvez disposer.

Gibson réussit à pousser Badger jusqu'à la sortie.

— Puis-je vous demander de me traduire tout cela en langage clair ? fit Alleyn. Je n'ai pas bien compris.

— M. Badger craignait d'avoir des ennuis si la direction apprenait qu'il m'avait autorisée à dormir ici, répondit Martyn sur un ton hésitant. Il ne voudrait pas non plus... Enfin, il m'a expliqué la manière dont le crime du Jupiter avait été commis et il a l'air de penser que cela pourrait lui attirer des problèmes.

— Il se monte un peu la tête.

— Monsieur l'inspecteur, enchaîna Martyn rapidement, je ne devrais peut-être pas soulever ce sujet, mais... Voyez-vous, M. Bennington n'a pas beaucoup apprécié le modeste succès que j'ai rencontré dans ce théâtre. Il me l'a dit en termes très explicites. Je suppose que M. Badger en a entendu parler, et il doit penser que cela pourrait être interprété comme...

— Un mobile ?

— Oui.

— Bennington vous a-t-il menacée ?

— Je ne me souviens pas des mots qu'il a utilisés. Son attitude était menaçante. Il m'a fait peur.

— Quand vous a-t-il abordée ?

— Je me trouvais dans les coulisses. C'était pendant la générale.

— Y avait-il un témoin ?

Martyn se souvint d'Adam Poole bousculant Bennington et l'écartant.

— Il y avait deux ou trois personnes, des machinistes qui changeaient le décor. Notre rencontre s'est déroulée pratiquement en public.

Alleyn la considéra d'un regard songeur et elle se demanda si elle avait rougi.

— A ce moment, reprit-il, vous ne saviez pas encore que vous joueriez dans la pièce ?

— Non. Le rôle m'a été confié une demi-heure à peine avant le commencement de la représentation.

— Je vois. Quelle fut la réaction de Bennington en apprenant cette décision ?

— Il ne m'a pas approchée avant la fin du spectacle, ce qui est très élégant de sa part.

— Vous avez bien fait de me rapporter cet incident, Miss Tarne.

— Je dois avouer, précisa Martyn, que je ne m'y serais peut-être pas résignée s'il n'y avait pas eu Fred Badger.

— Je comprends, fit Alleyn. Vous avez fini, Mike ?

— Oui, monsieur l'inspecteur. Voilà. J'espère que vous n'aurez pas de mal à me relire, Miss Tarne.

Martyn prit la feuille de papier qu'il lui tendait. Ses mains tremblaient un peu. Alleyn s'éloigna pour rejoindre son subordonné. Elle parcourut rapidement le compte rendu. C'était un résumé précis de ses déclarations à propos de la lettre venue de Prague.

— Je n'ai pas d'objection, annonça-t-elle. Dois-je signer ?

— S'il vous plaît, répondit Alleyn en venant lui tendre son stylo.

Lamprey s'approcha en souriant. Il escorta Martyn jusqu'à la porte.

— Merci beaucoup, Miss Tarne, reprit l'inspecteur principal. Vous habitez loin d'ici ?

— Non, pas très loin. Un petit quart d'heure de marche.

— J'aurais aimé vous laisser rentrer chez vous, mais il est préférable que vous restiez encore un moment. J'aurai peut-être besoin de vous, on ne sait jamais.

— Oh !

— Mais vous pouvez aller vous changer.

Lamprey lui ouvrit la porte et elle s'engagea dans le corridor.

— Comment la trouvez-vous, Mike ? demanda Alleyn peu de temps après.

— Très sympathique.

Au fond de la pièce, Fox émit une sorte de grognement indistinct.

— Oui, mais encore ? Diriez-vous qu'elle était sincère ?

— Oui, je pense qu'elle l'était.

— Et vous, compère Fox ? Venez un peu par ici et donnez-moi votre opinion.

Fox se leva, retira ses lunettes et s'avança.

— Quand elle a parlé de sa rencontre avec le défunt, observa-t-il, j'ai un peu tiqué.

— Oui. On ne peut pas dire qu'elle ait menti, cependant. C'était plutôt un mensonge par omission.

— Surtout à propos de la présence de témoins.

— Elle a levé les yeux sur le portrait d'Adam Poole. A mon avis, Poole a trouvé Bennington en train de l'enquiquiner et il l'a un peu bousculé.

— C'est très possible, inspecteur. Il est amoureux d'elle, et elle de lui, ça saute aux yeux.

— Mais il doit avoir quarante ans, ce type ! s'exclama Lamprey. Je vous demande pardon.

Fox leva un sourcil réprobateur.

— Retournez sur le plateau, Mike, ordonna Alleyn. Réveillez le Dr Rutherford et demandez-lui de venir me voir.

III

Le Dr Rutherford fit une entrée remarquée au foyer des artistes. Pour plus de confort, il avait retiré de sa ceinture les pans de sa chemise empesée qui flottaient maintenant autour de sa taille comme les ailerons d'une tunique médiévale. Il avait ôté sa veste et jeté un manteau sur ses larges épaules. Son col était déboutonné et sa cravate tire-bouchonnée.

Il s'arrêta dans l'embrasure de la porte et attendit que Lamprey l'eût annoncé. Puis, congédiant ce dernier d'une main quelque peu dédaigneuse, il s'adressa à Alleyn et à Fox.

— Je me présente, lança-t-il. Général John James Rutherford, séparé de ses officiers et hommes de troupe, venant du lit de fortune qu'occupe à présent Miss Gainsford ! En quoi puis-je être utile aux forces de la loi ?

Il se tint immobile, la tête haute, contemplant ses interlocuteurs d'un regard plein d'impertinence et de défi. Eût-il été acteur, songea Alleyn, il eût campé à la perfection le personnage de Falstaff.

— Parlez ! reprit-il après s'être administré une pincée de tabac. Expliquez-vous ! Je suis tout ouïe.

— Mais je n'ai rien à expliquer, fit Alleyn sur un

ton affable. Et pour ce qui est de parler, j'espère que vous vous en chargerez. Asseyez-vous, je vous prie.

Avec sa hâte coutumière, le Dr Rutherford se jeta dans le premier fauteuil qu'il rencontra sur son chemin.

— Je suis un rien négligé, fit-il en soulevant les pans de sa chemise pour les étaler autour de lui. Mille excuses.

— Dites-moi, commença Alleyn, pensez-vous que Bennington ait été assassiné ?

Le Dr Rutherford écarquilla les yeux, croisa les mains sur son ventre proéminent et tourna deux ou trois fois ses pouces avant de répondre :

— Non.

— Non ?

— Non.

— Nous le pensons, nous.

— Pour quelle raison ?

— J'y viendrai quand j'aurai acquis la certitude que l'on peut vous inclure parmi les cas négatifs.

— Je fais donc partie des suspects.

— A moins que vous ne réussissiez à prouver le contraire.

— Bon sang ! s'exclama le Dr Rutherford entre ses dents. Je n'aurais pas hésité à lui régler son compte si j'avais cru pouvoir le faire impunément. C'était un vrai salaud.

— Quel genre de... salaud ?

— Tous les genres ! C'était un ivrogne, un violent et un exhibitionniste. L'exemple même de l'anti-acteur ! Il détruisait toutes les pièces dans lesquelles il jouait. Je vais vous dire, si j'avais pu, de mon fauteuil de mezzanine, persuader le Seigneur de jeter ses foudres sur Clark Bennington, je l'aurais fait d'un cœur joyeux. Joyeux !

— La foudre constitue certes un moyen expéditif,

mais nous n'y avons pas songé, commenta Alleyn. Pouvez-vous me dire où vous étiez entre la dernière sortie de Bennington et le moment où vous êtes apparu devant la salle ?

— De mon fauteuil, je suis passé dans l'escalier, puis dans les coulisses et, enfin, sur le plateau.

— Quand, exactement, avez-vous quitté votre fauteuil ?

— A l'instant où la troupe s'est présentée pour saluer.

— Avez-vous rencontré quelqu'un ou remarqué un détail inhabituel ?

— Non.

— De quel côté êtes-vous entré sur la scène ?

— Côté cour, c'est-à-dire la droite pour les acteurs.

— En sortant de l'escalier, vous vous êtes donc trouvé immédiatement devant l'entrée ?

— Exactement.

— Y a-t-il un témoin pour le confirmer, docteur Rutherford ?

— Pas à ma connaissance. Un machiniste peut-être, mais je n'en suis pas sûr.

— Pour ce qui est de votre présence dans la mezzanine, toute la salle est susceptible d'en témoigner. Neuf cents personnes en tout.

— J'ose espérer que l'attention des spectateurs était concentrée sur ma pièce, répliqua John Rutherford. Et cela en dépit des criantes maladresses de deux de mes acteurs.

— Personne n'est venu vous voir ?

— Non. Du moins, pas après le premier acte. Je me suis enfermé à clé. Je déteste la promiscuité.

— Vous êtes-vous rendu dans les coulisses à un autre moment durant le spectacle ?

— Oui, pendant les deux entractes. Je cherchais la petite nouvelle.

— Miss Tarne ? demanda Alleyn.

— Elle-même. C'est une bonne comédienne et elle ira loin si elle ne se laisse pas dévorer par les damoiseaux qui font la loi dans notre lamentable profession.

— Avez-vous, durant l'un ou l'autre des deux entractes, visité les loges ?

— Je suis allé au bureau qui se trouve au bout du couloir.

— Vous avez ensuite regagné votre mezzanine ? Quand, exactement ?

— A l'instant où le rideau se levait.

Alleyn marqua une pause, réfléchissant.

— Docteur Rutherford, le nom d'Otto Brod vous dit-il quelque chose ?

Cette question eut un effet spectaculaire sur John Rutherford. Il eut comme un haut-le-corps, ses yeux s'agrandirent, ses narines se dilatèrent et sa mâchoire retomba. Un formidable éternuement le secoua. Manifestement, il n'avais pas coutume de faire usage d'un mouchoir, car il empoigna sa chemise et s'en couvrit le visage, révélant un devant de pantalon plus que désordonné.

— Otto Brod ? fit-il en contemplant Alleyn de derrière son masque improvisé. Jamais entendu parler.

— Sa correspondance paraît avoir une certaine valeur, expliqua vaguement Alleyn.

— Je ne comprends pas un mot de ce que vous dites.

Alleyn choisit un autre sujet.

— Comme vous devez vous en douter, enchaîna-t-il, on m'a beaucoup parlé des événements qui se sont produits ces derniers jours. Je pense, tout particulièrement, aux répétitions et au changement intervenu dans la distribution.

— Ah bon ? Vous n'ignorez donc pas que Ben et moi-même n'avons cessé de nous voler dans les plumes ? Il vous faut un mobile ? poursuivit le Dr Rutherford avec un geste large de ses bras. J'en ai à revendre ! Je détestais Ben et il me le rendait bien. Mais de nous deux, incontestablement, c'était lui qui devait avoir des velléités meurtrières.

— Ce sentiment était-il suscité par la présence de sa nièce et le fait qu'elle devait jouer dans la pièce ?

— Disons qu'il y avait, à la base, une solide antipathie. D'autres éléments sont venus s'y ajouter : son comportement en tant qu'acteur et la nécessité impérieuse qu'il y avait de remplacer sa nièce par une comédienne digne de ce nom. Nous avions, sur ces deux sujets, des points de vue diamétralement opposés.

— C'est le vôtre qui a fini par triompher.

— Oh ! fit le Dr Rutherford sur un ton de dérision. Il n'y a vraiment pas de quoi pavoiser.

Alleyn le considéra d'un regard dubitatif.

— Êtes-vous disposé à vous laisser fouiller, docteur Rutherford ?

— Certainement pas ! cria-t-il en bondissant sur ses pieds.

Fox s'approcha.

— Dites-moi, continua Alleyn. En tant que praticien, pensez-vous que le coup de poing reçu par Bennington sur la joue ait pu être à l'origine d'un malaise ultérieur ? Un évanouissement, par exemple ?

— Qui a parlé d'un coup de poing ? Cela ressemble davantage à une décoloration hypostatique. Que me voulez-vous ? demanda le Dr Rutherford à Fox.

— Si cela ne vous ennuie pas, monsieur, j'aimerais que vous retiriez vos mains de vos poches.

— Je m'en voudrais de vous refuser le plaisir de les admirer, répliqua le dramaturge en obtempérant.

Mais ses doigts ressortirent en même temps que la doublure de ses deux poches, et plusieurs objets tombèrent à ses pieds : des crayons, sa boîte à priser, des bouts de papier, un flacon de gélules, un carnet et une barre de chocolat à moitié entamée. Une petite pluie de poussières de tabac accompagna ce bric-à-brac dans sa chute. Fox se pencha en secouant la tête d'un air réprobateur. Il fut presque aussitôt pris d'un accès irrépressible d'éternuements. Le Dr Rutherford éclata de rire et se mit à trépigner de manière grotesque, piétinant les objets éparpillés sur la moquette.

— Docteur Rutherford, intervint Alleyn sur un ton exaspéré, je vous serais infiniment reconnaissant si vous cessiez de faire le pitre. Écartez-vous, je vous prie.

John Rutherford regagna son fauteuil et leva une chaussure pour examiner la masse de chocolat et de papier qui collait à sa semelle.

— Que le diable vous emporte, regardez ce qui reste de mon goûter ! protesta-t-il vaguement.

Fox entreprit de retirer un à un les fragments de verre qui adhéraient à la chaussure. Puis il ramassa les autres objets et parvint à récupérer une pincée de tabac qu'il fit couler dans un petit sac en plastique. Le Dr Rutherford suivit cette opération d'un regard où le dédain se mêlait à une franche hostilité.

— Le beau butin que voilà ! ricana-t-il.

Alleyn se leva.

— Ce petit jeu a assez duré, docteur Rutherford, personne ne s'y trompe. Laissez-moi vous dire ceci : nous savons maintenant que Bennington a reçu un coup sur la joue. Nous savons quand. Nous savons aussi que l'on a tenté de nous dissimuler l'ecchymose sous une couche de maquillage. Je veux que vous soyez près de moi quand j'enlèverai cette pellicule. Où est votre veste ?

Fox sortit et revint, portant une queue-de-pie chiffonnée.

— Il n'y a rien dans les poches, inspecteur, précisa-t-il.

Alleyn opina de la tête et remit l'habit au Dr Rutherford qui le jeta sur son épaule.

Ouvrant la marche, Alleyn s'engagea dans le corridor où Gibson montait encore la garde, contourna la toile de fond et se dirigea vers la remise. Lamprey apparut à cet instant et ouvrit la porte.

Le corps de Bennington était dans un état de rigidité un peu plus avancé qu'auparavant. Alleyn se servit de la lame d'un coupe-ongles pour gratter la crème grasse qui recouvrait la base de la joue gauche. Il déposa les écailles blanches ainsi recueillies sur une feuille de papier que Fox lui tendit.

— Voilà, fit-il à l'adresse du Dr Rutherford.

— Pour une beigne, c'en est une, commenta ce dernier. Qui en fut l'auteur ?

Alleyn ne répondit pas. Il passa de l'autre côté pour nettoyer le reste du visage.

— Ce bleu n'a pas pu contribuer à sa mort, affirma le Dr Rutherford. C'est grotesque. A supposer qu'il y ait eu, comme vous semblez le croire, un intervalle entre le moment où il a reçu le coup et celui où il se serait évanoui. Cela ne tient pas debout !

Fox avait apporté de la crème démaquillante ainsi qu'une serviette qu'il déposa auprès d'Alleyn. Ce dernier acheva bientôt la tâche qu'il avait entreprise. Le Dr Rutherford ne le quittait des yeux que pour jeter un regard furtif en direction de la porte. Il semblait impatient, vaguement déconcerté et mal à l'aise.

— Je ne comprends pas pourquoi vous me faites attendre ici, finit-il par grommeler.

— Je voulais votre opinion sur cette ecchymose. Voilà, c'est fini, Fox. Le fourgon mortuaire est arrivé ?

— Il est en route, inspecteur, répondit Fox en glissant la feuille de papier dans un autre petit sac en plastique.

Alleyn se retourna vers le Dr Rutherford.

— Pensez-vous que sa femme demandera à le voir ? interrogea-t-il.

— Cela m'étonnerait. Elle se dira peut-être que c'est son devoir d'épouse. Foutaises ! Elle se ferait de la peine pour rien. Personne ne devrait venir, du reste.

— Je vais quand même lui poser la question.

— Pour quelle raison ne la laissez-vous pas plutôt rentrer chez elle ? Je ne comprends pas ce que vous attendez d'elle. Et moi, que dois-je faire ? La compagnie de Ben commence un peu à me peser.

— Vous pouvez retourner sur le plateau ou, si vous préférez, aller vous asseoir dans la loge inoccupée. Ou au bureau, si vous voulez. Il est ouvert.

— Vous me rendez ma boîte ? questionna le Dr Rutherford.

Les lèvres plissées en une moue boudeuse et contrite, il faisait penser à un petit garçon demandant une friandise.

— Je n'y vois pas d'inconvénient, répondit Alleyn. Donnez-lui sa boîte à priser, Fox, voulez-vous.

Le Dr Rutherford marcha d'un pas hésitant vers la sortie. Il s'arrêta et pivota lentement sur lui-même. Les mains dans les poches, il contempla pendant un moment ses deux interlocuteurs.

— Inspecteur Alleyn, fit-il en levant un sourcil interrogateur, supposez que je vous dise que c'est moi-même qui ai donné ce coup de poing à Ben ?

— Je ne vous croirais pas, répondit Alleyn.

10.

Récapitulation

I

La loge de Miss Helena offrait un spectacle étrangement exotique. L'air y était humide et chaud, saturé d'odeurs de tabac, de fleurs et de cosmétiques. Helena s'était changée. Elle avait mis une robe de ville et s'était assise dans un fauteuil, tournant le dos à la porte. Quand Alleyn s'avança, il n'aperçut d'elle qu'un bras dénudé et une main tenant une cigarette.

— Entrez, monsieur l'inspecteur, fit-elle d'une voix dont l'intonation chaleureuse donnait à penser qu'elle attendait son visiteur et était heureuse de l'accueillir.

Rien dans cette voix ne laissait deviner l'expression de profonde lassitude qu'Alleyn découvrit sur le visage d'Helena Hamilton

— Dieu que cette nuit est longue, murmura-t-elle en portant une main à ses yeux.

— J'espère qu'elle touche maintenant à sa fin, répondit Alleyn. Pour vous, tout au moins. Je suis venu vous dire que nous nous apprêtons à enlever le corps.

— Faut-il que... j'aille le voir ?

— Rien ne vous y oblige. Personnellement, je ne crois pas que ce soit vraiment nécessaire.

— Je n'en ai pas envie, chuchota-t-elle. Je mentirais si je prétendais le contraire. Je n'éprouve aucun chagrin et je n'ai jamais vu un mort.

Alleyn retourna à la porte et jeta un regard dans le corridor où Fox et Gibson attendaient. Il secoua la tête et Fox s'éloigna.

— Oui, inspecteur ? fit Helena quand il revint auprès d'elle.

— J'ai une ou deux questions à vous poser. Avez-vous entendu parler d'un certain Otto Brod ?

Les yeux d'Helena s'agrandirent.

— Otto Brod ? Mais oui. C'est un Tchèque ou un Autrichien, je ne me souviens plus. Un intellectuel. Nous avons fait sa connaissance il y a trois ans, au cours d'une tournée sur le continent. Il a demandé à mon mari de lire une pièce qu'il avait écrite. C'était en allemand, une langue que Ben ne maîtrisait pas suffisamment. Il a promis de la confier à un germaniste, une fois de retour en Angleterre. Mais je ne pense pas que cet engagement ait été suivi d'effet.

— Savez-vous s'ils sont restés en contact, depuis ?

— Curieusement, Ben m'a dit qu'il avait reçu des nouvelles d'Otto, il y a quelques jours. Je pense qu'il lui avait déjà écrit à deux ou trois reprises pour demander où en était sa pièce, mais Ben ne lui avait pas répondu. Si vous désirez voir la lettre, poursuivit Helena en se massant les tempes, elle est dans une poche de sa veste.

— La veste qu'il portait en venant au théâtre ? interrogea Alleyn.

— Oui. Il prenait toujours mon étui à cigarettes pour le sien, comprenez-vous. Je le lui ai demandé au moment où il se préparait à venir et il l'a sorti de sa poche en même temps que la lettre.

Elle marqua une pause et ajouta :

— Je l'ai trouvé bizarre.

C'étaient exactement les mots employés par Martyn.

— Il s'est comporté d'étrange manière, enchaîna-t-elle. Il a brandi l'enveloppe pour attirer mon attention et il a dit : « Mon atout maître. » Ce sont ses termes, je crois. Il semblait content de lui, mais d'une façon... presque méchante. J'ai pris mon étui et il a remis la lettre dans sa poche avant de sortir.

— Vous a-t-il donné l'impression qu'il comptait se servir de cet atout contre quelqu'un ?

— Oui. C'est ce que j'ai pensé, en effet.

— Avez-vous songé à une personne en particulier ?

Helena se pencha en avant et appuya son visage sur ses deux mains.

— Oh ! oui, soupira-t-elle. Je me suis dit qu'il s'agissait de moi-même. Ou d'Adam. Ou de nous deux en même temps. Il avait l'air franchement menaçant. Inspecteur, nous avons des alibis, non ?

— Vous, certainement, précisa Alleyn.

Il lui demanda si elle pouvait expliquer en quoi la lettre était susceptible de la menacer elle-même ou d'inquiéter Adam Poole, mais elle éluda cette question, se contentant d'ajouter que telle était son impression.

— Vous n'êtes pas venue au théâtre en compagnie de votre mari ?

— Non. Il avait fini de se préparer avant moi. Et de toute manière...

Elle esquissa un geste vague et laissa sa phrase en suspens.

— Je me dois de vous signaler que je suis au courant de l'incident survenu cet après-midi dans votre appartement, indiqua Alleyn.

Helena tressaillit. Ses joues pâlirent.

— Comment l'avez-vous appris ? C'est...

Elle s'interrompit et sembla retenir son souffle. Adam Poole allait et venait dans la loge voisine. Helena parut chercher quelque signification au bruit de ses pas.

— Est-ce Jacko qui... ? Non, c'est impossible. Jacko n'a pas pu vous en parler.

— Votre mari lui-même... commença Alleyn.

— Ben ? Cela ne m'étonne pas. Il a dû s'en vanter auprès de quelqu'un. Mais qui ? J.G. ? Gay ?

— Je ne peux pas répondre à ce type de question, vous le savez bien, lui rappela Alleyn avec douceur.

— Ce n'est pas Jacko, répéta-t-elle.

— Je n'ai pas encore interrogé M. Doré.

— Non ? Tant mieux.

— Que pouvez-vous me dire sur Otto Brod ?

Helena sourit et changea de position. Son visage prit une expression rêveuse.

— Pendant un temps, murmura-t-elle, il ne fut pas malheureux.

— Comment cela ?

— Je l'ai aimé, pendant un temps.

— Heureux homme, commenta Alleyn.

— Vous êtes un vrai gentleman, monsieur Alleyn

— Voyez-vous un lien de cause à effet ? Je veux dire entre cette relation et l'attitude apparemment menaçante de votre mari ?

— Je ne sais pas. Ben ne s'est douté de rien, à mon avis. Ce fut bref et charmant. Un petit bonheur sans lendemain.

— D'un côté comme de l'autre ?

— Oh ! non, fit-elle comme s'il venait de poser une question saugrenue. Otto était très jeune, plutôt violent et d'une fidélité sans partage. Le pauvre chéri. Vous me regardez d'étrange manière, inspecteur. Est-ce de la désapprobation que je lis dans vos yeux ?

— Disons que je perds un peu pied quand je me trouve devant...

— Pourquoi hésitez-vous, inspecteur ? Devant... ?

— J'allais dire une femme fatale.

— Dois-je interpréter cela comme un compliment ?

Alleyn ne répondit pas. Au bout d'un moment, elle se détourna, comme renonçant à poursuivre un objectif qu'elle avait secrètement convoité.

— Suis-je en droit de vous demander pour quelle raison vous estimez que Ben a été assassiné ?

— Mais certainement. Voici pourquoi : le dernier geste qu'il a accompli dans sa loge n'était pas celui d'un homme sur le point de se suicider. Il a retouché son maquillage.

— Vous êtes très perspicace. Il était horriblement fardé. Mais je continue de penser qu'il s'est donné la mort. Il avait beaucoup de regrets et guère de motifs d'espérer. Jour après jour, son horizon s'obscurcissait.

— La prestation qu'il a fournie ce soir était-elle aussi un motif de regret ?

— Entre autres choses. Le changement de distribution, par exemple. Il a dû ressentir cela comme un affront personnel, sinon une trahison. Hier encore, il pensait avoir réussi à convaincre John de maintenir Gay dans son rôle. Il y avait aussi la vie qu'il menait, sa dégradation, sa chute vertigineuse et *inéluctable*. Il avait baissé les bras, monsieur Alleyn. Croyez-moi, il n'entretenait plus la moindre illusion. Vous verrez que c'est cela et pas autre chose.

— Je n'en suis malheureusement pas aussi sûr que vous, soupira Alleyn. Eh bien, ce sera tout pour l'instant. Si vous voulez bien m'excuser, j'ai encore à faire.

— Je vous en prie, fit-elle sur un ton vaguement amusé.

II

En accueillant Alleyn dans sa loge, Adam Poole semblait à peine contenir son impatience. Il s'était changé et se tenait debout auprès de sa table.

— Alors, fit-il, vos recherches ont-elles progressé ? Mais je n'ai peut-être pas le droit de poser une telle question ?

— Nos recherches ont suffisamment avancé, indiqua Alleyn. J'aimerais clarifier un certain nombre de points avec vous ainsi qu'avec M. Doré. Ensuite, je vous réunirai tous pour vous parler. Après cela, je pense que nous serons fixés sur la situation.

— Si je comprends bien, vous avez maintenant la certitude que Ben a été assassiné ?

— Oui, tout à fait.

— Mais pourquoi ? Pourquoi ?

— Je vous le dirai avant le lever du jour.

Poole se planta devant lui.

— Aucun d'entre nous n'a pu commettre ce crime, assura-t-il. Je ne peux le croire.

Il eut un regard pour la cloison séparant sa loge de celle d'Helena.

— Vous lui avez déjà parlé, je vous ai entendus. Elle va bien ?

— Très bien, apparemment.

— Je ne comprends pas ce qu'un entretien avec elle a pu vous apporter.

— J'avais trois raisons de souhaiter m'entretenir avec Miss Hamilton. Je voulais d'abord lui demander si elle avait envie de voir son défunt mari avant le départ du fourgon mortuaire. Je lui ai ensuite appris que j'étais au courant de l'incident survenu hier en cours d'après-midi.

— Quel incident ?

— Une... querelle avec son époux.

— Comment diable avez-vous su... ?

— De toute évidence, vous étiez également au courant.

— Oui, bon. C'est vrai, reconnut Poole.

Soudain, comme s'il mesurait toute la signification de cet aveu, il s'exclama :

— Seigneur Dieu ! Ne me dites pas... Vous pensez que j'avais là un mobile ! Le hasard a parfois de ces ironies ! poursuivit-il sur un ton amer. Vous ne pouvez pas vous imaginer à quel point cette idée est absurde.

— Je n'ai pas dit que je l'envisageais.

— Vous n'auriez pas tort de la retenir. Après tout, je pouvais fort bien galoper du plateau jusqu'à la loge de Ben, l'assommer, ouvrir le gaz et rebrousser chemin à toute allure pour rentrer sur scène ! Savez-vous quelle réplique je devais lancer en retournant devant la salle ?

— Non.

— Dans mon texte, je suis censé refermer la porte et aller m'arrêter auprès d'Helena pour lui déclarer : *Tu dois te douter de ce qui vient de se passer ? Il a mis fin à ses jours, ce qui était la seule solution possible. Il est permis de dire que nous sommes libres, je suppose.* J'ignore pourquoi je vous raconte tout cela, poursuivit Adam. Ce n'est peut-être pas très judicieux. Mais j'ai beaucoup réfléchi durant ces deux derniers jours et la mort de Ben est venue couronner le tout. Que vais-je faire à présent ? Que deviendra le théâtre ? Et la troupe ? Comment...

Il s'interrompit et jeta un regard sur le mur au-delà duquel se trouvait la loge de Martyn.

— Écoutez, reprit-il. Vous avez sûrement appris tant et plus sur ma vie privée et sur celle d'Helena. Les gens qui exercent ce métier ont le malheur de ne jamais échapper aux feux de la rampe.

Il se tut, semblant attendre un commentaire.

— Les misères de la notoriété ? fit Alleyn d'un air dégagé.

— Non, non. Ce n'est pas cela du tout. Je vais vous expliquer. Il existe un type de femmes que l'on ne peut classer en termes de morale ou d'appartenance sociologique. Non pas qu'elles soient au-dessus de tout reproche dans le sens généralement admis de cette expression, mais parce qu'elles se situent hors des normes communément acceptées. Elles se conduisent le plus naturellement du monde dans un cadre parfaitement artificiel. Leurs aventures sentimentales, quand elles prennent fin, ne suscitent en elles ni regrets ni récrimination. Elles en gardent un sentiment d'affection qui est souvent partagé. Vous êtes bien d'accord ?

— Sur le fait que de telles femmes existent ? Oui.

— Helena en est une. Je ne m'y prends peut-être pas de la manière qui convient, mais je voudrais vous faire partager ma conviction qu'elle n'est pas mêlée à cette horrible histoire. Cela ne vous avancera à rien de l'inclure dans vos investigations et vous pourriez lui faire très mal si vous tentiez d'établir un lien quelconque entre sa vie privée et la mort de son mari. J'ignore ce que vous vous êtes dit, mais je sais qu'il ne lui viendrait jamais à l'idée de se montrer méfiante pour protéger ses intérêts.

— Je lui ai demandé de me parler d'Otto Brod.

La réaction d'Adam Poole fut des plus surprenantes. Il eut un geste exaspéré.

— Vous voyez ! s'exclama-t-il. C'est bien ce que

je disais. Otto Brod ! Un épisode insignifiant et irréel, surgi de quelque songe viennois. Je n'ai jamais rencontré ce monsieur, mais j'ai cru comprendre qu'il s'agissait d'un jeune intellectuel aux joues blêmes et au regard brûlant, qui n'a aucune fortune mais qui possède un sens très développé du symbolisme tragique. Que vient-il faire dans tout cela ?

Alleyn lui apprit que Bennington, en se rendant au théâtre, avait sur lui une lettre envoyée par Otto Brod.

— Et alors ? fit Adam avec colère. Où est le problème ?

— La lettre est introuvable.

— Il a dû la jeter ou la brûler...

— Je ne le pense pas. Il a dit à Miss Hamilton qu'elle était son atout maître.

Poole demeura silencieux pendant un long moment, puis il se tourna pour prendre une cigarette sur la table de maquillage.

— Un atout maître, répéta-t-il. Qu'entendait-il par là ?

— C'est précisément ce que j'aimerais découvrir.

— Une remarque en l'air, sans doute. En tout cas, je ne vois pas ce que cela pourrait signifier, affirma Poole.

Il pivota de nouveau sur lui-même et fit mine de présenter une cigarette à l'inspecteur principal. Mais celui-ci avait sorti son propre étui.

— Je vous aurais volontiers offert un verre, assura-t-il, mais je ne garde aucune sorte d'alcool dans ma loge quand je joue. Nous pourrions aller au bureau...

— Ce serait avec plaisir, mais je ne bois pas non plus pendant les heures de travail.

— Oui, bien sûr. J'aurais dû m'en douter.

Poole jeta un œil sur son costume de bal puis sur sa montre.

— Mon directeur financier est seul avec nos invités, observa-t-il. J'imagine qu'il peut se passer de moi.

— Il a téléphoné il y a un instant mais n'a laissé aucun message.

— Je vous remercie.

Adam s'appuya sur la table et alluma sa cigarette.

— Il me semble que vous éprouvez le besoin de me dire quelque chose, reprit Alleyn. Je ne suis accompagné d'aucun témoin. Si j'estime que votre déclaration est susceptible d'appuyer les résultats de l'enquête, je vous demanderai de la réitérer officiellement. Dans le cas contraire, je n'en tiendrai pas compte.

— Vous êtes très perspicace, inspecteur. Je ne sais pourquoi j'ai envie de vous confier certaines de mes réflexions, mais je vais le faire. Au-delà de ces deux cloisons, il y a deux femmes. Les liens que j'ai entretenus avec l'une d'entre elles vous sont connus. Ils sont, si j'ose m'exprimer ainsi, du domaine public. Je me suis, il y a un instant, *efforcé* de vous faire comprendre que ces liens *avaient* existé et qu'ils avaient cessé un peu à la manière d'une fleur qui se sépare de ses pétales. Pendant longtemps, je me suis menti en essayant de croire qu'ils n'avaient pas vraiment perdu leurs couleurs. Je les ai vus tomber un à un et j'en ai éprouvé un sentiment de regret. Pourtant, nous savions l'un et l'autre que cette aventure allait se terminer ainsi. Helena, pour sa part, avait évité tout faux-semblant. Elle était réellement incapable de s'abaisser aux intrigues et aux subterfuges que l'on connaît. Il y a quelques semaines, elle m'a dit franchement que, pour elle, c'était presque de l'histoire ancienne. Je pense que nous avons prolongé la situation un peu par délicatesse, plus que pour toute autre raison. Quand elle m'a rapporté... son incident avec Ben, j'ai ressenti la rage et l'indignation qu'éprouverait tout homme qui verrait maltraiter une femme qu'il connaît et pour qui il a une grande affection. J'ai été stupéfait de ne découvrir en moi-même aucune émotion plus forte et plus profonde. Je me suis rendu compte alors que le dernier pétale était tombé, et maintenant...

Il leva ses deux mains en un geste d'impuissance.

— Maintenant, reprit-il, vous me dites que Ben a été assassiné et je me sens vidé de toute émotion.

— L'homme est un être éminemment attaché aux conventions, opina Alleyn. Même devant ses tragédies, il a le réflexe de chercher des repères.

— Si encore il s'agissait d'une tragédie... Mais...

Poole se tourna vers l'autre mur.

— Je n'ai pas vu Martyn depuis que vous vous êtes entretenu avec elle. Comment l'avez-vous trouvée ? Elle va bien ? J'imagine qu'elle vous a raconté son histoire, ses débuts ici...

— En effet.

— J'espère... J'aimerais la voir. Elle est seule dans cette loge. Elle doit avoir peur. Vous ne me comprenez pas, bien sûr.

— Elle m'a parlé de votre relation...

— De notre relation ! Elle vous a donc...

— Elle m'a dit que vous aviez des liens de parenté. Il est normal que vous vous fassiez du souci pour elle.

Poole ouvrit des yeux étonnés.

— Mais vous n'y êtes pas du tout ! s'écria-t-il. Je suis son aîné de dix-huit ans et je l'aime comme un jeune de son âge.

— J'en conclus que vous êtes encore capable d'émotion, remarqua Alleyn.

Il adressa un sourire amical à Adam Poole et marcha vers la porte. Accompagné de Fox, il alla recueillir son dernier témoignage.

III

Il trouva Jacko sur le plateau, seul. Le Dr Rutherford s'était retiré au bureau pour mettre un peu d'ordre dans sa tenue vestimentaire, les comédiens avaient tous gagné leurs loges, et Clem Smith, réveillé et fouillé par Fox, avait été renvoyé chez lui.

— De quoi voulez-vous parler ? questionna Jacko en roulant une cigarette.

— Je dois d'abord vous signaler que j'ai demandé une fouille générale de tous les costumes portés sur scène. Nous n'avons pas de mandat, mais personne n'a protesté jusqu'à présent.

— Je n'ai aucune raison de le faire.

Fox découvrit dans ses poches une collection d'objets hétéroclites : bâton de craie, crayons, une gomme, un scalpel encapuchonné que Jacko, selon ses propres dires, utilisait pour graver du bois, un portefeuille, une photographie d'Helena Hamilton, plusieurs dessins, un tampon d'ouate et un flacon vide qui dégageait une forte odeur d'éther.

— Ce sont eux qui salissent et c'est moi qui dois nettoyer, expliqua Jacko. Mon manteau est dans le placard, derrière. Vous n'y trouverez qu'un malheureux mouchoir.

Alleyn le remercia et lui rendit son scalpel, son portefeuille et ses outils de dessin. Fox rangea les autres articles, s'assit et ouvrit son bloc-notes.

— Monsieur Doré, reprit Alleyn, quelles fonctions exercez-vous officiellement dans ce théâtre ? D'après le programme...

— Le programme ne dit pas toute la vérité, « Assistant d'Adam Poole », c'est bien cela ? Je suis l'homme à tout faire, monsieur l'inspecteur. En ce moment, je suis l'habilleur de Miss Hamilton. Mais j'ai d'autres titres : bras droit, conseiller, factotum, confident. Le Vulcain, c'est moi, pour employer une formule lapidaire. Et j'ajouterai, en croisant les doigts : j'y suis, j'y reste.

— A en juger par ces décors et un charmant collier en bois et jade qui est sans doute votre œuvre, cela me paraît évident, commenta Alleyn. Mais vous êtes un ancien de la troupe ?

— Vingt ans, fit Jacko en humectant le bout de sa cigarette. Il y a vingt ans que je pratique le métier de clown pour le plaisir de mes collègues. C'est stupide, mais on ne change pas sa nature. Je suis le pitre que tout le monde vient voir quand il y a un problème. Que puis-je faire pour vous ?

— Me dire si vous pensez toujours que Bennington s'est suicidé, suggéra Alleyn.

Jacko prit le temps d'allumer sa cigarette.

— Certainement. Vous perdez votre temps.

— Était-ce un homme vaniteux ?

— Très.

— Soucieux de son apparence physique ?

— Mais oui, oui ! répondit Jacko en hochant la tête. Pourquoi cette question ? interrogea-t-il avec un regard acéré pour Alleyn.

— A-t-il protesté au sujet de son maquillage ? J'ai trouvé celui-ci particulièrement repoussant.

— Il a eu du mal à l'accepter. La coquetterie est un travers mortel pour un acteur.

— Vous m'avez dit qu'il transpirait en se rendant pour la dernière fois dans sa loge, que son visage était luisant de sueur.

— En effet.

— Et vous lui avez demandé d'y remédier ? Vous avez même jeté un coup d'œil pour vous assurer qu'il s'en occupait ?

— Oui, confirma Jacko. C'est exact.

— Ainsi, quand vous êtes reparti, il s'est installé devant son miroir pour retoucher soigneusement son maquillage comme il avait sans doute coutume de le faire avant les rappels. Puis il s'est suicidé ?

— Vous ne vous expliquez pas son geste ? demanda Jacko en fermant à moitié les yeux. Je vais vous décrire ses derniers moments. Il finit de retoucher son maquillage et s'examine dans la glace. Et soudain, il ne peut plus détacher ses yeux du miroir. Il contemple son visage en ruine. Il se souvient de l'homme qu'il était, un homme aux traits durs, taillés à la serpe, mais qui ne manquait pas d'allure. La dureté des traits est encore là, mais où est l'allure d'antan ? Il regarde les poches sous ses yeux, les rides et les sillons qui se creusent de plus en plus, les veines gonflées, les paupières lourdes, le tout accentué hideusement par les cosmétiques. Il se voit tel qu'il était devenu, le personnage qu'il incarnait dans la pièce. Et le monde chavire autour de lui. Une vague de désespoir le submerge et il prend sa décision. Il ne dispose que de très peu de temps pour la traduire dans les faits. Une ou deux minutes avant que l'on vienne l'appeler. Alors vite, très vite, il s'allonge par terre, retire sa veste en tremblant, s'en couvre la tête et introduit le tuyau dans sa bouche.

— Vous saviez donc comment il a été retrouvé ?

— Clem me l'a dit. J'ai tout envisagé. Il entre dans un univers de songes. Puis il cesse de vivre. Je peux le voir très clairement.

— Presque comme si vous y étiez, fit Alleyn avec un demi-sourire. Ce serait son unique mobile, d'après vous ? Et ses querelles avec son entourage ? Et le changement intervenu dans la distribution ? L'éviction de Miss Gainsford en faveur de Miss Tarne ? Tout cela n'a pas dû être de son goût ?

Jacko souleva ses longues jambes et les posa sur son tabouret.

— On en a trop dit sur ce changement de distribution, déclara-t-il. Ben a fini par en prendre son parti. Il a eu un geste très amical. En y réfléchissant bien, je trouve que l'on a accordé une importance démesurée à cette affaire. C'est son délabrement physique et artistique qui est à l'origine de tout. Le remplacement de Miss Gainsford n'y a joué aucun rôle.

Alleyn le considéra d'un regard pénétrant.

— C'est là que nos points de vue divergent, monsieur Doré. Je considère ce petit événement comme étant la pièce essentielle du puzzle.

— Je regrette de ne pouvoir partager votre opinion.

Alleyn marqua une pause avant de demander :

— Le nom d'Otto Brod vous dit-il quelque chose, monsieur Doré ?

Il y eut un long silence. Jacko se pencha en avant. Sa tête descendit jusqu'à ses genoux.

— J'ai déjà entendu parler de lui, finit-il par répondre.

— L'avez-vous connu ?

— Je ne l'ai jamais rencontré. Jamais.

— Vous avez peut-être lu certaines de ses œuvres ?

Jacko sembla réfléchir.

— *Können Sie Deutsch lesen ?*

Fox leva soudain les yeux d'un air vaguement étonné. Au même moment, on entendit une voiture tourner dans Carpet Street et se ranger le long du trottoir dans un bruit de clochettes. Elle s'immobilisa et une porte claqua.

— *Jawohl,* murmura Jacko.

Il y eut des bruits de pas et d'autres portes que l'on ouvrait. Le jeune Lamprey apparut à une entrée du plateau.

— Le fourgon mortuaire, inspecteur, annonça-t-il.

— Très bien. Ils peuvent l'enlever.

Lamprey ressortit. Des voix s'élevèrent et des bottes martelèrent le corridor, se dirigeant vers la remise. Une vague d'air froid balaya le plateau. Les bottes s'éloignèrent. Un moteur rugit et les clochettes tintèrent à nouveau. Clark Bennington venait d'effectuer sa dernière sortie. Un silence de mort tomba sur le Vulcain.

La cigarette de Jacko lui avait brûlé les lèvres. Il la cracha au loin et se leva lentement.

— Vous êtes très habile, inspecteur.

— Bennington vous a-t-il dit comment il comptait utiliser sa carte maîtresse ?

— Oui, mais pas avant qu'il n'ait décidé de s'en servir.

— Vous vous en doutiez un peu, néanmoins ?

— Oui.

Alleyn esquissa un mouvement de la tête. Fox referma son calepin, retira ses lunettes et sortit.

— Et maintenant ? demanda Jacko.

— Tout le monde sur le plateau, indiqua Alleyn.

IV

Lamprey alla convoquer les comédiens et repartit. Sur le plateau désert, chacun prit la place qu'il occupait lors des répétitions. « La force de l'habitude », songea Martyn. Helena s'installa dans son fauteuil et Jacko vint s'asseoir à ses pieds. Au bout d'un moment, elle tendit une main pour caresser sa joue et y colla ses lèvres. Martyn, le trouvant plus blême que d'ordinaire, se demanda s'il n'était pas souffrant. Il vit qu'elle l'observait et se tourna pour lui adresser un sourire clownesque. Comme tous les autres, il devait être épuisé, se dit-elle. Darcey et Gay Gainsford occupaient le petit divan. Parry Parcival était assis derrière eux. Allongé sur le canapé du fond, un journal dissimulant son visage, le Dr Rutherford semblait dormir. Martyn avait repris sa place, devant l'entrée gauche du plateau. Adam Poole, sur sa chaise habituelle, faisait face aux autres membres de la troupe. « Nous sommes sortis de nos loges comme des lapins de leurs terriers », se surprit à penser Martyn. Elle distinguait, se dissimulant à moitié dans l'ombre des coulisses, la silhouette furtive de Fred Badger.

Alleyn et ses subordonnés formaient un petit groupe devant l'entrée de la remise. Un casier à lettres était accroché au mur le plus proche d'eux. Fox en avait fait l'inventaire, examinant jusqu'aux dépliants publicitaires.

— Ils sont tous là ? demanda Alleyn.

Fox jeta un regard sur le plateau.

— Oui, inspecteur.

— Je prends peut-être un trop grand risque, compère Fox ?

— La méthode me paraît un peu inhabituelle, répondit Fox sur un ton hésitant.

— L'affaire elle-même n'est pas d'un type très courant. Venez, compagnon, fit Alleyn en prenant Fox par le coude.

Il entra sur le plateau comme si, à l'exemple d'Adam Poole, il s'apprêtait à livrer ses commentaires sur une répétition. Fox alla prendre place devant l'entrée du fond. Martyn entendit les pas des autres policiers, allant et venant derrière la toile. A l'idée qu'ils s'étaient répartis de manière à bloquer toutes les issues, elle éprouva un vague malaise.

Alleyn s'arrêta enfin, le dos tourné au rideau. Poole déplaça aussitôt sa chaise pour lui faire face. Tous les yeux étaient braqués sur l'inspecteur principal, hormis ceux de Jacko qui roulait une cigarette. Comme sur quelque signe mystérieux, le Dr Rutherford retira le journal qui recouvrait son visage, s'assit, émit une sorte de grognement, et s'allongea derechef sur le canapé.

— En vous réunissant ici, commença Alleyn, j'ai pris une initiative qui sort un peu des normes. J'ignore si j'ai eu raison ou tort d'agir ainsi. Je le saurai quand ceux d'entre vous qui en auront le loisir pourront rentrer chez eux. Ce sera dans un petit moment.

Il marqua une pause et enchaîna :

— Je ne vous apprendrai rien en vous annonçant que votre collègue a été assassiné. Vous saviez tous que nous avions retenu la théorie du crime, et la plupart d'entre vous savent également la raison qui, dès le début, m'a fait pencher pour cette explication : la manière dont le défunt s'est comporté en regagnant sa loge. Son dernier geste conscient a été de retoucher son maquillage. Cela m'a semblé incompatible avec l'état d'esprit d'un homme sur le point de se donner la mort, mais ce n'était pas assez pour résoudre une affaire criminelle. Je ne me contenterai donc pas de cet argument pour étayer la thèse de l'assassinat. Il y en a d'autres et je vais vous les exposer. Il s'est poudré le visage. Son habilleur avait jeté les morceaux de coton utilisés plus tôt dans la soirée, et il en avait préparé d'autres. Pourtant, après sa mort, nous n'avons découvert dans sa loge aucune bande d'ouate qui ait déjà servi. Nous avons relevé par ailleurs, sur la grille du radiateur, une trace qui, l'analyse nous le dira, a sans doute été laissée par un bout de coton imprégné de crème que l'on a jeté dans le feu. Le pot contenant la poudre a été renversé et il y a un dépôt de poudre dans ce coin de la pièce. Comme vous le savez, sa tête et ses épaules étaient recouvertes, à la manière d'une tente, par son manteau. Il y avait de la poudre sur sa veste ainsi que des empreintes laissées par des doigts en haut du radiateur. Sa veste, en temps normal, était suspendue près de la porte. Elle ne pouvait donc, accidentellement, recevoir un nuage de poudre. La conclusion est évidente : cette poudre a été répandue après et non pas avant que le gaz ait fait son effet. Si tant est que le gaz soit la cause du décès.

Poole et Darcey s'exclamèrent en même temps. Helena et Gay ouvrirent des yeux stupéfaits. Percival demeura comme pétrifié. Pendant le bref silence qui suivit, Jacko contempla ses ongles et le Dr Rutherford gémit vaguement sous son journal.

— L'autopsie, enchaîna Alleyn, nous fixera sur ce point. Bon. Il est hors de doute que l'habilleur n'est pas entré dans la loge après le retour de M. Bennington et il est également certain qu'il avait tout rangé avant de sortir : les bandes d'ouate étaient préparées, les vêtements suspendus à leur place, le radiateur allumé et la porte fermée. Mais non à clé. Il est établi, d'autre part, que la poudre n'a pas été renversée par les hommes ayant sorti M. Bennington de sa loge. Elle l'a été par une personne qui se trouvait à l'intérieur au moment où M. Bennington était déjà allongé, avec son manteau sur la tête et les épaules. Cette personne, nous l'affirmons, était l'assassin de M. Bennington. On peut maintenant se poser la question suivante : dans quel état le défunt était-il — état comateux ? perte de conscience ? — pour qu'il fût possible de l'allonger sur le sol, éteindre le radiateur, débrancher le tuyau d'arrivée et en introduire l'extrémité dans sa bouche, puis rouvrir le gaz, lui mettre la main sur un tube pour y laisser des empreintes digitales et, enfin, le recouvrir de son manteau ? Il y avait encore une certaine quantité de cognac dans son flacon. Il n'était pas ivre au point de ne pouvoir retoucher son maquillage et il était maître de lui, plus ou moins, quand il a parlé à Miss Tarne juste avant de regagner sa loge. Au cours du second entracte, M. Darcey lui a donné un coup de poing qui a laissé un bleu sur sa mâchoire. Il est possible que son assassin l'ait frappé au même endroit — nous n'avons observé qu'une seule ecchymose — et l'ait mis K.-O. L'autopsie nous le dira. Dans ces conditions, l'assassin pouvait se contenter d'une seule visite à la loge : il entre, assomme sa victime et prépare la mise en scène tendant à faire croire au suicide. Il n'est pas impossible que M. Bennington ait été drogué au préalable.

Alleyn s'interrompit un instant.

— Je ne crois pas un seul mot de tout cela, déclara Helena Hamilton. Je ne veux pas dire que vous êtes dans l'erreur, monsieur l'inspecteur. Simplement, je trouve ces explications un peu irréelles. J'ai l'impression, en vous écoutant, de lire le récit d'un de ces journaux spécialisés. On se dit que cela s'est sûrement passé ainsi, mais, d'une certaine manière, on ne le croit pas vraiment. Je m'excuse de vous avoir coupé la parole.

— Je vous en prie. Je la céderai volontiers à quiconque de vous aurait envie d'intervenir. A propos de ma dernière observation : le cognac qui restait dans le flacon est en cours d'analyse. S'il contient une drogue, nous le saurons. Cet alcool a pu être manipulé pendant que le défunt jouait sa dernière scène. Mais il ne faut écarter aucune autre possibilité, si invraisemblable soit-elle. Nous allons donc procéder à une analyse chimique de tout ce qui a pu pénétrer dans son organisme : le cognac et ce qui restait dans le verre, ses cigarettes et les divers produits qu'il utilisait pour se maquiller. Je ne suis pas du tout sûr, je vous l'avoue franchement, des résultats que nous obtiendrons ainsi.

Fox toussota pour s'éclaircir la gorge. Ce modeste

bruit fit converger tous les regards sur lui. Mais l'expression grave et préoccupée de son visage ne changea pas et les yeux se reportèrent sur Alleyn.

— Si nous adoptons cette manière de penser, reprit l'inspecteur, nous en venons à la conclusion que l'assassin devait se rendre par deux fois à la loge du défunt. Une première fois durant la scène qu'il jouait au dernier acte et la seconde entre sa sortie et le moment où l'odeur du gaz a été détectée par M. Parry Percival.

Ce dernier s'écria :

— Je m'y attendais !

Gay Gainsford se tourna pour lui jeter un regard horrifié.

— Gay, ma chérie, ne sois pas ridicule ! s'exclama-t-il. *Franchement !*

— Comme vous le savez, poursuivit Alleyn, la loge de M. Percival est voisine de celle de M. Bennington et leurs radiateurs se font face, de part et d'autre de la cloison. M. Percival a senti une odeur de gaz au moment où il sortait pour le premier rappel. Il nous dit qu'il est très sensibilisé à cette odeur à cause de ses associations avec ce théâtre et qu'il a éteint son radiateur avant de partir. Cela explique la présence de ses empreintes sur le métal.

— Rien de plus normal, fit Adam Poole avec colère. Vraiment, Gay !

— Évidemment, cela fait penser au meurtre du Jupiter, ajouta Alleyn. Sauf que le tuyau n'avait pas été débranché et que l'assassin n'est pas entré dans la loge comme dans ce cas. La victime était alors en état d'intoxication éthylique. L'assassin pensait très certainement à l'affaire du Jupiter quand il a dressé ses plans, mais il n'a pas du tout cherché à compromettre une autre personne et il ne pouvait pas prévoir la réaction de M. Percival. Il voulait mettre en évidence le fait que M. Bennington était obsédé par la tragédie du Jupiter. Nous étions censés déduire qu'il avait eu recours à la même méthode pour se donner la mort. Maintenant, il ne faut pas écarter une autre hypothèse : l'auteur de ce plan sophistiqué a très bien pu être Bennington lui-même.

V

Ces mots déclenchèrent une sorte de réaction différée. Il y eut un moment de silence total, suivi d'une explosion quasi générale. Darcey et Percival crièrent d'une même voix que cela ressemblait tout à fait à Ben ; Helena émit des petites exclamations inarticulées et Adam Poole protesta vigoureusement. Le journal qui recouvrait la tête du Dr Rutherford fut parcouru d'un frisson et des pensées chaotiques se bousculèrent dans l'esprit de Martyn. Seul Jacko demeura immobile, contemplant Alleyn d'un regard incrédule.

— Vous voulez dire que Bennington, en se donnant la mort, a délibérément cherché à jeter la suspicion sur l'un d'entre nous ? demanda-t-il.

— Non. J'ai envisagé cette hypothèse pendant un moment, mais l'état dans lequel se trouvait la loge est tout à fait incompatible avec cette théorie. Non. Je pense que l'auteur du crime a bâti sa mise en scène sur l'idée que Bennington était obsédé par l'affaire du Jupiter. Il voulait nous mener à cette conclusion. Et il y serait parvenu s'il n'y avait pas eu cette poudre sur le manteau.

— Nous sommes donc toujours... dans le noir, commenta Helena.

— Pas vraiment. Il n'est pas nécessaire d'énumérer tous les mobiles ou, si j'ose m'exprimer ainsi, les semi-mobiles que j'ai entrevus au cours de mes divers entretiens. Certains pourraient paraître un rien tortueux, d'autres plus plausibles. Les raisons qui poussent un être humain à en tuer un autre peuvent parfois sembler ténues, invraisemblables. Des meurtres ont été commis pour toutes sortes de motifs : la jalousie, la peur, la vanité, l'ennui, la haine. Le mobile de l'assassinat se trouve parmi ceux-là. Aucun d'entre vous, je crois, n'avait de sympathie pour le défunt. Mais l'un de vous est ainsi fait qu'il ne se contente pas de détester ou de jalouser comme la plupart des êtres humains. Chez cette personne, il existe une sorte de fusible ou de détonateur qui, une fois excité, déclenche une volonté de tuer. Dans cette affaire, la réaction meurtrière est partie d'une lettre écrite par Otto Brod à Clark Bennington. Cette lettre demeure introuvable. Elle a probablement été brûlée dans sa loge. Tout comme les tampons d'ouate. Par l'assassin.

— Je n'y comprends rien, avoua Poole.

— Nous sommes dans le noir, répéta Helena.

Alleyn parut se perdre dans quelque méditation. De tous les membres de la troupe, Martyn était la seule à l'observer. Jamais, se dit-elle, elle n'avait vu s'inscrire sur un visage l'expression qui se lisait sur celui d'Alleyn : un mélange de sérénité et de... compassion. Elle se demanda s'il était parvenu à une décision cruciale et guetta fiévreusement un signe pouvant le laisser penser. Mais, à ce moment, elle sentit se poser sur elle le regard de Poole et elle se tourna pour lui rendre son sourire. Elle s'aperçut soudain que l'inspecteur principal avait repris la parole. Il était au milieu de sa première phrase quand elle lui accorda de nouveau son attention.

— ... la possibilité matérielle. S'il y a eu deux visites à la loge durant le dernier acte, chacun de vous, à l'exception de Miss Hamilton, a pu affecter la première. Pour la seconde, l'éventail est moins large. Commençons par Miss Tarne, puisqu'elle est la plus proche de moi.

« Suis-je censée avoir peur ? » songea Martyn.

— Miss Tarne a été la première à quitter le plateau. Elle nous a dit qu'elle est allée se tenir à l'entrée du passage menant aux loges. Elle était encore émue et ne se souvient que très vaguement des premiers instants. Puis elle a vu venir MM. Percival, Darcey et Bennington. Ils lui ont parlé tour à tour avant de poursuivre leur chemin. Ici commence la période critique. M. Doré se trouvait à proximité de là. Il a raccompagné Miss Tarne à sa loge juste après le coup de feu tiré par un machiniste. Il s'est arrêté en cours de route pour jeter un regard sur M. Bennington. Il est ressorti avec Miss Tarne peu après le passage de MM. Darcey et Percival qui retournaient aussi vers le plateau. M. Doré et Miss Tarne se fournissent donc un alibi réciproque jusqu'à ce moment. Au-delà, le témoignage des machinistes disculpe Miss Tarne. Elle est donc hors de cause.

Gay Gainsford considéra Martyn d'un air presque dépité.

— Examinons le cas de Miss Gay Gainsford, poursuivit Alleyn. Elle est demeurée au foyer durant le laps de temps crucial, et elle nous dit qu'elle dormait. Aucun témoin ne peut l'attester.

— George ! s'exclama Gay en se tournant vers Darcey.

— Ce n'est rien, chérie, lui répondit-il. N'aie pas peur. Tout va bien.

— MM. Percival et Darcey figurent également parmi ceux qui ne disposent pas d'alibi. Ils ont quitté le plateau et y sont retournés ensemble. Mais, bien entendu, ils occupent des loges distinctes. M. Percival est le seul à avoir détecté l'odeur de gaz. Le Dr Rutherford, continua Alleyn en se déplaçant légèrement pour voir l'intéressé, a certainement pu visiter la loge de M. Bennington durant ce laps de temps, de même qu'à tout autre moment de la représentation. Il lui était possible de descendre, de contourner la toile de fond sans être remarqué, puis de suivre le chemin qu'avaient emprunté ces quatre personnes.

Il attendit poliment, mais le journal du Dr Rutherford continua de remuer au rythme de sa respiration. L'inspecteur principal éleva légèrement sa voix :

— Et quand les comédiens se sont réunis sur le côté gauche, il a pu regagner l'escalier menant à la mezzanine, puis faire son entrée sur la scène pour prononcer son discours.

Alleyn patienta encore un moment. Les acteurs tournaient maintenant des regards scandalisés sur le Dr Rutherford. Mais celui-ci n'esquissa pas le moindre mouvement.

— M. Poole a lui-même observé qu'il aurait pu courir à la loge de Bennington avant son retour sur le plateau. A mon avis, il eût été incapable de finir le travail qui restait à faire, et il risquait d'attirer l'attention sur lui en ratant son entrée.

Les yeux d'Alleyn s'arrêtèrent sur Jacko.

— Le cas de M. Doré est à classer dans une autre catégorie. Il est ressorti en compagnie de Miss Tarne et plusieurs personnes l'ont vu avec les autres, sur le côté gauche. Mais il restait en retrait, comme pour se dissimuler dans l'ombre. Tous les regards étaient à ce moment braqués sur la scène. C'est le jeune garçon de courses qui, le premier, a remarqué l'absence de M. Bennington parmi les acteurs. Ni lui ni personne n'avait de raison de s'intéresser aux allées et venues de M. Doré.

— Je vous rappelle que Parry a détecté l'odeur de gaz quand je me trouvais encore avec Miss Tarne, observa Jacko.

— Je ne l'avais pas oublié, répliqua Alleyn en se tournant vers Helena Hamilton. Et, pendant ce temps, Miss Hamilton était sur la scène et retenait l'attention d'une multitude de témoins dans ce qui devait être une pièce tout à fait remarquable.

Il y eut un long silence.

— Voilà tout ce que j'avais à dire, conclut Alleyn dont la voix semblait avoir subi une légère modification. Je vais vous demander de regagner vos loges. Il faudra que vous y retourniez de toute manière pour récupérer vos objets personnels. Si vous avez envie de bavarder entre vous, rien ne vous en empêche. Nous serons au foyer. Ayez l'amabilité de nous laisser vos adresses et numéros de téléphone. Je vous remercie, mesdames et messieurs. Ce sera tout.

11.

Dernier acte

I

Alleyn s'immobilisa devant le portrait d'Adam Poole et fit face au petit groupe que formaient ses collaborateurs.

— Eh bien, voilà, déclara-t-il. C'est fait.

— Pas très courant comme procédé, grommela Fox.

Bailey et Thompson contemplèrent leurs pieds.

Gibson émit un long soupir et épongea son front.

Le jeune Lamprey ouvrit la bouche puis sembla se raviser. Alleyn remarqua sa mimique.

— Ce que vous venez de voir, Mike, était l'exemple parfait de ce qu'un officier de police ne doit jamais se permettre, lui confia-t-il. Ne l'oubliez pas.

— Non, inspecteur.

— Qu'attendez-vous, inspecteur ? demanda Fox. Des aveux ? Une tentative de fuite ?

— Personne ne peut s'échapper, répondit Alleyn. Le théâtre est entièrement cerné. J'ai donné l'ordre d'arrêter pour contrôle toute voiture circulant dans un rayon de cinq cents mètres.

— J'ai dit « tentative », précisa Fox avec emphase.

— S'il s'avère que j'ai commis une erreur, elle sera de taille, maugréa Alleyn. Une bavure monumentale.

Ses subordonnés le regardèrent sans proférer un son. A la surprise générale, Bailey baissa les yeux sur ses bottes pour leur confier sur un ton morose :

— J'aimerais bien voir ça.

— Vous ne vous débarrasserez donc jamais de cet accent ? gronda Fox.

Mais il eut pour son collègue un regard approbateur.

Une porte s'ouvrit et se referma dans le corridor.

— Ça y est, fit Alleyn. Nous y voilà.

Deux petits coups furent frappés à la porte du foyer. Parry Percival entra. Il avait revêtu un manteau sombre et une écharpe rouge vif entourait son cou. Son chapeau était vert et il tenait une paire de gants jaunes.

— J'aimerais savoir si je figure encore parmi les suspects, commença-t-il. Mais bien sûr, personne ne me le dira.

— A votre place, je ne me ferais pas de mauvais sang, monsieur, répondit Fox. Si vous voulez bien me laisser votre adresse et votre numéro de téléphone... juste pour la forme.

Parry déclina les renseignements demandés et Lamprey les inscrivit sur son calepin.

— Merci, monsieur Percival, intervint Alleyn. Bonne soirée.

Parry alla jusqu'à la porte.

— Ils rentrent tous par couples, excepté moi. Cela n'a rien de réjouissant. J'espère qu'il n'y aura pas d'autre drame. Un assassin va forcément se trouver lâché dans les rues. Mais vous connaissez mieux votre métier que moi. Bonsoir.

Il dut entrer en collision avec Gay Gainsford, car on entendit cette dernière étouffer un cri d'effroi. Elle entra peu de temps après, suivie de Darcey.

— Je n'ai pas eu le courage de venir seule, déclara-t-elle. George m'accompagne.

— Aucun problème, Miss Gainsford, assura Fox.

Darcey demeura en retrait. Ses joues étaient plus pâles qu'à l'ordinaire. Gay l'implora du regard et il vint donner leurs adresses respectives et leurs numéros de téléphone.

— Je vais ramener cette jeune femme chez elle, expliqua-t-il d'une voix qui semblait avoir vieilli.

Alleyn ne souleva aucune objection. Il leur ouvrit la porte et ils sortirent.

Adam Poole apparut quelques instants plus tard. Après un bref regard autour de lui, il s'adressa à Alleyn.

— Je ne saisis pas très bien la signification de tout ceci, déclara-t-il. Mais si un membre de ma troupe doit être arrêté, je tiens à être présent. Je souhaite accompagner Miss Martyn Tarne à son domicile — elle habite à quelques minutes d'ici —, mais je reviendrai si cela ne vous dérange pas.

Il hésita un instant, puis ajouta rapidement :

— J'ai parlé à Jacques Doré.

Alleyn ne répondit qu'au bout d'un moment :

— Oui. Revenez, cela me fera plaisir.

— Pouvez-vous recevoir Helena sans plus attendre ? Je n'ai pas à vous dire dans quel état elle est.

— Oui, bien sûr.

— Je vais la chercher, lança Poole en traversant le passage.

Ils l'entendirent appeler :

— Ella ?

Quelques instants après, il ouvrait la porte et s'effaçait pour la laisser entrer.

Le béret violet qu'elle avais mis était tiré sur son front et dissimulait presque entièrement ses yeux. La fatigue se lisait sur ses lèvres qu'elle avait soigneusement repeintes. Fox prit son adresse et son numéro de téléphone.

— La voiture est arrivée ? questionna-t-elle.

— Oui, madame, répondit Fox. Elle attend dans la cour. On va vous y conduire.

— Je t'accompagne, Ella, déclara Adam. Tu préfères être seule, vraiment ?

Elle se tourna vers Alleyn.

— J'aurais voulu emmener Jacko avec moi. S'il est encore là. Cela ne vous ennuie pas de le prévenir ? Je serai seule dans la voiture.

— Souhaitez-vous parler à quelqu'un d'autre ? interrogea Alleyn. Ou bien téléphoner... ?

— Non, merci. Je ne voudrais voir qu'une seule personne, le vieux Jacko.

Elle lui tendit la main.

— Quand je pourrai m'asseoir et réfléchir à ce qui vient de se passer, déclara-t-elle, je comprendrai, j'en suis sûre, que vous vous êtes montré aimable et plein d'attentions.

Poole sortit avec elle et Lamprey leur emboîta le pas.

Quelques instants après, Martyn entra.

Elle promena autour d'elle un regard absent tandis que Fox prenait son adresse. Elle avait l'impression de contempler à distance une scène nimbée d'irréalité. Fox et ses deux compagnons présentaient exactement l'image qu'on se faisait des représentants de l'ordre dans l'exercice de leurs fonctions. Mais pas l'inspecteur principal. Alleyn ne ressemblait en rien à un policier. Absorbée par cette constatation, Martyn faillit oublier de transmettre le message qui lui avait été confié.

— Jacko vous fait dire que nous habitons à la même adresse, indiqua-t-elle. Je loge chez lui.

Elle s'aperçut de l'ambiguïté contenue dans ce propos et allait fournir d'autres précisions quand Alleyn demanda :

— M. Doré est sorti ?

— Il attend Miss Hamilton dans sa voiture, je crois.

— Et M. Poole vous attend, me semble-t-il. Au revoir, Miss Tarne. Et bonne chance.

Le visage de Martyn s'éclaira d'un sourire.

— Merci *beaucoup*, monsieur l'inspecteur.

La voix de Poole s'éleva dans le corridor :

— Kate ? Où êtes-vous ?

Elle sortit.

Leurs pas s'éloignèrent en direction du plateau. Une porte claqua. Le théâtre fut plongé dans un silence total.

— Venez, dit Alleyn.

Précédant ses hommes, il contourna la toile de fond et poursuivit son chemin vers le côté gauche.

Seules les lampes des coulisses étaient allumées. La scène était elle-même noyée dans l'ombre. Une ampoule empoussiérée jetait quelques reflets jaunes sur les pans des décors.

Une enveloppe blanche se distinguait au milieu du casier à lettres. Elle ne s'y trouvait pas auparavant.

Elle était adressée à l'inspecteur principal Alleyn.

Il la prit en murmurant :

— Il a donc choisi cette méthode.

Sans autre commentaire, il pivota sur lui-même et entra sur le plateau, suivi de ses subordonnés.

Le petit escalier aménagé par Jacko s'élevait dans l'obscurité. A sa base, des chaises vides se faisaient face en une communication silencieuse. Le divan disparaissait presque entièrement dans l'ombre.

Le jeune Lamprey gravit les marches métalliques conduisant au pupitre d'éclairage. Les autres se servirent de leurs torches électriques. Cinq pinceaux lumineux s'entrelacèrent avant de converger sur une feuille de journal. Ils avancèrent sur le divan comme à la rencontre d'un ennemi. Mais quand Alleyn souleva le papier et que les faisceaux de lumière s'élargirent sur le visage du Dr Rutherford, ce fut pour leur permettre de constater que ce dernier était mort.

II

Devant ses hommes réunis au milieu de la scène qui était maintenant brillamment éclairée, Alleyn décacheta l'enveloppe et commença à lire.

Au bureau. 1 h 15.

« Cher Alleyn,

« Soyez indulgent si cette lettre vous paraît quelque peu décousue. Le temps presse et j'entends déjà le bruit des menottes se refermant sur mes poignets.

« Otto Brod a écrit une pièce et demandé à Clark Bennington de l'adapter. Ben l'a montrée aux deux seules personnes de son entourage qui pouvaient lire l'allemand, c'est-à-dire Jacques Doré et moi-même. La pièce que nous avons présentée hier soir était ma version de cette œuvre, une version libre, composée à l'insu et sans le consentement d'Otto Brod. J'affirme que mon travail est, de loin, supérieur au texte original. N'est-ce pas George Moore qui disait que la différence entre sa manière de citer et celle des autres était que lui oubliait de mettre les guillemets ? Je partage entièrement cette façon de voir, tout comme William Shakespeare, du reste. Mais l'attitude de Jacques Doré vis-à-vis des arts est une attitude bourgeoise. Il a reconnu l'œuvre d'Otto Brod, s'est déclaré choqué, a eu l'élégance de rester coi. Les critiques anglais eussent été du même avis que lui, et il le savait. Mais il a écrit à Otto Brod et voici trois jours, une lettre est venue confirmer ses soupçons. Ben se proposait d'utiliser cette lettre comme instrument de chantage. Je lui ai dit, et c'était la stricte vérité, que j'avais l'intention de tout arranger avec Otto Brod et que celui-ci s'estimerait flatté par l'honneur que je lui faisais, pour ne pas parler des avantages matériels que j'entendais lui offrir. Ben a refusé de m'écouter. Il a menacé de publier la lettre d'Otto Brod si un certain changement dans la distribution était effectué. Avant-hier, j'ai fini par céder, renonçant à exiger le changement en question. Mais, l'hystérie de Miss Gainsford aidant, la distribution a néanmoins été modifiée. Cinq minutes avant le lever du rideau, Ben est venu me dire qu'il avait l'intention de tout révéler au public après le dernier rappel. J'ai compris tout de suite qu'il ne plaisantait pas et j'ai agi en conséquence. Vous semblez avoir tout saisi. L'analyse de la poudre confirmera votre théorie.

« Il s'est poudré le visage avec du chlorhydrate de péthidine qui est un analgésique et dont la dose thérapeutique maximum ne doit pas dépasser 100 milligrammes. Ben avait à peu près 2 grammes de cette substance sur la lèvre supérieure. Ses bandes d'ouate en étaient saturées. Je les ai imprégnées quand il jouait sa dernière scène et je les ai brûlées à mon second passage, juste avant le premier rappel. Il était alors dans le coma et je ne pense pas que le gaz eût été nécessaire. Mais je voulais faire croire au suicide. J'ai renversé sa boîte de poudre en ouvrant son manteau. La poudre a dû se déposer une fois que j'ai eu recouvert sa tête et ses épaules. C'est bien dommage. Vous avez, avec une perspicacité inattendue, découvert le *modus operandi*.

« Il vous intéresserait peut-être de savoir que j'ai

l'habitude d'utiliser cette substance pour corser un peu mon tabac à priser. J'en étais donc amplement pourvu. J'étais prêt à agir dès l'instant où il proféra ses premières menaces. Au fait, j'aimerais bien savoir quand vous avez commencé à comprendre. Était-ce au moment où je me suis mis à piétiner le flacon de gélules ? Votre collègue a recueilli les morceaux.

« Je possède un autre flacon que j'ai glissé dans les plis du divan. Je vais m'allonger de nouveau, écouter votre discours, et si, comme je le soupçonne, vous vous approchez de la réalité, je prendrai de mon côté la mesure qui s'impose. La dernière. Je vais demander à Badger de placer cette enveloppe dans le casier s'il voit que je dors encore une fois que votre petite réunion aura pris fin. N'essayez aucune méthode de réanimation, ce sera inutile. Je serai mort et bien mort. Je pouvais justifier l'usage que j'ai fait de la pièce d'Otto Brod, mais je me suis refusé à me soumettre à la publicité que n'allait pas manquer de susciter cette affaire. D'autant qu'elle risquait de toucher d'autres personnes. Si vous avez envie d'inscrire un mot sur mon dossier, tracez le mot vanité.

« J'entends le dernier appel. Je te salue, César.

John James Rutherford. »

III

Alleyn replia la lettre et la remit à Fox. Il alla s'arrêter auprès du divan.

— Il nous a tout de même eus, Fox, murmura-t-il au bout d'un long silence.

— Vous trouvez, inspecteur ? grommela Fox.

Bailey et Thompson s'éclipsèrent discrètement. Lamprey revint avec un drap que Fox étendit sur la forme inerte.

Les deux hommes se regardèrent en silence.

IV

Poole immobilisa sa voiture devant la maison de Jacko et coupa le moteur. Martyn s'agita sur son siège.

— Tu veux rentrer tout de suite ? demanda-t-il. Nous n'avons pas eu le temps de nous parler. Tu es fatiguée ?

— Pas plus que les autres mais... oui, je le suis. Toi aussi ? Tu dois être terriblement préoccupé ?

— Non, pas vraiment. Plus maintenant. Il faut dormir, Martyn. « Martyn. » Tiens, je viens d'utiliser ton prénom. J'y suis parvenu. Sais-tu pourquoi je t'appelais Kate ? Je me disais que le moment n'était pas encore venu de prononcer l'autre. Au théâtre, nous nous appelons par nos prénoms et nous nous donnons toutes sortes de mots affectueux. Mais ce n'est pas possible avec toi.

Il la regarda longuement avant de reprendre :

— Tes paupières tombent de sommeil et j'ai envie de te demander si je me suis trompé. Demain, tu te diras peut-être que tu as simplement rêvé. Je n'attendrai pas, Martyn, je te pose la question maintenant : veux-tu m'épouser ? Je t'aime, Martyn.

Sa voix semblait venir de très loin. Pourtant, Martyn y puisa un grand sentiment de réconfort et de plénitude. C'était comme si son être tout entier s'abandonnait à une vague de bonheur. Elle essaya d'exprimer cette sensation, mais ne put que bredouiller des mots sans lien apparent. Elle l'entendit rire doucement avant de mettre pied à terre.

— Dois-je te porter ? questionna-t-il en prenant les clés qu'elle tenait. Il faut que je retourne au théâtre.

Martyn descendit à son tour et attendit qu'il eût ouvert la porte.

— Ai-je le droit de me sentir aussi heureuse ? questionna-t-elle. L'horreur se terre encore dans l'ombre. Pourquoi faut-il que tu retournes au théâtre ?

Après un instant d'hésitation, elle ajouta :

— Tu... sais tout ?

— Tu as parfaitement le droit d'être heureuse, répondit Adam. L'horreur a pris fin et je crois savoir. Là. Bonne nuit, mon amour. Rentre vite.

Il attendit que la porte se fut refermée derrière elle avant de s'éloigner dans sa voiture.

Un jeune policier se tenait devant l'entrée du hall.

— L'inspecteur Alleyn est là, monsieur, déclara-t-il.

Poole s'avança. Alleyn lui tournait le dos. Les mains dans les poches, il contemplait le coffret de portraits.

— J'ai une nouvelle à vous annoncer qui va peut-être vous choquer, déclara-t-il.

— Je ne le pense pas, inspecteur. Avant de sortir, j'avais parlé à Jacko. Il avait lu la pièce d'Otto Brod. J'en ignorais jusqu'à l'existence. Et, tous deux, nous trouvions le sommeil de John un peu trop profond.

ACHEVÉ D'IMPRIMER SUR LES PRESSES
DE COX & WYMAN LTD. (ANGLETERRE)

N° d'édition : 2656
Dépôt légal : juin 1996
Imprimé en Angleterre